박화성 소설 연구

변신원 著

국학자료원

박화성 소설 연구

변신원 著

장편 「백화」

1932년에 집필한 한국여성으로서는 최초의 장편소설인 「백화」.
그녀의 문학작품의 정수로 일컬어지며 동아일보에 연재되어 단행본으로 간행되었다.

「젊은 어머니」

1933. 1월~5월까지 [신가정]에 연재된 소설 「젊은 어머니」의 첫회분 사본.
(송계월, 최경희, 강경애, 김자혜 공동집필)

장편 「사랑」

1956년에 집필한 박화성의 대표적 문학작품이 「사랑」

「눈보라의 운하」

1964년 회갑기념으
로 집필한 「눈보라
의 운하」

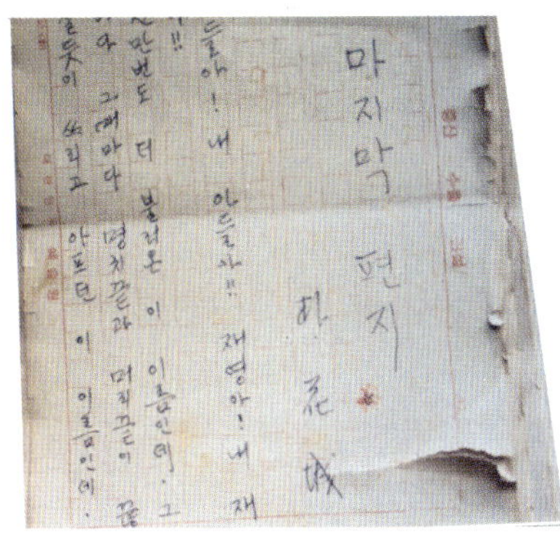

육필원고

24회 3.1문화상 수
상이후 집필한 단편
「마지막 편지」 육필
원고

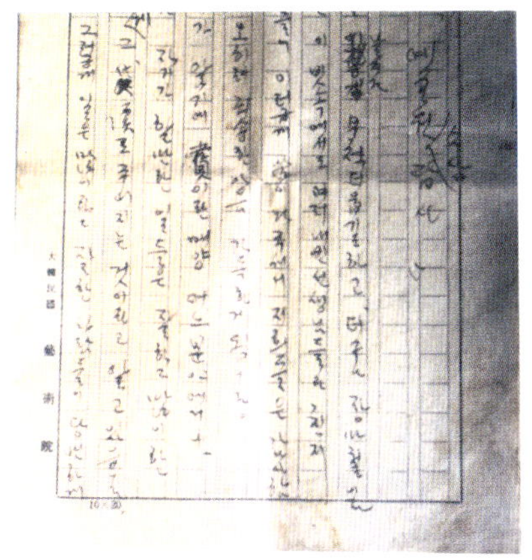

장편 「사랑」

1956년에 집필한
박화성의 대표적
문학작품인 「사랑」

박화성기념관 전경

국가사적 제289호인 이곳은 목포개항과 동시에 제국주의 열강들의 영사관으로 쓰였던 건물이며, 현재 1층은 문화원, 2층은 박화성 문학기념관으로 사용되고 있다.

가족사진

3·1문화상 시상식에서 세아들과 함께
(1985. 3. 1)

문학활동 사진

김광섭의 시집 「城北洞 비둘기」 출판기념회를 마치고
(1969. 12.30)

학창시절 사진

일본여자대학교 영문과 학우들과 함께 교정에서 찍은 사진 (1928. 3)

신문스크랩

활발한 작품활동을 하실 당시의 신문스크랩

박화성의 문학작품

민족의식과 투철한 항일정신이 담긴 박화성의 문학작품

서 문

　이 글은 박화성이 1930년대에 강경애와 더불어 중요한 동반자작가의 한사람으로 꼽히는 여성작가였으나 해방 후에는 통속작가로 분류되어 그의 문학이 거의 주목받지 못하였다는 문제의식을 출발점으로 삼고있다. 따라서 이 글은 동반자작가로서 박화성의 문학사적 위상을 정립하고 이와 더불어 전후의 문학이 보여준 사회의식의 변모를 동반자문학과 연관하여 읽고자 시도했다.

　박화성의 문학은 해방을 기점으로 급격히 변모한다. 일제강점기에는 계급의식으로 전후혼란기에는 계몽의식으로 세계만이 변모하고 있는 것이다. 그리고 이러한 세계관의 변모는 주체적 여성으로서의 지도자의식을 기반으로 변주되어 온 것이다. 그의 문학은 당대의 시대적 과제에 부응하는 계몽성을 가부장 사회에서도 당당히 살아가는 강한 여성상을 형상화하는데도 관심을 보여주고 있다.

　식민지 시대(1925~1940)에 씌어진 동반자문학은 일본 제국주의의 폭압에 저항하는 당대의 시대적 사명에 의해 씌어졌다는 점에서 중요한 의미를 지닌다. 먼저 식민지 현실을 형상화하는데 있어 낙관적인 현실인식의 태도로 임하였던 전반기의 문학에서는 지식인 전위가 등장하여 현실의 변혁에 참여하거나 무자각한 인물의 의식을 각성시킨다. 소설의 주인공은 주로 여성으로 설정되어 이 지식인 전위와 동지애를 맺는다. 따라서 이러한 소설들은 사회운동의 현장성보다는 지식인 전위와 여성의 연대가 더욱 강조된다. 일제의 제국주의 정책이 강화되어 식민지 시대 후기의 소설에서는 낙관적 전망이 상실된 대신 정밀한 묘사를 통해 궁핍해지는 조선농촌의 현실을 탁월하게 보여준다. 이 시기에 형상화되는 여성들은 빈궁한 현실에 적극적으로 대처하는 강한 모성을 지닌 여성이다. 그러나 이 여성들의 가정은 빈궁으로 인하여 끝내 해체되는데 이는 전망 없는 조선의 현실을 반영하는 것에 다름아니다.

일제의 검열이 강화된 이후 한동안 문단생활을 그만 두었다가 다시 창작에 임한 박화성은 전쟁의 체험과 더불어 세계관의 일정한 변모를 보여준다. (1950~1980) 그녀는 사회주의의 이념에서 벗어나 중산층을 이끌어 갈 새로운 윤리를 모색하면서 합리적 이성에 의한 과학적 근대주의를 새로운 문학의 이념으로 삼고 있다. 특히 동반자문학에서 나났던 사회주의적 여성해방의지는 이 시기에 이르러 상당히 계몽적인 모습으로 변한다. 이 여성들은 교육을 통해 합리적이고 계몽적인 주체로 성장하며 이 과정에서 가부장제의 장애요소를 개인의 능력에 의해 쉽게 극복해 간다. 그러나 그 갈등의 깊이가 그리 깊지 않고 쉽게 행복한 결말에 이르는 통속적인 속성을 보여준다. 그러나 이런 통속 대중화 경향은 이 시기 문학이 지닌 계몽성과 무관한 것이 아니다. 또한 이 시기에 씌어진 단편 소설에서는 거대한 어머니라는 모성의 이데올로기에 의해 희생되는 어머니의 모습이 형상화됨으로써 그의 여성의식은 가부장제의 모순을 극복하는 대안의 가능성을 제시하기도 한다.

이로써 박화성은 식민지 시대의 조선 빈궁화 현실을 훌륭하게 형상화한 동반자작가일 뿐 아니라 그의 전 문학기간을 통해 강한 주체적 여성을 창조함으로써 여성해방의 의지를 문학적으로 형상화한 작가라고 할 수 있다. 그리고 이러한 점이 박화성 문학에서 주목해 보아야 하는 중요한 이유이다. 역사의 질곡이 많았던 사회에서 여성으로 살아간다는 것은 이중의 질곡을 살아내는 일이다. 일제와 한국전쟁이라는 역사의 산봉우리를 두 개나 넘으며, 더불어 가부장제 사회의 이데올로기와 저항해야 했던 박화성의 소설을 살펴보는 일은 우리 민족의 역사와 여성의 역사를 동시에 살펴보는 작업과 같았다.

이러한 의의를 이해하시고 졸고를 출판하게 배려해주신 국학자료원 정찬용 사장님께 감사드린다.

차 례

1. 서론

1. 문제제기와 연구사 검토
2. 연구방법과 대상

1. 서 론

1. 문제제기와 연구사 검토

박화성은 일제 강점기에 주목받던 동반자작가의 한 사람일 뿐 아니라 1980년대 중반까지 문학활동을 계속하면서 문학이라는 매체를 통해 질곡의 우리 역사에 맞서 그 불의에 저항하거나 그 의식을 굴절시켜온 유일한 여성작가라 할 수 있다. 또한 박화성은 등단 당시부터 60년 가까이 문단 생활을 하는 동안 문학작품을 통해서 여성의 사회적 위치를 개선해 보려는 의식을 지속적으로 보이고 있다.

그러나 다른 대부분의 여성작가와 마찬가지로 박화성의 문학작품은 그 작품의 중요성에 비하여 많이 연구되지 않았다.[2] 카프를 중심으로 한 일제하의 경향문학은 그 사상의 진보성으로 인하여 1980년대에는 많은 연구가 축적되었으나 동반자작가인 박화성의 문학작품은 거의 주목되지 않았다. 사상적 경향을 청산한 해방 후의 작품은 그 문학적 경향도 정리되지 않은 채 통속적 경향으로의 침윤이라는 부정적인 견해와 새로운 민족주의를 수립한 리얼리스트라는 상반된 평가가 공존되어 있는 상태이다. 이러한 이유로 몇 가지를 생각해 볼 수 있다.

첫째, 박화성은 동반자작가라는 인식이 지나치게 강조되어 있다는 점이다. 당시에 동반자 작가로서 활동하였던 이효석이 그의 사상적 경향을 청산하고 유진오가 새로운 창작방법을 모색하여 새로운 문학적 위상을 수립하였던 것과 달리 박화성은 객관적 정세가 악화된 식민지 후기에도 진보적 역사의식을 포기하지 않은 단편들을 써왔다. 그래서 해방 후 그가 보여준 문학의 변모는 상당히 낯설게 느껴졌을 것이다.

둘째, 사생활 문제인데 박화성은 사회주의자 김국진과 이혼하고 1938년 목포의 사업가와 재혼한 사실이 있다. 이것이 과거에 박화성과 교류하였던 대다수의 문인과 평자들과의 관계에 부정적인 영향을 주었다. 이후로 박화성은 친일파의 부인으로 냉대를 받게 되는 것이다.

셋째, 전후에 씌어진 문학작품 자체에도 문제가 있다. 그는 주로 신문에 장편 소설을 연재했다. 이것은 여성이 글을 쓰면서 겪는 아이러니한 상황을 보여준다. 박화성이 글을 쓸 수 있었던 것은 남편이 사업에 실패하여 그의 뒷바라지에서 얼마간 자유로워질 수 있었기 때문인데 한편으로 앞에 닥친 경제적 압박은 소설의 대중적 경향을 부추겼던 것이다. 그러나 전후 장편소설이 대중적 경향을 보임에도 불구하고 그것이 단지 통속성에만 침윤된 것이 아니라 일정한 사회의식을 가지고 쓰여졌다는 점에서 여전히 문학의 사회적 기능을 중시하였던 것으로 보인다.

한편, 이제까지 박화성의 소설이 주로 1930년대의 경향문학을 중심으로 연구되어온 것은 대중소설을 외면해 온 문학계의 보수적인 태도에 의한 것이라 할 수 있다. 그러나 소설이 독자에게 읽혀지기 위해 씌어지는 것이며, 독자들에게 영향을 미치는 예술이라는 점을 고려한다면

---

2) 여성작가가 남성작가에 비해 잘 연구되지 않는 현상을 제시할 수 있는 간접적인 자료로써 남성작가와 여성작가의 작가론 편 수를 비교해 볼 수 있을 것이다. 『한국문학의 사회학』에서는 1986년부터 1990년까지 연구된 작가의 논문 편수를 순위로 매겨 60위까지 제시하였다. 이 시기는 그 이전보다 상대적으로 여성작가에 대한 관심이 높아졌던 시기임에도 불구하고 30위 내에 들은 경우가 거의 없다고 할 수 있다. 1986년에는 강석경, 김향숙, 박완서 등이 37위(4)에 올라있고 1987년에는 손소희가 35위(5), 1988년에는 양귀자가 30위(6), 박경리, 백신애가 39위(5), 1989년에는 강경애, 박경리가 43위(6), 1990년에는 강경애가 8위(14), 김향숙이 39위(6)에 올라 있었다. 여류 시인 중에는 김승희와 노천명이 각각 한 번 씩 올라 있을 뿐이다. 이 중 대부분은 각 시기에 주목되는 작품활동을 한 작가이고 30년대 작가로는 강경애와 백신애, 그리고 전후 작가로는 손소희만이 연구대상에 올라 있는 것이다. 또한 60명의 중요 작가가 제시된 5년 동안의 작가목록 300항 중에 여성작가에게 해당된 항은 시인을 포함해 13항뿐이다. 이선영, 위의 책, 태학사, 1993(괄호 안의 숫자는 연구된 논문 편수)

대중소설에 대한 일방적인 가치폄하의 태도는 재고되어야 한다. 특히 전후에 씌어진 박화성의 장편소설은 표면적으로는 오로지 돈이냐 사랑이냐 하는 흥미위주의 통속성을 보여주지만 심층에는 전후의 황폐한 상황에서 여성이 자아를 취해 가는 과정을 추적하는 여성성장소설의 형태를 띠고 있다는 점에서 페미니즘적 의의가 있다. 이 시기의 소설에 나타나는 뚜렷한 계몽적 특성을 고려해 본다면 이런 대중적 경향을 오히려 긍정적으로 살 부분도 있는 것이다. 그럼에도 박화성의 전후 문학은 거의 연구된 바 없다.3)

그러므로 박화성의 문학전반을 이해하기 위해서는 그 사상적 경향이 확고하였던 식민지시대의 문학뿐 아니라 해방 후 작품에 대한 연구도 함께 이루어져야 한다. 이렇게 연구의 시야를 넓힐 때 식민지 시대에 씌어진 작품도 더 정확히 이해할 수 있다. 따라서 이 글에서는 박화성의 문학 전반을 연구 대상으로 하여 그의 총체적인 문학세계를 점검하고자 한다.

우선, 식민지 시대의 작품에 대한 평가를 살펴보자. 평자들의 관심을 끌었던 식민지시대의 작품은 주로 리얼리즘의 관점에서 평가가 이루어졌다.4) 이에 대한 연구는 크게 박화성이 창작에 임하였던 당시에 이루어졌던 단평들과 1970년대 이후 문학사가 어느 정도 정돈된 가운데 이루어진 연구로 나누어 살펴볼 수 있다.

당대에 이루어졌던 대부분의 단평들은 박화성의 세계관이나 형상화

---

3) 이 시기의 작품에 대한 연구로는 최일수, "피와 땀으로 일군 창작의 운하" 『한국문학』, 1988, 3/김부미, "박화성의 문학정신", 『연대 국어교육논총』, 1981/서정자, "박화성의 작품세계", 『현대문학』, 1988. 3 등이 전부이다. 김부미는 박화성의 전후문학을 현실참여의 문학이라 보고 그 근거로 전후의 상황을 극복하기 위한 의지의 인간을 창조한 것을 들고 있다. 그러나 김우종은 박화성이 "해방 후에는 거의 전문적으로 장편의 신문연재에 투신하여 소위 순수작단에서는 그 존재를 잃어 가게 되었다"고 보고 있다. 김우종, 『한국현대소설사』, 성문각, 1978

의 탁월함에 주목하였다.[5]

이 작가에게 있어 상상력은 크다. 보케블라리도 상당히 많다. 안전에
전개되어 있는 소재의 산덤이에서 그의 소재가 될만한 것을 선택하여 가
지고 무엇이든지 간에 그가 손을 대어서 작품을 못맨들 것이 없을 줄로
나는 생각한다. 그는 자신으로서 소설짓는 법을 이미 졸업하고 있는 듯
싶다.[6]

박화성 씨는 문단에서 임이 정평이 나있고 지반이 구든 분이니 만큼
내용의 선택, 건축과 표현수법에 있어 무난능숙함을 보여준다. 선이 굵

---

4) 그렇지 않은 경우에는 사회를 지향한 박화성의 문학에 강한 거부감을 보이기도 하였다.
이는 진보적 지식인 집단인 문학계에서도 여성에게 암묵적인 편견이 자리잡고 있음을 보
여주는 것이다. 김문집은 "당신은 나의 옅은 관찰에 따르면 무엇보다도 여자에게 흐르기
쉬운 센티멘탈리즘이 청산되어 있다는 것이 최대 장점일 것입니다. 그리고 당신의 문장
에는 견고한 뼈가 잇고 서설 구성에 믿음직한 성격이 있고 그 스타일은 또한 크다고 볼
수 있을 것입니다"라고 호평하는 듯이 보였지만 "이들 당신의 장점에서 찾어낸 단점은 오
로지 당신의 여성성소실 혹은 여성성 기피에서 발생한 바 작가의 비극적 결말이라고 나
는 굳게 믿습니다" 라 하여 그의 문학을 비판한다. 김문집, "여류작가의 성적 귀환론", 『비
평문학』, 청색지사, 1938 안회남의 논조는 조금 극단적인 예이므로 이의 논조를 살펴보
기로 하자. 그는 박화성을 논하는 자리에서 자신이 '여류작가의 것은 잘 읽지 않는 버릇
이 있다.' '나는 여자가 쓰는 소설과 소설쓰는 여자를 좋아하지 않는다.' 고 전제 하고 이
것은 전혀 여성을 모욕하는 말이 아니라고 한다. 그는 그 이류로 자신이 남자배우는 싫어
하고 여자배우를 좋아한다는 점에서 찾는다. 그러므로 여성모욕의 관념은 남성에게 있는
것이 아니라 여성 자신들이 가지고 있는 것이라 하였다. 그는 박화성이 남성적인 글을 쓰
고 있다고 단언하면서 그것은 씨가 '생남주의' 기 때문이라고 비판하였다. 그리하여 「하수
도공사」가 스케일이 큰 것이 아니라 정말은 클랴고 노력만 했으며 「신혼여행」등이 선이
굵은 것이 아니라 정말은 굵을랴고 진심만 했다"고 평가하였다. 게다가 이글은 박화성의
검은 안경테와 이십관은 나가보이는 체중에 관한 언급으로 마무리 되어 있다. 이상이 담
론은 남성을 지적 작업의 주체로 여성을 미적 대상화의 타자로서 인식하고 있음을 보여
주는 한 예라 할 수 있다. 안회남, "소설가 박화성론", 『여성』, 1938. 2 이와 같은 부당한
비판을 통해 여성작가가 처해 있는 글쓰기의 이중적 어려움을 살필 수 있다. 즉 여성들의
경우는 주변적인 이야기를 소재로 글을 쓸 경우 그것이 지나치게 여성답다고 비난하면서
그렇지 않은 경우는 지나치게 남성답다는 이유에서 혹은 무성의 문학이라고 비난을 받는
다. K. K 루트반, 『페미니스트 문학비평』, 문예출판사, 198

고 특별한 매력은 없으나 침착하고 소박한 가운데서 원만한 경지를 보여
주는 문장이라 그 창작의 태도에도 남성에게 지지 않는 늠름한 여유가
있어 장래에 더욱 대성할 듯한 믿음성을 준다.7)

　　이처럼 당대의 평론가들은 동반자작가인 박화성의 세계관과 더불어
풍부한 어휘와 구성력에도 관심을 기울였다. 이는 박화성에 대하여 "사
회적으로 내지 정치적으로 맑스주의에 가담한다."8)는 사상적 인정을 토
대로 한 것이었다. 그리하여 「홍수전후」와 「한귀」는 형상화의 탁월성이
주목되어 남녀작가의 작품을 막론하고 그 해 최고의 수작으로 꼽히는
영예를 누리기도 하였다.9) 그러나 홍구는 리얼리즘의 관점에서 박화성
의 『백화』를 주목하여 이 작품에 드러난 감상미를 비판하였고10) 김기
진은 「신혼여행」과 같은 작품을 분석하면서 그녀의 소설이 도식적으로
흐르는 것에 염려를 표하기도 하였다.11) 이러한 비판에도 불구하고 당
대 문단에서 이루어진 그녀의 문학에 대한 평가는 대체로 호의적인 것

---

5)　박화성과 그의 작품에 대한 단평으로는 다음과 같은 것들이 있다.
　　　이광수, "소설선후언", 『조선문단』, 1924. 12
　　　이태준, "박화성 저 「백화」", 『조선중앙일보』, 1934. 3. 25
　　　홍　구, "1933년 여류작가군상", 『삼천리』, 1933. 1
　　　이무영, "여류작가개평", 『신가정』, 1935. 1
　　　양주동, "여류문인 편감촌평", 『신가정』, 1935. 1
　　　이무영, "여류작가개평", 『신가정』, 1935. 1
　　　김팔봉, "구각에서의 탈출", 『신가정』, 1935. 1
　　　현동염, "문예시평수제", 『조선문단』, 1935. 1
　　　이　청, "여류작품총관", 『신가정』, 1935. 12
　　　한　효, "박화성 여사에게", 『신동아』, 1936. 2
　　　김문집, "여류작가의 성적귀환론-박화성 씨를 논하면서", 『사해공론』, 1937. 3,
　　　　　　"박화성여사에게 드리는 연서-여류작가에 대한 공개장", 『조광』, 1939. 3
　　　김병걸, "역사의 그늘-박화성 「휴화산」", 『창작과 비평』, 1977. 12

6)　김팔봉, "구각에서의 탈출", 『신가정』, 1935. 1
7)　이　청, 앞의 글

이라 할 수 있다. 해방 후 백철은 『신문학사조사』에서 박화성을 문학사의 주류로 논하면서 "프로레타리아 문학의 동반자작가 박화성은 직접 카프와 아무 관련이 없이 작품활동을 한 사람이지만 이 경향파에 속하는 유력한 작가 중의 일인"[12] 이라고 하였다. 박화성은 그 사상적 경향으로 주목받아 이것이 그의 문학적 특성이라고 인정받았던 것이다. 그러나 주로 여류작가를 논하는 항목에 묶여 논해졌다는 점은 주목해야 한다. 이는 여류작가에 대한 편견으로 말미암아 부당한 대우를 받았다고 할 수 있기 때문이다.

해방 후 한동안 그에 대한 연구가 거의 이루어지지 않다가 1970년대 이후 박화성은 다시 연구자들에 의해 언급되기 시작한다. 김병익은 박화성을 '동반자작가'라고 규정하며 "식민지 시대의 구조를 해부하는 문제작들을 발표한, 여류로서는 드물게 사상성을 지닌"[13] 작가라 하였다. 김윤식은 한국의 여성작가들의 역량이 만만치 않음을 보여주는 작가가 박화성이며, "작품보다는 여류라는 희소가치 때문에 이름을 드러내었던 여류의 통념을 깨뜨린"작가 "여류로서는 드물게 보는 사상성 있는 작가"로 평가하였다. 그는 특히 「하수도공사」가 이룬 문학적 성취에 주목하여 이를 "일제에 대한 싸움 혹은 궁핍에 대한 싸움을 이 문제적 개인이 자각되지 않은 개인을 충격 함으로서만 가능하다는 사실을 하나의 전형으로 보여준 작품"이라 하고 "한국소설사에서 문제적인 것으로 남는다"[14] 하였다. 그러나 박화성 문학이 보여준 도식성에 대한 비판도 잊지 않았다.[15]

이재선은 여류작가가 상당수 등장하여 활발한 활동을 시작한 1930년

---

8) 김팔봉, 앞의 글
9) 이 청, 앞의 글
10) 홍 구, 앞의 글
11) 김기진, 앞의 글
12) 백 철, 『신문학사조사』, 백양당, 1949, 177쪽
13) 김병익, 『한국문학사』, 일지사, 1979, 318쪽

대를 긍정적으로 평가하면서 이 시기를 '문학적 페미니즘의 시대'로 규정하였다. 여기서 그는 박화성의 문학을 분석하면서 그의 문학적 특성을 "가난과 그 인위적 및 자연재난적 요인의 해명"에서 찾았다.[16] 그는 「홍수전후」, 「한귀」, 「고향 없는 사람들」등에 주목하면서 사회비판의 리얼리즘을 표방한 신경향파작가라는 평가를 내렸다. 그러면서 그는 박화성의 문학세계에 대해 남성적 여성(masculine female)의 적극성을 지니고 있다고 하였다.[17]

이러한 연구들은 작품 분석을 통하여 작품에 드러나는 사상성에 주목하였으나 그의 대표작만을 언급하고 있어 박화성 작품 전반에 대한 구체적인 평가라고는 할 수 없다. 이것은 박화성을 여류작가의 항목에서 부차적인 작가로 다룸으로써 이루어진 결과이다.

서정자의 논문은 박화성의 문학에서 보여주는 리얼리즘적 측면에 관심을 기울여 일관성 있는 방법론으로 연구한 최초의 논문이라 할 수 있다.[18] 이 글은 식민지 시대의 박화성 소설이 1935년을 기준으로 하여 작품세계가 일정한 변모를 보이는 것에 대해 초점을 맞추고 이에 따라 작품을 읽어 내려갔다. 그러나 1930년대 후반에 보여준 변화를 당대에 이루어졌던 시대적 상황과 함께 읽어내지 못하고 조국애, 향토애에 바

---

14) 김윤식, 『한국현대문학사전』, 일지사, 1979, 318쪽

15) 김윤식, "인형의식의 파괴", 『한국문학사논고』, 법문사, 1973, 241쪽

16) 이재선, "여류작가와 여성문학의 세계", 『한국현대소설사』, 홍성사, 1979, 435쪽

17) 이재선은 1930년대 여류문학의 특성을 다음과 같이 요약하였다. 첫째, 문학의 헤로이즘의 확립. 여성문학의 주요 관심 대상은 인식의 공감 폭에 있어서 남성문학처럼 넓어지는 대신 가정과 또 그 내부에 있어서의 인간관계의 갈등, 대립, 상극 및 자신의 에고나 모성에 집중된다. 둘째, 반남성적 감정과 사회적 약자로서의 피해자 의식을 노출시키고 있다. 셋째, 사랑이 여자의 전존재임을 밝히는 반면 성의 묘사는 가능한 한 배제하며 남성 파괴적인 여성은 별로 그리지 않는다. 넷째, 표현이 있어 주관적이고 장식적인 요사가 강하다. 서술방법은 서간체, 일기체, 일인칭 시점이 우세하다. 이는 여성 소설이 구조력에 있어 열세하다는 것과 위장된 자전의 특징을 갖는다는 것을 의미한다. 다섯째, 남성작가와 조금도 차이가 없는 사회적 문제를 제시하기도 한다. 이재선, 앞의 책, 432쪽. 이상 제시한 여성작가의 작품에 대한 특징은 남성작가에 비해 열등한 특성이라고 한 수 있다.

탕을 둔 지방주의 문학이라고 규정한다.[19] 그럼에도 불구하고 이 논문은 박화성의 생애와 전반적인 작품을 연구하여 동반자 시절의 문학을 전반적으로 검토하고 있어서 주목할 만하다.

역시 박화성의 해방 전 단편소설을 중심으로 연구한 임성희의 논문은 식민지시대의 역사적 상황과 문학적 형상화의 관계를 비교적 성실하게 연구한 예이다. 이 논문에서는 식민지시대 현실의 변모 양상과 소설형상화의 연관관계에 관심을 기울여 전반기의 소설에서는 긍정적 주인공의 등장과 낙관적 전망의 획득을 특징으로 하고 있으며 후반기에는 전반기의 낙관적 전망이 가지고 있던 관념적 추상성이 극복되고 이념과 현실의 조화에 관심을 기울여 충실한 현실묘사의 성과를 거두었다고 평가하였다. 이러한 분석은 작품과 사회의 관계를 구체적으로 해명하고 있다는데 그 의의가 있다.[20]

이러한 연구들로 인해 박화성의 동반자 문학이 지니는 리얼리즘의 성취수준은 어느 정도 해명되었다고 볼 수 있다.

한편 최근 들어 박화성의 소설을 여성적 관점에서 읽고자하는 연구들도 제기되었다. 채훈의 논문은 여성작가에 대한 편견을 벗어나 엄격

---

18)) 서정자, 「박화성론」, 숙대 석사, 1980
19)) 이후로 박화성의 문학에 대한 연구가 다소 활발해진다.
이영숙, 「1930년대 여성작가의 여성문제 인식에 관한 연구」, 이대 석사, 1987
김연홍, "박화성의 생애와 문학", 『현대문학』, 1988
이명주, 「박화성의 초기작품연구」, 경남대 석사, 1988
원종인, 「1930년대 여류소설연구」, 숙대 석사, 1988
강인숙, 「1930년대 여류작가의 경향연구」, 이대 석사, 1976
서정자, "〈백화〉의 작품구조와 역사인식", 청파문집 15집, 1985
「일제강점기 한국여류소설연구」, 숙대박사, 1987
"박화성의 작품세계", 『현대문학』, 1988. 3
정영자, 「한국여류소설연구」, 동아대 박사, 1987
정헌숙, 「박화성의 초기소설의 경향성연구」, 부산대 석사, 1990. 2
임성희, 「박화성 단편소설연구」, 연대 석사 1991. 2
허정란, 「박화성연구」, 숙대 석사 1993. 8
박혜원, 「박화성의 초기소설연구」, 계명대 석사 1993. 8

히 말하면 여성작가에 대한 편견에 대항하여 객관적인 태도로 작품분석에 임하였다는데 의의가 있다.[21] 그는 박화성의 문학을 강경애, 백신애와 함께 식민지 시대의 곤궁한 현실을 다룬 빈궁문학이라고 평가하였다. 또한 빈궁을 형상화하는데 있어 여성의 체험을 근거로 한 다양한 소재가 등장함에 주목하여 이를 여성작가의 특이성으로 제시하고 박화성도 이러한 맥락에서 탁월한 역량을 보인 것으로 정리한다.[22]

정영자와 서정자의 논문은 이에 더 나아가 박화성의 문학에 페미니즘적 의미를 부여한 논문들이다. 정영자는 해방 전 그녀의 작품을 분석한 결과를 "빈곤의 문제와 일제의 착취, 그리고 시대적 사명인 여성의 자각 등이 사실주의적 경향과 함께 박화성 소설에 깊게 관련되고 있다"고 정리하고 여성에 관하여 '전통적인 여성의 소극성을 배격하고 현실의 당면문제에 적극적으로 개입하여 그 문제 해결에 노력하는 실천적 언행'에 관심을 기울이고 이것으로 박화성이 여성해방사상을 수용한

---

20) 임성희, 「박화성의 단편소설 연구」, 연대 석사, 1990

21) 그는 우리나라의 현대 문학사가 "남성위주로 엮여져 있다"고 보았다. 그 구체적 증거로 문학사에서 "여류문학이나 여류작가를 어떠한 항목으로 얼마만큼의 면 수로 다루고 있나를 살펴보았다. 그가 제시한 바를 요약 정리하면 백 철, 『신문학사조사』 현대편, "여류문학의 수준"(9매)/조연현, 『한국현대문학사』, 여류문학관계의 항목이 없음/김우종, 『한국현대소설사』, "애정의 윤리"(3매), "김영순, 박화성 기타 여류들" (3매)/이재선『한국현대소설사』, "윤리적 가치의 전환과 여성의 개체화"(25면), "여류작가와 여류문학의 세계"(17면)과 같다. 채 훈, "1930년대 한국 소설에 있어서의 궁지의 문제"『아세아 여성연구』, 1984, 12, 125~126쪽

    이러한 현상은 여성작가의 작품이 진지한 연구 대상이 되지 못하였음을 의미한다. 이러한 비평계의 무관심은 여성작가에게 이중적으로 불리하다. 첫째는 여성작가의 경우 작품 활동을 하는데 있어 진정한 조언자를 얻기 힘들다는 점에서 불리하며 (따라서 여성작가의 작품이 지닌 진정한 작품의 내적 의미도 해명되기 힘들다) 둘째는 여성작가의 작품이 담론의 중심부에서 제외됨으로서 주변부의 작가로 머물 수밖에 없다는 점에서 불리하다. 작가의 글쓰기가 자신의 체험과 전혀 무관하지 않다는 사실을 고려할 때 여성작가의 위치가 주변 화되는 현상은 여성독자들에게도 불리한 영향을 미친다. 여성의 경험영역을 여성의 체험을 바탕으로 하여 형상화한 작품이 주변부의 작품으로 밀려날 경우 여성독자들의 독서 경험은 그들을 소외시키는 과정과 일치한 것이기 때문이다. 따라서 여성작가의 작품을 지속적으로 연구함으로써 그것을 이해하는 방법론의 축적이 필요하다.

근거로 삼고 있다.[23] 그러나 정영자의 논문은 작품을 바라보는 일정한
방법론이 제시되지 않아 박화성의 사실주의적 문학과 여성의식이 어떻
게 결합되고 있는 것인지 해명되지 않는다.

또한 서정자는 종래 빈궁문학으로 해방전의 소설을 시대적 상황의 변
모에 따른 창작방법의 변모에 관심을 기울이면서 박화성의 여성문제 의
식에도 시야의 폭을 넓혔다. 그녀는 박화성의 작품을 1935년을 분기점
으로 하여 전반기의 작품에서는 지도적 인물을 통해 이념을 전달하려
는 창작방식에 의거하여 도식주의의 한계를 보여주고 있으며, 후반기에
는 현실과 이념의 교호를 꾀하여 궁핍의 현장을 묘사하는 것으로 창작
방법을 전환하였다고 분석하였다. 이러한 지적은 박화성의 소설을 막연
히 동반자 문학의 범주에서 보았던 이제까지의 연구보다 한층 심화된
것이었다.

그러나 박화성의 여성해방 의식에 관한 연구는 여전히 피상적인 수
준에 머물렀다. 서정자도 정영자의 글에서와 마찬가지로 '적극적인 여
성의 성격창조'를 여성해방사상 수용의 근거로 제시하기는 하였다. 그
러나 작가의 여성관과 리얼리즘의 성취를 연관관계 속에서 파악하지 않
아 박화성의 여성의식과 작품과의 관계가 구체적으로 해명되지 않는다.
이러한 문제점을 해결하기 위해서는 박화성 초기 문학 중심사상이었던
계급사상과 여성해방의 논리가 어떻게 연관되고 있는가를 정밀하게 들
여다보아야 할 것이다.

한편 이정옥과 이영숙 등의 논문에서는 여성문학의 일반적 특성을 찾
으려는 시도의 일환으로 1920~30년대의 여성작가를 분석하였는데 여
기서는 박화성이 계급 해방을 우선으로 하여 작품을 형상화하고 있는
까닭에 여성 억압적 현실을 별로 밝히지 못하였다는 결론에 도달한다.
그러나 이 역시 작가의 세계관과 여성의 형상화와의 관계가 드러나지

---

22) 채 훈, 앞의 글, 144~145쪽
23) 정영자, 「한국여류문학연구」, 동아대 박사, 1987. 12, 155쪽

않은 채 여성의식만을 분리시켜 연구하고 있어 박화성 작품의 총체적인 의의를 해명하지 못하였다.[24]

이상에서 살펴본 바와 같이 박화성의 문학은 해방 전의 경향문학을 중심으로 연구되어 왔다. 비록 미흡한 연구에 불과하지만 이러한 연구로 하여 리얼리즘의 관점에서 박화성 문학의 의의는 어느 정도 정돈되었다고 할 수 있다. 그러나 최근 들어 여성주의적 입장에서 박화성의 문학을 읽어내는 시도가 이루어 졌음에도 불구하고 작가의 사회의식과 여성의식이 연관되어 연구되지 못함으로 해서 이러한 관점을 통해 박화성의 작품세계를 새롭게 읽어내지도 못하였고 그의 여성의식이 지니는 성격도 분명히 밝혀내지 못하였다고 할 수 있다.

2. 연구방법과 대상

이러한 문제의식 하에 본고에서는 박화성의 문학에 나타나는 사회의식의 변모와 이에 따른 여성의식[25]의 변모 양상을 구체적으로 살펴보고자 한다.

박화성의 소설은 식민지시대와 분단시대라는 우리 민족의 역사적 변화를 반영하며 사회의 모순에 대응한다. 이러한 작가의 사회의식은 '주체적인 여성'을 주인공으로 형상화 된다. 따라서 박화성의 사회의식은 여성을 형상화하는 방식과 유기적으로 연관되어 심지어 어떤 작품에서는 표면적으로 드러나는 계급의식이나 계몽의식조차 주체적인 여성으로서 지도자적인 자기 위상을 정립하고자하는 여성의식의 변형된 형태로 읽혀지기도 한다. 그러므로 그의 문학을 사회의식과 여성의식이라는 두 개의 축으로 연구해 볼 때 그의 문학의 내용은 더욱 풍부해진다.

---

24) 이정옥, 「한국여류소설연구-1920, 30년대를 중심으로-」, 서강대 석사논문, 1987
　　이영숙, 「1930년대 여성작가의 여성문제 인식에 관한 연구」, 이대 석사논문, 1987

박화성은 오랜 기간 창작활동을 함으로써 작가 의식이 민족의 역사적 변화에 따라 일정한 변모를 하고 있는데 이러한 세계관의 변모에 따라 소설의 형상화 방법도 달라진다. 따라서 우리민족의 역사적 사회적 변모에 따른 작가의 세계관의 변모를 밝히고 그것을 형상화하는 방식을 아울러 고찰함으로써 그의 문학을 전체적으로 조망할 수 있다. 이러한 목적을 위해 본고에서는 첫째, 각 시기마다 지향하였던 작가의 사회의식과 여성의식이 어떻게 문학적으로 수용되고 있는지에 초점을 두고 연구하며 둘째, 이 두 개의 의식이 텍스트 내에서 적절히 관련을 맺고 있는가 혹은 부적절한 틈새를 보이고 있는가를 주목하여 보고자 한다.

주지하다시피 박화성은 1930년대에 강경애와 더불어 중요한 동반자 작가의 한사람으로 꼽히는 여성작가였다. 특히 1930년대 전반에는 지식인 전위의 출연과 낙관적 전망의 획득이라는 프로문학의 정론적 창작방법에 능숙하였고 1930년대 후반에는 객관적 정세의 악화와 더불어 대담한 문체를 통해 조선 빈궁의 실상을 탁월하게 형상화하여 문단의 주목을 받은 바 있다. 이 시기에는 작가가 조선빈궁화의 현실에 대응하여 계급의식의 주입을 작품창작의 원리로 삼았던 것이다.[26]

이러한 경향 문학은 작가가 당시 조선의 현실을 어떻게 바라보고 있으며 어떤 소재를 취하여 어떻게 형상화하고 있는지가 작품의 미학적 성취를 결정한다. 즉, 이 시기의 문학은 무엇보다도 인간의 삶과 사회현실을 객관적 현실의 구체적인 형상화를 통해서 현상과 본질의 관계

---

25) 박화성의 습작기 작품들(그가 11세 때 습작하였다는 「금반지」의 내용이 무엇인지는 알 수 없다. 그러나 15세 때 습작히였던 「식물원」은 불우한 여성의 일생 담이었다고 한다. 그 여성의 일생이 어떤 관점에서 그려진 것인지 정확히 알 수는 없으나 박화성이 여성의 삶에 대해 관심을 가지고 있었다는 하나의 증거가 되리라고 생각한다. 박화성, 『눈보라의 운하』, 여원사, 1956, 81쪽), 그리고 전후에 씌어진 대중소설(이 시기에는 여성독립투사에 대한 전기의 집필도 함께 한다. 『타오르는 별』, 『새벽에 외치다』, 『열매익을 때까지』 등이 그것이다)과부 덕의 여성들이 등장하는 단편소설들을 보면 여성의 삶에 대한 관심이 그의 초기문학시절부터 창작후기까지 지속적으로 이어지고 있음을 알 수 있다.

를 규명하고자하는 변증법적 과정으로 인식하고 이를 형상화하고자 하였다. 따라서 동반자작가 시절의 문학은 이와같이 다양한 매개에 의해 은폐되어진 사회현실의 제반 연관관계를 사상적으로 발견하고 예술적으로 형상화하여 보였는가를 그 미학적 판단의 근거로 삼아야 한다.[27]

그런데 이러한 관점에서 그의 문학을 연구할 때 또다시 주목되는 점은 소설을 통해 계급의식이 각성되면서, 한편으로는 봉건적 수동성을 탈피한 여성들이 등장한다는 점이다. 1930년대 전반기에는 지도적 인물과 이념적 동지애를 지니는 여성으로 1930년대 후반기에는 빈궁화되어 가는 조선의 현실에 적극적으로 대처하는 강한 하층민여성으로 주체적인 여성은 형상화된다. 이러한 여성인물은 박화성의 여성의식이 투영되어 있다. 이 시기에 그는 "무산계급의 해방이 있어야 여성의 해방이 있다"는 믿음 하에 계급의식의 각성을 여성의 주체형성에 중요한 계기로 형상화하고 있다.

따라서 이 글에서는 식민지 시기의 문학을 살피는데 있어 동반자문학에서 보여주는 사회의식과 여성의식의 관계가 플롯에서 적절히 통합되거나 혹은 분리되는 지점에 초점을 두고 분석한다. 이러한 관점을 통하여 보면 종래 리얼리즘의 관점에서 보지 못하였던 새로운 의미를 읽을 수 있다. 이와 같이 여성의식이라는 또 하나의 축을 동반자 문학을 읽는데 설정해 두어야만 여주인공의 자아성취를 그린 전후의 작품에 대한 이해도 용이해진다.

---

26) 이 시기의 지식인들이 항일을 목적으로 하여 계급의식을 수용하였으나 실제적으로 그들이 민족모순의 문제를 깊이 천착하지 못하였다는 것은 이들의 명백한 한계였다고 한 수 있다. 이는 당시 지식인들이 계급의식을 신념적인 차원에서 받아들였고 사상적으로도 미숙하였음을 보여준다. 그럼에도 불구하고 이러한 의식은 객관현실의 토대와 상부구조를 구체적 전망 하에 통합적으로 인식하고 반영하려는 사회구조에 대한 전반적인 인식의 토대를 마련한 것으로써 당대의 상황에서는 무시할 수 없는 진보적인 사상이었다.

27) G. 루카치 외, 『문제는 리얼리즘이다』, 홍승용 역, 실천문학사, 85~86쪽

일제의 검열 강화와 고된 가정살림으로 인해 한동안 문단생활을 그만 두었다가 해방과 더불어 다시 창작에 임한 박화성은 전쟁과 더불어 세계관에 일정한 변모를 보여준다. 동반자 문학에서 나타났던 여성의식은 이 시기에 이르러 보다 페미니즘적인 입장에서 작품의 주요 소재로 부상한다. 이 시기의 소설은 대중적인 속성을 지니고 있으므로 식민지 시대의 문학을 평가하였던 리얼리즘의 성취수준이 작품의 미적 완결성을 판단할 수 있는 기준은 될 수 없다. 이 소설에 등장하는 여주인공들은 가부장제의 견고한 억압구조를 개인의 탁월한 능력으로 극복하는 영웅적인 여성으로 이 여성들이 여성의 문제를 사실적으로 담지해 낼 수 있는 전형적인 여성인물은 결코 아닌 것이다. 이 시기의 문학은 작품의 리얼리티를 포기한 대신 근대적 교육을 받은 주체적인 여성의 적극적인 삶을 형상화함으로서 작가의 여성해방의식을 단순한 플롯으로 전파한다. 이 시기의 소설은 텍스트가 지닌 계몽성과 대중성 자체에 가치를 평가해야 하는 것이다.

또한 단편소설에서는 계급의식이나 합리주의라는 일원론적 세계인식을 포기하고 현실세태묘사에 주력한다. 이와 더불어 여성을 형상화하는데 있어서도 여성의 체험 자체를 중시함으로써 낙관적 전망은 사라지지만 여성의 내면의식이 훨씬 더 구체화된다. 그러므로 그의 사회의식과 여성의식이 선취된 이념에 의한 일원론적 세계의식이 소멸된 과거의 작품과 비교해 볼 때, 그 이전의 문학과는 다른 변별적 특성을 발견할 수 있다.

이 글은 박화성 소설에 나타나는 사회의식과 여성의식의 변모과정을 살피고 이 과정에서 양자간의 틈새를 밝히거나 혹은 양자가 공유하고 있는 의의와 맹점을 지적함으로서 그가 추구하였던 낙관적인 전망의 실체를 검토하고자 한다.

이를 위하여 본고에서는 식민지 시대의 단편소설 19편과 장편소설 1

편(『백화』), 분단시대의 장편소설 4편(『고개를 넘으면』, 『벼랑에 피는 꽃』, 『내일의 태양』, 『거리에는 바람이』) 단편 10편을 분석대상으로 하였으며 식민지 시대의 단편소설을 제외하고는 발표된 후에 발행된 단행본을 주 텍스트로 하였음을 밝힌다.

2. 생애와 문학적 체험

1. 작가의 생애
2. 자가의식

2. 생애와 문학적 체험

1. 생애의 기초적 고찰

1) 성장기의 체험

박화성(朴花誠)은 1904년 4월 16일 목포에서 부친 박운서와 모친 김운선의 막내딸로 출생하였다. 그녀는 육 남매 중 막내로 부모의 사랑을 담뿍 받으면서 자랐다. 그녀는 4세 때 국문을 깨치고 5세 때 한자를 해석할 수 있었으며 7세 때부터 신구소설을 독파하여 11세 때는 소설을 습작할 만큼 똑똑하였다고 한다. 화성이라는 아호도 이때 지은 것이다.[1]

그의 아버지는 독실한 기독교 신자였고 사업에도 유능한 사람이었다.[2] 또한 아들 딸에 층하를 두지 않고 평양과 서울로 유학시킨 선진적인 의식을 가진 사람이었다. 박화성의 어린 시절은 이러한 아버지의 보살핌 아래 비교적 평온한 생활을 하였던 것으로 보인다. 물론 이 시기에 그가 좋아하던 셋째 오빠 원경을 잃은 커다란 슬픔도 맛보았지만 무엇보다도 아버지의 외도가 가장 큰 체험으로 자리잡고 있다.

자서전에서 아버지의 외도는 집안의 파탄을 불러일으키는 구체적인 사건으로 기록되고 있다. 큰오빠의 분가로 어머니를 돕기 위해 들어온 '인물이 반반한'[3] 여자에게 아버지가 완전히 반하였던 것이다. 이 사

---

1) 밀양 박씨. 박화성의 아명은 말재(末才)이며 호적상의 이름은 경순(景順)이다.

실을 알게 된 어머니가 그 여자를 내보내자 아버지는 '완전히 이성을 잃고' '어머니에게 손찌검까지' 하였고 이를 본 박화성은 아버지를 멸시하기 시작하였다.[4]

아버지는 그 여자에게 큰집을 사주고 그의 오라비에게 자본을 대어 장사를 시키면서 그의 일곱 식구를 먹여 살렸다고 한다. 이러한 일로 말미암아 집안의 가세는 기울기 시작한다. 가정의 불행을 막기 위해 그의 남매들은 아버지를 불러 그 여인과 헤어질 것을 종용하고 그 앞에서 자살을 시도하기도 하였으나 아버지의 마음을 돌이킬 수는 없었다. 다음과 같은 언급은 그의 어린 시절의 체험이 얼마나 커다란 상실감으로 자리잡고 있었는지 보여준다.

---

2) 아버지의 사업에 대한 언급은 그의 자서전 『눈보라의 운하』(여원사, 1964)에 다음과 같이 되어 있다. "그는 소싯적에 서울에서 무슨 구실(공공관청의 일을 맡아보는 직무, 구체적으로는 광화문의 수문장이었다고 함-천승세씨 증언)인가 했다지만 낙향해서 만혼을 하고 작년에 이 항구로 이사왔는데 선창에서 무슨 객주인가를 한다고 곧잘 돈을 벌어들이는 셈이었다."(23쪽) "오륙년내로 갑자기 장사가 잘되어 아버지는 돈을 많이 벌었다."(34쪽) 또한 박화성이 오륙세 경 즉 1910년경에 그의 집에서는 "사백 평이나 되는 집터를 닦고 육십간짜리 집을 짓는"(34쪽)다거나 "대구나 조기를 몇 뭇씩 몇 가마니씩으로 사들였고"(35쪽)라는 언급에서도 알 수 있듯이 비교적 부유한 생활을 했던 것으로 보인다. 그녀는 자신의 집안을 신흥부자라고 표현하였다(44쪽).
이러한 언급으로 보아 박화성의 집안은 개화기의 사회적 흐름을 타고 그 재산을 늘린 전형적인 중인계급에 속한다고 할 수 있다. 특히 객주라 함은 주로 인삼, 약종, 금은, 직물, 피혁, 모자, 바늘, 양산 따위의 골동품을 위탁받아 팔거나 매매를 거간하거나 그 상인을 치르던 여관집을 의미하는데 부친은 시대적 변화의 기류를 빨리 파악하여 이 사업으로 부를 일구었던 것으로 보인다.
박씨의 집안은 이처럼 개화기에 중인집안의 부흥과 몰락을 보여주는 전형적인 경우라 하겠는데 박화성의 작품에서는 이러한 신분변동의 문제가 깊이 있게 다루어지지는 않는다. 이는 그가 집안의 몰락을 바라보는 시각이 아버지의 입장이 아닌 어머니의 입장에 더욱 밀착해 있었기 때문으로 생각된다. 그는 기우는 가세와 아버지의 외도를 동일매락에 두고 보았던 것이며 이러한 정신적 외상을 보다 강고한 주체적 여성으로서의 자아정립을 통해 극복하고자 하였던 것으로 보인다.
다만 일반적으로 보아 중인 계급의 사람들은 신분상승을 위해 교육열이 상당히 높았는데 박화성의 부친 박운서도 그러하였고 박화성의 문학의 이면에 자리잡고 있는 교육에 대한 확신도 이러한 맥락에서 이해할 수 있겠다. 특히 일제의 억압이 사라짐과 더불어 박화성은 중산층의 윤리에 관심을 갖고 새로운 근대주의에 적극 동참하여 합리주의와 교육의 중요성을 강조하는데 이는 유년기의 계층적 체험에 영향을 받은 것이라 할 수 있다.

내게 있어서 나의 젊은 날들은 인생을 즐기고 생활을 향락하였다는 것
보다는 인생을 이해하려는 노력으로 생활과 싸워만 왔고 육친과의 이별
이 너무나 참혹한 연속이었던 까닭에 나의 추억이란 거반이 다 쓰라리고
아픈 것 밖에 있을 수 없는 것이다.

한가지 잊었거니와 내가 동경에 가서 아가를 업고 눈보라 속에서 신문
배달을 하던 남편의 뒤를 밟던 그 해 음력 구월에 아버지가 돌아가셨다
는 전보를 받고 나는 십여 년 만에 처음으로

"아아 가엾은 아버지!"

하면서 아버지라는 발음을 입밖에 내었다. 아버지가 작은 집을 얻던
그 날부터 나는 아버지라고 그를 불러본 적이 없었던 것이다.

이 하나의 사실만으로도 내 젊은 시절의 원망과 저주와 고민과 체념의
흔적을 알 수 있지 않은가?[5]

이러한 어린 시절의 체험이 그녀에게 자립심과 의지력을 길러준 계
기가 되었다고 한다. 그의 소설에 등장하는 '독립적이고 주체적인 여성
상'은 이러한 체험으로부터 남성에게 의존하기를 거부하는 여성으로서
연마되고 단련되어진 여성상이라 할 수 있다.[6]

아버지와의 관계에서 이러한 상처를 받았고 그것으로부터 박화성이
오히려 강한 자의식을 가진 여성으로 성장할 수 있었다면 어머니와는
상당히 친밀한 관계를 유지했다. 어머니 김운선은 자연을 사랑하고 신
앙심이 깊으며 온후한 성격의 소유자였다. 그리하여 그녀가 작가가 되
는 긍정적인 영향을 끼쳤다.

---

3) 박화성, 앞의 글, 52쪽

4) 박화성, 『추억의 파문』, 국민문고사, 1969, 41쪽

5) 박화성, 앞의 책, 209쪽

6) 그녀는 목포의 정신여자고등보통학교를 졸업하고 서울 정신학교로 유학했으나 학교에서
   편지를 검열하고 면회와 외출을 금지하는 등의 규칙이 인권을 무시하는 것이라 반발하여
   2학기에 부모 몰래 숙명여학교로 전학하였다. 이것은 그의 강한 주체의식을 보여주는 일
   예이다. 박화성, 앞의 책, 65쪽

내가 맨 처음 읽은 얘기책은 전자책 같이 넓은 조웅전과 유충렬전, 숙영낭자전이었고 다음으로는 구운몽, 삼국지인데, 어머니가 소설을 좋아하시는 탓으로 집에는 많은 신구 소설책이 있었다.

일곱 살 때부터 소설이란 것에 취미를 깨달은 나는 우선 치악산 상권, 옥빈홍안, 빈상설, 구의산으로부터 나중에 손에 들어온 치악산 하권, 추월색, 모란봉까지 다 읽고 나서 어머니를 조르기 시작했다. 책을 빌려오라고.

어머니는 이집저집에서 소설책이란 것을 모조리 빌려 날랐다. 사씨남정기, 임화정전, 설인귀전으로부터 귀의 성, 방화수류전, 안의 성의 신소설 등등 닥치는데로 읽다가 바닥이 나니까, 그제는 책집에서 하루에 일 전씩 세를 놓는 것을 발견하고 그리로 쏠렸다. 그때에 소원이란 어떻게 하면 넓고 넓은 방에 수만 권의 책을 쌓아 놓고 원 없이 한없이 읽어볼꼬 하는 것이었다. 그러기에 옥련동이라는 다섯 권 짜리 소설이 시원치 않아 다시 국한문으로 보충된 옥류몽 네 권을 사서 열 번쯤 되게 정독했는데 나는 지금까지도 그때의 감동과 격찬을 지속하고 있는 것이다.[7]

위의 글에서도 알 수 있듯이 이 시기에 어머니가 빌어다 주신 책들을 읽은 것이 그가 작가가 될 수 있는 계기를 열어준 최초의 독서 체험이었다. 이 글을 보면 몽자류와 전자류의 소설이 가진 소설적 재미를 즐

---

7) 박화성, 『눈보라의 운하』, 여원사, 1964, 42쪽
8) 이후 그가 읽은 서적들의 구체적인 목록을 알 수는 없다. 그러나 『거리에는 바람이』라는 소설을 보면 주인공이 동경유학 시 베벨의 『부인론』을 탐독하는 장면이 나오는데 이것으로 그가 이 시기에 사회주의서적을 읽었으리라고 예상할 수 있다. 그러나 그의 자서전에는 이 당시 읽은 이념서적의 목록이 제시되어 있지 않다. 전후에 박화성은 동반자작가 시절의 경력으로 인하여 블랙 리스트에 올라 있었기 때문에 "천지춘추"등 수필을 통해 다소라도 비판적인 글을 쓸 경우 곧 경고연락이 왔다고 한다(천승걸씨 증언). 이러한 일들로 인하여 이 시기의 독서 목록이 수록되지 않았을 수도 있다. 또한 그의 전공이 영문학이었던 만큼 앙드레 지이드나 하이네와 같은 영미작가들의 작품들도 많이 읽은 것으로 보인다. 박화성, 『눈보라의 운하』, 여원사, 1964, 분단시대에는 문학서적보다 잡지를 주로 구독하였다고 하는데 그가 구독한 잡지는 『새벽』, 『사상계』, 『신동아』등 주로 진보지였다고 한다(천승세 씨 증언).

기고 있는 것으로 나타나는데 이러한 독서체험이 그의 장편소설에서 보여주는 대중적 성격과 어느 정도 연관이 있으리라 생각한다.[8]

그는 이처럼 자신과 취미가 같고 자상하신 어머니를 '재색과 숙덕을 겸비한'[9] 여인이라 하였다. 아버지가 외도를 하여 집안의 풍파를 일으키는 동안 박화성은 어머니의 편에 서서 아버지의 부당함에 분노하였고 싸움이 일어날 때마다 오직 어머니가 다칠까 염려하였다. 한편 어머니는 박화성이 김국진과 자유연애에 의한 결혼을 하였음에도 딸과 함께 그들의 곤궁한 생활을 가슴아파 할지언정 그들을 외면하지 않았고 어려울 때마다 아이들을 돌보아 주는 등 박화성이 작가로서 활동하는데 커다란 도움을 주었다. 「두 승객과 가방」, 「홍수전후」, 「한귀」, 「춘소」, 「샌님마님」, 「괄전구기」, 「어떤모자」. 「원죄인」등 그의 소설에 나타나는 위대한 모성의 여성은 이러한 어머니와의 관계로 부터 나온 것이다. 이는 그의 소설에 아버지가 대부분 부재하는 것과 대조적이다.

한편 졸업과 더불어 동경유학의 길에 오르고자 하였던 그녀는 학비의 부족으로 그 꿈을 일단 접어두고 15세 때 천안, 아산, 광주 등지에서 야학 선생을 시작하였다. 이 교사의 생활이 그녀의 문필생활의 길을 터 준 계기가 되었다. 그녀는 문향인 영광읍의 영광중학교 교원으로 초빙되어 1922년부터 3년 동안 근무한 적이 있었는데 여기서 당시 시조의 대가인 조운을 비롯한 여러 문인들과 〈자유예원〉이라는 조직을 만들어 본격적으로 문학수업을 하였던 것이다. 이때 박화성이 쓴 수필이 세 번이나 장원으로 뽑혀 당시 개벽사에서 발행하던 『부인』이라는 잡지에 실렸다. 그 중 「정월초하루」는 완전한 소설체여서 주위에서 소설을 써보라고 권하였다고 한다.[10]

---

9) 박화성, 앞의 글, 64쪽
　　천승걸씨의 증언에 의하면 그의 외조모는 상당히 깔끔하고 얌전한 여성으로 성품이 온화하였다고 한다. 또한 사물을 상당히 예술적으로 표현하셨는데 이러한 외조모의 예술적 기질이 박화성이 작가가 되는데 어느 정도 영향을 끼쳤으리라고 보았다.
10) 박화성, "즐거 선택한 십자가", 『일요신문』, 1979. 6. 3

그 후 쓴 「추석전야」가 조운 선생에 의해 이광수에 보내져 그의 추천
으로 『조선문단』에 실리게 되었다. 동경유학으로 말미암아 이후로 7년
동안 창작활동을 하지 못하였지만 어린 시절 독서 체험이 문학으로 연
결 될 수 있는 계기는 이 시기에 열렸던 것이다.

2) 계급의식의 각성과 결혼

1925년에는 다시 상경하여 숙명여고보 신학제 4년을 마치고 이듬해
사회주의자인 오빠의 절친한 친구이며 역시 사회주의자인 P씨가 유학
자금을 대주어 도일, 일본여자대학교 영문학부에 입학한다. 이 시기에
박화성이 계급의식을 받아들이게 된다. 그녀는 여기서 독서회에 참여하
는데 이 때의 경험이 사상을 형성하는데 중요한 영향을 미쳤다. 그녀는
"임석경관의 주의나 제지를 받아가면서도 기탄없이 정부의 비행을 규
탄하면서 자신들의 주의나 신념은 철저하게 선전하고 피력하는 용감성
과 끈기"에 감복하여 그곳의 토론에 적극적으로 참여하였다.[11]

그리하여 박화성은 사상가로써의 꿈을 키웠으며 재산과 능력을 겸비
한 많은 재사들의 구혼을 물리치고 가난하지만 총명한 사회주의 사상
가 김국진과 결혼하였다.(1928) 김국진은 그녀의 이상적 남성상에 부합
하는 인물이었기 때문이다.[12] 그러나 그는 경제적으로 무능하였으므로
집안의 반대를 염려하여 둘만의 결혼식을 먼저 올리고 첫 딸 승혜를
낳은 후 가족들에게 알렸다. 이들의 결혼이야말로 자유연애의 실현이라
할 수 있었다.[13]

---

11) 박화성, "즐겨 선택한 십자가", 『일요신문』, 1979. 6. 3
12) 그가 당시에 지시하였던 결혼조건을 살펴보면 다음과 같다. 첫째, 머리가 좋아야 한다.
   진실로 머리가 좋은 사람은 총명하고 현명하니까. 둘째, 내가 사랑할 수 있어야 한다. 사
   랑은 하건만 존경이나 신뢰심이 가지 않을 때도 있다. 내가 존경할 수 있는 남성이면 성
   격과 교양에서 나를 위압할 수 있는 인격자일테니까. 넷째, 불구자는 아니어야 한다. 다
   섯째, 위의 네 가지 조목에 해당하면 그가 외국인이 아니오 위 아래로 극심한 연령의 차
   이만 없다면 결혼해도 좋다. 박화성, 앞의 책, 179쪽

그러나 이 결혼은 "사상적으로 어느 정도까지는 확실한 터가 잡힌 때
이라 소설가로서 일생을 맞추려니 하는 생각은 꿈에도 없었던"14) 그로
부터 사상가로서 활동할 기회를 빼앗아 갔다. 그는 근우회 동경지부 결
성 창립 대회15)에서 위원장으로까지 선출되었으나 곧 아들 승산을 낳
아 더 이상 학업을 계속할 수 없었다. 박화성은 두 아이를 데리고 고향
인 목포로 돌아온다. 그러나 근우회의 설립이념16)으로 보아 박화성은
이 당시 여성해방사상의 영향을 입었던 것으로 보인다.17)

고향에 돌아온 그녀는 창작에 몰두하고자 하였으나 그마저 여의치 않
았다. 집안일과 아이돌보기로 틈이 없는데다 "남편이 그런 것을 싫어하
는 까닭에 적은 틈만 있으면 그의 좋아하는 공부를 함께 하느라"18) 시
간이 없었던 것이다. 그러나 김국진이 철저히 가부장적인 남편은 아니
었다. 고향에 돌아온 그들이 생활이 곤궁한 것은 말할 것도 없었으나
김국진은 큰 빨래나 바느질을 도와주고 주말마다 책의 내용을 토의하
는 등 박화성의 지식을 아끼는데 남달랐던 것이다.

그녀의 고생은 남편이 불온 삐라 사건으로 검거된 이후(1931)부터 본
격화되었다. 세 살된 딸과 다섯 달된 아들만을 남겨두고 남편이 잡혀간

---

13) P씨와의 파혼이나 김국진과의 동지애 적인 결합, 이혼, 그리고 천독근과의 재혼 등으로
   인하여 어느 정도는 그가 성적으로 방종하였으리라고 생각할 수는 있으나 그의 실제 생
   활은 전혀 그렇지 않았다. 그는 오히려 상당히 이성적이고 도덕주의적인 성품을 지닌 여
   성이다. P씨와의 약혼도 항일운동으로 인해 투옥된 어머니의 구명운동 중에 단지 한방
   에서 투숙하였다는 것에 대한 책임감 때문에 이루어진 것이었다. 이러한 이야기는 그의
   자전 소설 『북국의 여명』, 『거리에는 바람이』에서 반복적으로 나오고 있으며 그의 자서
   전에도 그렇게 기록되어 있다. 또한 숙명여고 재학 중 최초의 근대 여성작가이자 자유연
   애사상을 작품화하려했던 김명순이 그의 2년 선배로 자주 그와 접촉을 하려 하였으나 박
   화성은 거의 무심했다. 그는 가루분이 더덕져 있는 코와 초점이 흔들리는 눈으로 그녀를
   기억하는 것으로 보아 김명순의 격정에 찬 정서를 거부하지는 않았지만 동조하지도 않
   았던 것으로 보인다. 박화성, 앞의 책, 70쪽
14) 박화성, "여류작가가 되기까지의 고심담", 『신가정』, 1935. 12, 14쪽
15) 이 설립대회에서는 각 층을 망라한 60명의 회원과 방청객이 참가하여 대 성황을 이루었
   으며 일본문인들과 신간회 동경지회 등 내외국의 각종 단체 10여개소의 열렬한 축사가
   있었다고 한다. 임성희, 「박화성 단편소설연구」, 연대 석사, 1990, 12~13쪽

이후 남편의 사식과 가정 생활을 책임져야 했던 그녀는 현상금을 목적으로 동화「엿단지」를 신춘문예에 응모하여 30원을 타기도 하였으며 춘원선생의 추천으로 동아일보에 동경유학시절부터 준비해 왔던 『백화』를 발표하기도 하였다. 『백화』는 여류로서는 처음 쓰는 신문소설인지라 독자의 관심을 끌었고 대중적 인기를 지속시켜나갈 통속성도 갖추고 있었기 때문에 그녀에게 문인의 위치를 확고하게 해 주었다. 또한 그 무렵 집필한 중편 분량의 「하수도 공사」는 그 사상성에 있어서나 문학적 형상화의 면에서나 등단 작품과 비교할 수 없는 괄목할만한 성과를 거두었다. 이후부터 1950년대에 들어서기까지 박화성은 동경유학의 경험, 그리고 사회주의자인 오빠 박제민과 남편 김국진의 영향으로 조선의 빈궁화 현상에 대응하는 이념으로써 계급의식을 문학 형상화의 원리로 삼고 있었다.

3) 이혼과 재혼

그렇다면 이러한 어려움을 극복해 낼 수 있었던 강한 성격의 박화성이 남편과 이혼하게 된 동기는 무엇일까. 박화성의 결혼과 재혼은 이혼한 상대자가 사회주의자이며 재혼의 상대자가 목포의 사업가로써 부르주아[19]이었던 까닭에 세인의 파문을 일으켰던 사건이다. 게다가 이 일로부터 박화성과 문단과의 교류가 소원하게 되었다는 점에서 중요한 의미가 있다.[20]

이는 또한 사회주의자인 그녀가 어떤 이유로 그의 이념과는 관계없이 부르주아와 결혼 할 수 있었는지, 따라서 박화성에게 이념이란 어떻

---

16) 이들의 행동강령에서는 (1)여성에 대한 사회적. 법률적 일체 차별 철폐, (2)일체 봉건적 인습과 미신 타파, (3)조혼폐지 급 결혼의 자유, (4)인신매매 급 공창의 폐지, (5)농민부인의 경제적 이익 옹호, (6)부인노동자의 임금차별철폐 급 산전 산후 임금 지불, (7)부인 급 소년노동자의 위험노동 급 야업 폐지 등 여성의 인권보호와 사회적 평등을 위한 항목들이 제시되어 있었다.

게 수용되고 있는 것인지 살펴볼 수 있는 사건이다. 이의 과정은 그의 자서전 『눈보라의 운하』에 자세히 기록되어 있으므로 주로 이에 의존하여 정리해 보기로 하겠다.

1934년 김국진이 복역을 마치고 나왔을 때 박화성은 평소 안면이 있던 팔봉형제에게 부탁하여 그를 북간도 용정의 동흥중학교에 가게 하였다. 동흥중학교는 강경애의 남편 장하일도 근무하였던 곳으로 그로 인하여 전부터 친분관계에 있던 강경애와 교류가 있었고 강경애가 아플 때 목포의 병원에서 진출을 받도록 주선도 하였다.

1936년 두 아이들의 교육문제로 박화성은 남편에게 귀국해 줄 것을 요구한다. 혼자서 돈을 벌고 아이들을 돌보기가 벅찼던 것이다. 그는 남편에게 경제적 도움을 요구할 수 없다는 것은 알고 있었으나 아이들을 돌보아주는 일이라도 함께 하기를 원했다. 그러나 김국진은 동지의 중함만을 내세워 아이들에 대한 책임을 그녀에게만 돌리려 하였다. 결국 용정으로 찾아간 박화성을 '사랑'이라는 이름으로 버리기로 선언한 그는 곧 태도를 바꿔 편지를 부친다. "내가(박화성)다녀간 후 새삼 나의 존재가 크다는 것을 깨달았으니 빨리 돌아오되, 남매는 이미 입학했

---

17) 박화성은 친구들에게 그 설립취지를 알리고 성공적으로 대회를 결성하였다고 한다. 그의 자서전에서는 이 시기의 활동에 대해서는 다음과 같이 짤막하게 회고되고 있을 뿐이다. "현재 각 부문에서 쟁쟁한 이름을 날리는 여류 명사들이 각부의 책임자가 되고 나는 위원장으로 피선되었는데 그 덕분으로 그 당일 경찰서에 연행되어서 하룻밤의 조사를 받고 나왔다. 무슨 동명인지는 잊었으나 이층은 신간회 동경지부요 아래층은 근우회 동경지부 사무실로 정한 작은 건물로 우리는 부지런히 드나들며 맡은 바 책임을 완수하였다. 그 때 본국에서는 신간회와 근우회가 쌍벽이 되어 열렬하게 활약하였던 모양이나 나는 귀국으로 인하여 위원장의 책무를 포기하게 되었고 우리 친구들도 자연 그 직책에서 떠나게 된 것이다. 박화성, 앞의 책 174쪽
18) 박화성, 앞의 글, 40쪽
19) 천독근이 부르주아로 도회의원, 부회의원 등을 맡은 바 있어 친일의 혐의를 받고 있으나 그는 실제로 요시찰인이었다고 한다. 그는 당시 일본의 농촌 수탈정책의 하나로 목화농사를 강요한데 문제를 제기하여 파문을 일으켰으며 중추원참의라는 명예직을 물리쳤고 항일 적인 발언을 하므로 박화성과 함께 요시찰인으로 호적이 붉은 줄이 처있었다고 한다. 박화성, 앞의 책 253쪽

으니 어머니께 맡겨두고 나 혼자 만의 살림을 차리자는 뜻이었다." 그
녀는 부모가 함께 필요한 시기의 아이들에게 어미마저 잃게 하겠다는
말이나 칠십 노모를 편안하게 모시지는 못할망정 그분에게 어린 아이
들까지 짐 지울 수 없다는 생각에 단호한 거절의 편지를 띄운다. 그리
하여 박화성도 홧김에 이혼을 결심하였다(1937). 그녀가 남편을 사랑하
지 않았던 것은 아니었으나 자기편의적으로 생각하는 이기주의 남편으
로의 탈선을 용서하지 못하였던 것이다.

이듬해 평소에 박화성을 연모하여 자결까지 결심하였던 천독근과 재
혼한다. 그는 목포의 갑부로 결혼까지 한 사람이었으나 박화성이 이혼
하기 전부터 그녀를 '세계적인 작가'로 만들겠다고 하며 구애해 왔었
다. 천씨가 그를 처음 본 것은 동경에서 신간회활동을 할 때부터였다.
양동에서 가난으로 고생할 때도 몇 번이나 집 앞까지 찾아갔었다. 그러
던 중 천독근의 아내가 동창회 친목회를 열어 거기서 자연스럽게 둘이
만나게 된 것이다. 그는 천독근의 끈질긴 구애에 감복하여 결혼은 하였
으나 그의 글을 통해 볼 때 박화성은 그의 이기적이고 독단적인 성격
을 별로 좋아하지는 않은 것으로 나타난다.

"정당성의 유무를 누가 규정지을 수 있나요? 죽도록 사랑한다면 무슨
수단으로든지 그 사랑을 쟁취해 버려야만 정당한 결과라고 볼 수 있지오."
이런 논법도 있을까. 애들은 어떻게 하겠느냐고 묻는 내게
"애들은 당신의 것이 아니오?" 하던 남편(김국진 : 필자주)의 말이나
"죽도록 사랑한다면 무슨 수단으로든지 그 사랑을 쟁취해야만 정당한
결과라고 볼 수 있지요." 하는 그의 고집이 다 욕심사나운 남성들의 편리
한 자기 주장이 아니고 무엇일까.[21]

---

20) 박화성의 재혼은 이 당시 사회에 많은 관심과 물의를 일으켰던 것 같다. 그의 자서전에
   는 "때마침 영국의 에드워드 황제가 세기적인 사랑을 얻기 위하여 왕관을 던지고 심프
   슨 부인과 결합하게 되었던 차라 나의 이 재혼에 대한 각자의 비판은 그 소란스러운 풍
   설에 실려 한층 더 야단스럽게 떠돌았다."고 씌어있다. 박화성, 앞의 책, 242쪽
21) 박화성, 앞의 글, 234~235쪽

위의 글에서도 알 수 있듯이 박화성은 이 두 남성의 공통점을 이기주의로부터 찾았다. 천독근과의 결혼 생활은 이러한 남성의 이기심을 견디고 버티어 내는 과정이었다고 할 수 있다.

박화성의 재혼은 그녀의 저술활동에 긍정적인 영향을 주지는 못하였다. 재혼이후부터 가사노동과 남편의 뒷바라지와 세 아이를 더 낳으면서 그의 생활은 글을 쓸 새가 없이 바빠진다. 김국진과의 생활에서는 혼자서 두 아이를 돌보느라 힘든 면도 있었지만 남편의 영어생활로 자유롭게 글을 쓸 수 있었다. 그러나 활동의 무대가 넓은 사업가의 아내로써 이 당시의 생활은 글을 쓴다는 것이 불가능할 정도로 고된 나날들이었다.22)

당지에서 밀려드는 손님들의 접대와 때 따라 당지의 유지니 기관장이니를 초대하는 잔치가 거의 매일 벌어지지 않을 수 없었다. 게다가 전에는 종형들이 사장과 직무의 직함을 맡고 아빠는 공장장 노릇을 하던 것이 몇 해 전부터 사장이 되면서 더욱 사교와 사무가 번다하여서 새벽부터 밤늦게까지 심방객들로 정신을 차릴 수가 없었다. 그러자니 아침부터 자정이 넘도록 나는 부엌에 박혀서 도마와 칼만 쥐고 살게 되고 내 손은 종일 기름과 간장에 젖어지지 않을 수 없었다.

실로 삼년상 조석 삭망에 시모님 소상, 대상, 담제, 첫 방안제사, 또 시모님 소상, 대상, 담제의 일곱 번의 큰일을 겪을 때의 그 거치장하고 소란하고 괴롭된 일을 어찌 붓으로 다 기록할 수 있으랴. 앞으로 다섯 번의 더 큰 일이 남았는데…… 23)

---

22) 천독근은 목포직물주식회사와 전남제지주식회사를 운영하여 살림살이는 컸으나 집안생활은 그리 풍족하지 않았던 것으로 보인다. 생활비는 90원의 월급으로 충당되었고 이중 대부분의 돈이 손님접대와 시아우들의 동경유학자금으로 나갔다. 천승걸씨의 증언에 의하면 박화성은 검소한 생활을 늘 강조하였다. 특히 가정교육이 엄해서 용돈을 전혀 주지 않았고 간식은 반드시 집에서만 먹도록 하였다. 또한 옷은 반드시 기워 입혔는데 이는 곤궁한 아이들을 생각한 박화성의 배려였다고 한다.

23) 박화성, 앞의 책, 270쪽

게다가 시동생들의 유학자금도 대야했고, 시어머니의 시병살이 등도 해야했다. 그러한 상황에서 그의 "타오르는 창작열도 식어지지가 않고는 별 도리가 없었다" 재혼 이후 한동안 글을 쓰지 않은 것은 그가 일문 창작을 꺼린 탓도 있지만 이처럼 과중한 주부로서의 임무도 중요한 원인이 되었을 것이다.

박화성은 남편이 기어코 당신을 세계적 작가로 만들겠다고는 하였으나 "그럴 능력도 의지도 없는 사람"이었다고 말했다. 게다가 전쟁으로 말미암아 재산이 유실되고 자유당 정권의 일관성 없는 정책으로 사업의 재기에 실패하자 "사업과 환경의 자극으로 성격이 광폭해지고 독재적인 주장이 농후"해져서 종종 그녀를 실망시켰다고 한다. 천독근은 "여편네가 건방지게 소설이 다 뭐야."라고 호통을 치며 원고를 빼앗아 동댕이치고 그가 모아둔 원고-10편의 단편 소설-를 불체 태워 버리기까지 하였다.24) 그 중에는 「활화산」이라 하여 제주폭동사건을 소재로 한 70장 분량의 단편이 있었다고 한다.25) 이 소설은 1973년에 발표한 「휴화산」의 전편에 해당하는 것으로 소재가 소재인 만큼 적당한 시기에 발표하기 위해 아끼던 원고였다. 이러한 에피소드들로 보아 천독근은 남편으로써는 상당히 권위적이고 가부장적인 성격의 남성이었던 것 같다.26)

---

24) 박화성, 앞의 책, 262쪽

25) 박화성, 앞의 책, 368쪽

26) 그러나 박화성은 남편으로써의 천독근을 이야기할 때와 남성으로써의 천독근을 이야기할 때 각기 그 평가를 달리하는 것으로 나타난다. 그는 남성으로써 천독근은 상당히 통이 크고 능력이 있는 사람으로 시내를 잘못 타고나 그의 능력을 발휘하시 못하었던 것으로 기록하고 있다. 박화성, 앞의 책, 241쪽.
그의 아들인 천승걸(현 서울대 영문과 교수)씨는 그의 아버지가 사업가적 기질보다는 엔지니어로써 학자적 기질이 더 강하였다고 하였으며 그의 사업이 재기하지 못하었던 것도 이러한 기질적 요인과 어느 정도 연관 있는 것으로 보았다. 그러나 회사를 공동운명체로 보고 재산을 개인적으로 축적하지 않은 점등을 들어 선구적인 사고를 지녔던 분으로 이야기했다.

그러나 박화성은 남편의 이런 부당한 행위에 정면으로 도전하는 태도는 보이지 않는다. 그는 남편이 자신의 원고를 태워버렸을 때도 "가슴에 단단한 응어리를 품고 있는 내게 거듭 모멸의 언사를 뿌린 그를 나는 결코 용서할 수 없다고 생각했으나 돌연한 머리의 타박상으로 자극을 받지나 않았나 싶어 나는 입술을 깨물며 참고 말았다"[27] 고 하였다. 또한 작가로서의 역할과 주부로서의 역할이 과중하게 느껴질 경우에도 그것을 특별히 문제적인 것으로 받아들이지 않는다. "여자란 아내라거나 어미라거나 그런 책임만으로도 감당하기 어려운데, 주제에 소설을 쓴다니 천만부당하지 않느냐?"라는 갈등을 느끼기도 하지만 여성의 임무가 내 천직이라면 소설을 쓴다는 것은 박화성이라는 특정한 인간의 천직이라 생각하며 그 상황에 최선을 다하려고 노력한다.[28]

박화성은 자신의 생활에서 느끼는 여성으로서의 어려움을 개인의 탁월한 능력으로 넘어서려는 수퍼우먼 콤플렉스(superwoman complex)를 보여준다. 사실 이 당시의 상황에서는 육아나 가사노동과 같은 여성의 노동을 사회의 문제로 바라볼 인식들이 전혀 마련되지 않았으므로 자기 일을 가진 여성들이 이러한 수퍼우먼 콤플렉스에 시달리는 것이 당연한 현상이었다고 할 수 있다. 박화성은 이런 것보다 자신이 작가생활을 하는데 어려운 것은 "문단과의 거리/시골에서의 문학수업/문우들과의 격리"[29]등을 들었다. 이는 집안 일로 자주 여행을 할 수 없는 주부의 행동반경의 제한과 사생활로 인한 문단의 오해 등으로 인한 것인데 여성작가가 글을 쓴다는 어려움은 이처럼 다양한 방식으로 존재하고 있었던 것이다.

---

27) 박화성, 앞의 책, 370쪽
28) 박화성, 앞의 책, 373쪽
29) 박화성, 앞의 책, 363쪽

4) 전쟁체험

한국전쟁은 박화성의 세계관의 변모에 결정적인 역할을 하였다. 국내의 정국이 혼란스러운 가운데 해방직후에 박화성의 남편 천독근은 친일파로 지목되었다. 그리하여 친일과 부정축재의 혐의로 그들은 자주 조사의 대상이 되었다.

남편은 기업주이며 시아우들은 국회의원에 출마한 경력이 있으므로 그의 가족들은 좌익세력에 몰리게 되었다. 서울 생활에서는 당시 문학가동맹의 서기장이었던 안회남의 도움으로 결정적인 위기는 모면하였으나 남편은 자주 거처를 옮기며 생활해야 했다. 또한 큰아들 승산은 이때 실종되어 끝내 찾을 수 없었다고 한다. 몸이 약한 딸도 반동분자로 혹은 열성분자로 밀고되어 실종되었다 돌아왔다. 그들은 결국 피난 대열에 끼어 목포로 내려갔는데 그의 공장은 정문에 〈접수위원회〉, 〈직장동맹〉의 딱지를 붙이고 좌익세력에게 접수되어 있었다.

사변이 나고 우리들이 얼른 돌아오지 않으니까 옛날 나갔던 직공들이 다 몰려와서 현재 직공들을 선동하여 저희끼리 각 직무를 띠어 회사를 접수하고 우선 개를 총살해서 끓여 먹었다는 것이다.

우리 네 식구는 너무나 악착한 보고에 말을 이을 수 가 없었다. 하기야 수많은 목숨이 없어지는 이 난리 통에 제 명처럼 소중한 아들도 잃었거늘 개쯤 어떠랴도 싶지만 사람의 의사를 알아듣는 그들을 가족같이 애무하던 우리의 참악한 슬픔은 형언할 수가 없었다. 그뿐이랴, 대문짝과 창문에는 차압딱지가 모조리 붙어 있었다. 사랑방에 들어가니까 그야말로 텅 비어 있었다.

인민위원회라는 단체가 구루마를 몇 채 대어 놓고 침상, 테이블, 의자들, 라디오, 축음기, 방바닥에 쌓아 놓았던 지이드와 하아디의 전집과 책장에서도 수십 권의 책들과 병사들 준다고 이불장에 첩첩이 쌓아둔 몇 채의 비단금침이며 하다 못해 각방에 있던 아이들 이부자리와 베개들,

다섯 개의 모기장까지 싸악 쓸어가 버려서 우리는 그 날 밤을 그악스런 모기떼와 추위 때문에 한잠도 못 자고 다음날에야 친척집에서 모기장 한 개와 차렵이불 두어 장을 얻어 책을 베개로 괴로운 밤을 지샜는데 다음 날 아빠는 정치보위대라는 데로 잡혀가고 말았다.30)

이러한 가운데 그는 3억의 재산이 유실된 것을 안타까워하기보다 남편의 안위가 근심되어서 정치보위대와 인민재판소, 인민위원회와 시당 등의 건물을 돌아다니며 그의 무죄를 증명하기 위해 노력했다.31) 서울이 수복되면서 남편은 돌아왔으나 그들은 "날은 추워오고 의복과 금침이며 살아갈 일이 난감해 딸애(승해:필자주)의 백모 댁에서 이불 한 채와 나무며 고구마며 곡식들을 지어보내"는 것에 의존하여 살만큼 생활이 어려워진다.32)

이러한 체험들과 더불어 그는 자연스럽게 좌익의 이념으로부터 멀어져간 것으로 보인다. 전후 그의 문학에서는 식민지시대 내내 그의 문학적 주제로 자리잡았던 계급해방의 신념이 거의 나타나지 않는다. 박화성이 체험한 한국전쟁은 그의 윤리의식을 벗어난 폭력과 배반의 경험이었으며 생존을 위한 투쟁이었다.

5) 국가건설기의 체험

천독근은 전쟁의 와중에도 사업을 재기하고자 힘쓴다. 그러나 전쟁이 끝난 후 자유당정권의 일관성 없는 정책으로 사업은 재기의 기회를 잃는다. 예고 없이 일본물자의 수입금지령이 내려져 사업은 시작도 못하고 부채와 이자만 걸머지게 된 것이다. 이러한 사업의 실패로 천독근의

---

30) 박화성, 앞의 책, 343~344쪽
31) 박화성, 앞의 책, 345쪽
32) 박화성, 앞의 책, 347쪽

성격은 더욱 왜곡된다.

그러나 박화성이 다시 글을 쓰기 시작한 것은 남편의 사업실패와 관련이 있다. 그는 "삼십만 환의 십간도 못될까하는 고옥으로 부엌 벽이 쓰러지고 낡아빠진 컴컴한 납작집"[33] 에서 돈을 벌기 위해서 글을 쓰지 않으면 안되었다. 그는 이제 자신의 힘으로 아이들의 학비와 생활비를 충당하고 집을 키우며 남편의 뒷바라지를 해야 했던 것이다. 따라서 신문과 여성지에 소설을 연재하기 시작하였다. 그의 장편 소설에서 현실을 비판하기보다는 자본주의 사회의 논리인 과학적 합리주의를 적극적으로 받아들이는 것은 이러한 발표 지의 성격과 관련이 있다. 신문소설이란 신문의 구매율을 높이기 위한 수단으로 주 구독자라 할 수 있는 중산층의 이념에 준하여 씌어지는 것이기 때문이다. 그러나 그의 수필과 자서전을 통해 보면 이 시기에 씌어진 장편소설들을 식민지시대에 씌어진 소설들과 비교하여 그 가치를 폄하하는 일이 없는 것으로 봐서 그의 양심을 거스르는 글을 쓴 것은 아니라고 할 수 있다.

이처럼 박화성에게는 가난이 글을 쓸 수 있는 하나의 배경이 되었다고 할 수 있다. 그러나 이것은 그가 단지 돈을 위해서 어쩔 수 없이 글을 썼다는 것은 아니다. 그에게는 이미 어린 시절부터 "참을 수 없는 창작욕"[34]이라는 것이 있었다. 그러나 돈을 벌어다 주는 남편의 뒷바라지에 많은 시간을 빼앗겨야 했을 때 그녀는 글을 쓸 수 없었다.

반면 동반자 작가 시절에는 남편이 영어생활을 하였고 또 복역을 마치고 나와서는 간도에서 교원생활을 하느라 남편과 떨어져 있었기 때문에 글을 쓰기가 더 쉬웠다. 그 시절에도 두 아이들을 돌보아야 하고 남편의 사식을 걱정하는 등 평안한 생활을 한 것은 아니었지만 그나마 자기만의 시간을 가질 수 있었건 것이다.

---

33) 박화성, 앞의 책, 361쪽
34) 박화성, 앞의 책, 270쪽

　　만일 그가 영어의 몸이 되지 않고 끝내 함께만 살았던들 장편이나 단
편이나 그만큼 써내지 못했을 것이다. 만 난을 겪으면서도 정신적인 부
담이 없이 혼자만 살아왔기에 오로지 집필에 열중했던 것이 아닌가.[35]

　하지만 사교의 범위가 넓은 천독근과의 결혼 생활에서는 그의 아내
로서 너무나 많은 역할을 해야했기 때문에 추상적이고 생산적인 작업
에 속하는 창작에 임할 수 없었다. 오히려 남편의 사회적 역할은 작아
지고 돈을 벌어야한다는 현실적 압력이 그에게 주어졌던 시기에 그는
가족을 돌보는 가운데 계속 창작을 할 수 있었던 것이다. 이것 역시 여
성으로서의 삶이 작가로서의 삶에 어떤 영향을 주는 것인지 보여주는
한 사례가 될 수 있을 것이다.

2. 작가의식

1) 지도자 의식

　지금까지 살펴본 박화성의 생애와 그의 수필들을 토대로 그녀의 의
식을 정리해보면 다음과 같다. 우선 문학가이기 보다는 사상가이기를
원했던 사실에서도 볼 수 있듯이 그녀는 지도자 의식이 상당히 강했다.
박화성이 스스로를 지도자로서 생각하였다는 근거로 자서전이나 수필
에 씌어진 진술을 들 수 있다.

---

35) 박화성, 앞의 글, 242쪽

　　1918년 삼월 이십삼일에 나는 숙명여고보의 제 구회졸업생으로 교문
을 나섰다. 학교에서는 음악학교에만 간다면 교비생으로 해주겠다는 말
도 있었으나 나는 본래 전문가로서의 음악가는 원치 않았다.
　　그렇다고 그 때부터 무슨 소설가나 시인이 되겠다는 욕망도 없었다.
그저 막연히 우리나라를 독립시키는 데에 거름이 되며 우리나라에서 몇
째 안가는 큰 일꾼이 되겠다는 이상만을 품고 있었던 것이다.36)

　　나는 무엇을 어떻게 하여서 우리나라를 건지는 일꾼이 될까? 내가 무
엇을 어떻게 하여야 우리나라에서 뛰어난 일꾼이 될까?37)

　　나는 불모지에서 방치된 작가였다고 자인하고 있다. 유산도 보장된 가
치도 없었다. 과도기, 전란기, 격동기의 의식인으로써 하나하나 새로운
가치를 심고 가꾸어 나가야할 무서운 책임감이 전부였다.38)

　　는 진술들에서 작가의 지도자적 태도를 읽을 수 있다. 이러한 지도자
의식이나 선민의식은 그의 생애나 문학에서 자주 나타나는 부분이다.
그의 문학의 대부분이 낙관적이고 미래지향적인 것도 그녀의 지도자 의
식과 맞물려 있다. 즉 그는 교육을 통해 현실을 변화시킬 수 있다는 확
신을 가지고 있었고 그의 문학도 이를 위해 씌어졌다고 할 수 있다. 식
민지시대의 문학에 나타난 "계급의식"이나 분단시대의 문학에 나타난
"계몽의식"은 모두 이러한 작가의 "지도자 의식" 아래 묶일 수 있다. 또
한 이러한 이유로 해서 그녀의 작품에는 "사제관계"가 자주 등장한다.
식민지시대에는 이념적 지도자와 노동자 혹은 그의 애인(혹은 독자)이
사제 관계로 묶여진다면 해방 후에는 지적인 엘리트들과 수동적인 여
인 혹은 독자간의 관계로 바뀌어 사제관계가 맺어진다.

---

36) 박화성, 앞의 책, 83쪽
37) 박화성, 『추억의 파문』, 국민문고사, 1969, 202쪽
38) 박화성, "작가노우트", 『한국 여류문학전집』, 신세계사, 1977, 7쪽

또한 박화성이 계급의식을 가지고 있었으면서도 창작방법과 생활의 일치라는 경향문학의 내부적 요구와는 달리 부르주아와의 재혼이 가능했었던 것도 이러한 지도자의식과 무관한 것이 아니다. 작가가 문학을 실천의 문제와 결부시켜 생각하기보다는 계몽적 지도를 위한 창작이라고 생각할 경우 자신의 계급적 위치 자체가 그리 중요한 것은 아닐 것이다.

만일 그의 재혼이 현실적 어려움을 도피하기 위한 수단이었다던가 사상적 전향을 의미하는 것이었다면 재혼 이전에도 이미 계급의식을 버릴 수 있는 분위기는 이루어져 있었다. 1935년을 전후한 객관적 정세의 악화와 더불어 새로운 표현법을 모색하였거니와 카프의 작가들조차 미래에 대한 희망을 포기한 채 세태의 묘사에 치중하거나 내성에 집착하였다. 그러나 박화성은 1938년 절필의 시기에 들어서기까지 작품을 통하여 그의 신념을 펼치기에 주저하지 않았다. 특히 객관적 정세가 극도로 악화되었던 1935년 이후의 작품(「눈오던 그 밤」, 「중굿날」, 「불가사리」, 「고향 없는 사람들」)에서도 강한 생명력을 가진 인물이 계속 등장하여 미래에의 희망을 포기하지 않는다. 때로는 이러한 의지가 현실과 접맥되지 않아 소설이 현실성을 잃는데도 불구하고 이러한 인물은 창조되고 있는 것이다. 이러한 경우 그의 계급의식은 사회의 객관적 현실을 토대로 한 세계관이라기 보다는 하나의 신념이라고 할 수 있다.

따라서 그가 사업가와 결혼한 것은 사상적 전향을 의미하거나 좀 더 편안한 생활을 하기 위한 수단이었다고 할 수 없다. 차라리 계급의식이 있음에도 불구하고 이러한 재혼이 가능하였던 것은 계급의식을 지도자적 입장에서 받아들였던 증거로 삼을 수 있는 것이다.

한 인물의 의식이 지도자적 신념의 차원에서 이루어지고 있다면 그것은 엄정한 논리보다는 좀 더 정서적인 부분으로부터 그 의식의 뿌리를 찾아야 할 것이다. 그 정서라는 것은 불의를 보고는 참지 못하고 강자에 대하여 약자를 옹호하고자 하는 "약자에 대한 애정"과 "정의감"이

라고 할 수 있을 것이다.[39]

이는 역경에 빠진 사람에게 강한 삶의 의지를 불어넣어 주고자하는 측은지심, 권선징악의 유교적 윤리의식과 그리 멀지 않은 것이다. 이러한 성향은 가난한 무산계급을 옹호하는 사회주의 사상과 표면상 잘 융합될 소지를 보여준다.

그러나 이러한 사상이 유교적 윤리의식인 충의사상과 근본적인 충돌을 일으켰을 때 박화성은 후자의 편에 선다. 그러므로 한국전쟁을 체험한 이후 박화성의 소설에서는 세계관의 현격한 차이를 보이게 되는 것이다. 경험한 한국전쟁은 그의 유교적 윤리관을 기준으로 볼 때 거짓과 폭력과 배반의 기억에 불과했기 때문이다. 이런 점에서 박화성의 초기 사상성은 사유의 과정에서 나온 사상성이라기보다는 약자에 대한 애정과 주변의 분위기가 어우러져 신념의 차원에서 이루어진 사상성으로 볼 수 있다. 그러므로 박화성의 초창기 세계관은 사회의 분위기와 주변인들에 의해서 어느 정도 마르크스주의적 세계관에 접근해 갔었지만 그 근본에 있어서는 정의감과 충의사상이 내적 동인으로 자리잡고 있다고 할 수 있다. 그는 작품을 통해

"그러므로 우리의 진정한 자유와 해방의 길은 우리 약소민족과 우리 무산자가 서로 한 뭉치로 굳게 단결하여 일본제국주의와 자본가 계급에게 맹렬히 반항하여 싸워 승리를 얻는 그 길 밖에 없을 것을 단언합니다."[40]

라 하였던 바, 국권이 침탈 당한 이 민족의 현실을 타개할 유일한 노선을 계급사상으로 이해하였던 것이다. 오늘날의 시점에서 보았을 때 이 시기의 지식인들이 식민지 하에 있는 우리 민족의 모순을 올바르게 바라보지 못하였다는 한계는 분명히 있는 것이지만 당시의 상황에서는

---

39) 박화성, "약자의 편에 서서" 『현대문학』, 1964. 8, 14쪽
40) 박화성, 「헐어진 청년회관」, 『홍수전후』, 백양사, 1947, 107쪽

이러한 세계인식은 분명히 중요한 의미를 지니는 것이었다.

한편 박화성 문학의 한계로 지적되는 추상적 낙관성도 그가 받아들인 계급의식이 거의 신념적인 차원에서 받아들여졌기에 가능한 것이었다고도 할 수 있다. 따라서 국권이 침탈된 기간동안 마르크스주의 세계관에 상당히 충실했다고 볼 수 있다.

이와 더불어 지도자 의식으로부터 비롯된 계몽의식은 그의 생애와 문학의 도처에서 발견된다. 또한 그는 15세 때부터 교원활동을 하였으며 그 시기에 아이들의 청결교육을 비롯하여 사소한 생활에서부터 의식을 깨우치는데 주력하였다.[41]

뿐만 아니라 교원생활로 번 돈을 절약하여 오빠의 유학자금을 대었고 재혼 후에도 시어머니와 남편의 반대를 무릅쓰고 두 시아우들의 동경유학자금을 마련하여 주었던 것이다.[42] 또한 자녀들의 교육에도 힘써 승준, 승세, 승걸은 모두 문필가와 학자로 성장하였다. 이러한 교육에의 확신이 그의 문학에도 면면히 나타나고 있는 것이다.

전후의 계몽문학도 이러한 작가의 교육에 대한 확신을 보여주고 있는 것에 다름 아니다. 또한 박화성의 계급의식이 민족에 대한 충의의식에서 비롯되었다면 분단시기의 소설에서 나타나는 과학적 합리주의 역시 국가의 자강을 위한 방편으로 제시되었던 것이다.

2) 여성의식

그렇다면 박화성의 지도자 의식의 근원은 어디에서부터 찾아야 하는 것일까. 박화성의 어린 시절 체험 중 가장 깊은 외상을 남긴 사건은 무엇보다도 아버지의 외도였다. 그는 이 사건으로 인하여 남성에게 의존

---

41) 박화성, 앞의 책, 85~113쪽
42) 그가 유학자금을 대었던 셋째 아우 행환은 동광중학교를 창립하였으나 재단분규로 학교의 교장으로 생활하였다. 넷째 아우 옥환은 숙대교수에서 건국대 교수로 재직하였으나 5.17시국 선언위반으로 해직되었다고 한다.

적이지 않은 독립적이고 주체적인 여성을 이상적 여성상으로 삼았다. 이러한 여성상의 추구는 그의 생애와 문학을 통해 지속적으로 나타난다. 그의 글에서 보여지는 지도자의식도 가부장제에서 부여한 수동적이고 가정적인 여성의 이미지에서 벗어나기 위한 하나의 모색이었다.

그의 생애 중 특히 젊은 시절에는 남성에게 의존적이지 않은 '주체적인 여성'으로서의 자기 위상 정립이 생활에 중요한 영향을 끼쳤던 것으로 보인다. 그가 경제적 능력과 사회적 지위를 고루 갖춘 남성들의 구혼을 물리치고 가난한 사회주의자 김국진과 결혼한 것도 남성과 주종관계가 아닌 동등한 인격체로의 만남을 추구하였기에 가능한 것이었고 또한 김국진을 사랑하였음에도 불구하고 그에 대한 이기주의로 혐오감을 느끼자 이혼을 감행할 수 있었던 것도 남성에게 종속되지 않은 주체적인 존재로서의 자아정립이 있었기에 가능한 것이었다(특히 김국진과의 이혼은 아버지를 존경하기는 하였으나 아버지의 외도로 인하여 죽는 날까지 아버지라고 부르지 않았던 것과 그 심리적 구조가 일치한다). 즉 그녀의 여성의식은 남성과 대등한 관계를 수립하는 '주체적 여성'으로의 자아 정립으로 읽혀질 수 있는 것이고 이것이 지도자의식으로 승화되어 나타난 것이다.

박화성의 이러한 자기위상정립은 그가 남성중심의 문학계에서 경험하는 여러 가지 불이익에 대해 강경한 태도로 대응하는 것으로 나타난다. 당시 문단에서는 많은 여성작가가 등장하여 그에 대한 관심이 높아지고 있었다. 그 관심은 크게 여성은 여성다운 글을 써야 한다는 입장[43]과 여성도 사회적인 일에 관심을 가져야 한다는 입장[44]으로 나뉘어

---

[43] 당시에 제기되었던 이러한 논의는 대략 다음과 같은 것들이 있다.
　　홍　구, "여류작가의 군상", 『삼천리』, 1933. 1
　　이무영, "여류작가개평", 『신가정』, 1934. 2
　　김기림, "여류문인편감촌평", 『신가정』, 1934. 2
　　김문집, "여류작가의 성적귀환론", 『비평문학』, 청색지사, 1938
　　안회남, "박화성론", 『여성』, 1938. 2
　　최재서, "여성, 문학, 가정", 『여성』, 1938. 2

있었다. 이러한 가운데 박화성은 탁월한 세계관으로 인정을 받는 한편 김문집, 안회남 등에 의해 여성홀몬 부족의 작가로 취급을 받기도 한다. 그러나 박화성은 이러한 문단의 비판에 강경하게 대응하였다.

"우리여자에 비하면 그 머리 속이 미쳐날 듯이 뒤숭숭한 모든 잡무와 아무런 상관없는 남자들, 여행에 대해서는 아무런 멍에를 가지지 않은 남성작가들에게 걸작이 아직 나오지 않은 일을 생각하면 거 참 희귀한 일이지요. 그러면서도…… 여성작가들 보고는 '여성작가의 것은 괴벽이 있어 읽지 않느니' '여성은 작가로 치지 않느니' '여류작가가 어디 참으로 있기나 하느냐'는 등 온갖 말들을 거침없이 잘 하지만"45)

"제발 여류문인은 여자다운 작품을 써라. 여자로만 쓸 수 있는 작품을 써라. 이따위 소리를 말어 주셨으면 합니다. 글을 쓰는데 그다지 엄격하게 성별을 해서 말할게 무엇입니까? 아니, 그럼 왜 꼭 남자라야만 쓸 수 있는 것을 쓰지 않고…… 이해 있을 듯 싶은 소위 문인들이 이런 말을 자주 할 때는 정신이 아찔합니다. …… 그리고 또 여류문인의 작품이라고 미리 입부터 삐죽이다 한 겹 접어놓고 읽으려 드는데는 더 질색이어요."46)

이러한 직설적인 반박뿐 아니라 문단활동에서 겪었던 여성작가에 대한 차별에 대해서도 그녀는 강경하게 대응했다. 예를 들어 박화성을 『조선문단』에 추천하여 작가의 길을 열어준 이광수가 그의 데뷔작인 「추석전야」의 문장과 내용을 고쳐주었다는 이야기에 대해 이것이 사실이 아님을 분명히 밝혔다는 것, 7년 후 재추천을 한 「하수도 공사」에 대해 이광수가 불만을 표시했으나 박화성은 이를 무시하고 오히려 "조

<hr>

44) 김기진, "구각에서의 탈출", 『신가정』, 1935. 1
　　김남천, "여류문학 저조의 문제", 『여성』, 1939. 6
45) 박화성, "여류작가가 되기까지의 고심담", 『신가정』, 1935. 12, 36쪽
46) 여류작가좌담회, 『삼천리』, 1936. 2, 611쪽

선작가로서 가장 큰 영향을 받은 작가는 이광수"였지만 "내가 한 인간
으로서 반드시 가져야 할 그 무엇을 가지게 되면서부터 이씨에 대한 나
의 문예적 추앙은 스스로 얕아져 갔다"고 하고 자신의 작품에 자부심
을 표한 점,[47] 또 그녀의 역사소설 『백화』가 이광수의 작이라는 소문에
수준이하의 반응을 신랄하게 비판하고 자신의 작품임을 밝힌 점, 「하수
도 공사」에 「춘원추천소설」이라는 안전한 상표를 붙이고 원고료를 주
지 않은 것이 "여자이기 때문에 받은 한 에피소드"라고 풍자하고 있는
점[48], 김동인이 자기의 「눈오는 밤」에 대해 "상도 그 상이요, 표현도 그
표현으로 촌진도 없다"[49]고 혹평한 것에 대해 김동인이 작품을 부분적
으로만 읽고 평한 것을 나무라며 "내가 어릴 때 열광적 도취에서 탐독
하던 김동인의 초기작품에 비하여 그의 최근 작품에 나타난 상이나 표
현이나 수법 등은 진보는커녕 퇴보하였다"고 하며 "이것이 바로 화성
의 성장을 보여주는 것"이라 대응한 점등이 그 예이다.[50]

이처럼 문단의 보수적 분위기에 강하게 대처한 박화성의 태도로부터
그녀의 강인한 성격의 한 부분을 볼 수 있다. 이러한 강인한 성격과 능
력은 가부장제 사회에서 이루어지고 있는 여성차별의 문제를 탁월한 개
인의 능력에 의해 초월하려는 경향으로 나타난다.

그러나 박화성도 역시 결혼과 출산으로 인한 학업의 포기, 두 아이들
을 기르면서 치른 고된 남편의 옥바라지, 이혼과 재혼 등 당시의 시대
적 상황 속에서 여성이 겪어야 하는 여러 가지 모순들을 경험해야 했
다. 그는 두 번째 임신 때문에 학업을 포기하면서 "남녀를 불문하고 학
업에 충실하려면 독신생활이라야 하고 더욱이 여자란 가정 이외에는 매
사에 온 정신을 쏟을 수 없음"[51]을 한탄하였다. 또한 재혼 후에는 남편

---

47) 박화성, "여류작가가 되기까지의 고심담", 『신가정』, 1935. 12
48) 박화성, "소설『백화』에 대하야─『여인』지 시월 호를 읽고", 『동광』, 1932. 11
49) 김동인, "박화성의「눈오는 밤」", 『매일신보』, 1935. 4. 2
50) 박화성, "여류작가좌담회", 『삼천리』, 1936. 2

이 6남매의 맏이였기 때문에 천씨 문중의 맏며느리로서 역할을 하면서 재혼을 후회하기도 한다. 이러한 경험들을 통해 작가는 가부장제의 모순을 체험하였다. 그러나 당시의 시대적 분위기는 가부장제의 모순을 인식하고 이에 저항할 수 있는 진보적 의식이 제기될 수 있는 상황이 아니었다. 그러므로 박화성은 이에 대응하여 가부장제의 제도적 장치와는 무관하게 주체적인 삶을 영위할 수 있는 탁월한 여성을 창조함으로써 여성해방에 대한 전망을 제시하고자 하였던 것이다.

그리하여 식민지시대의 소설에서는 지도자로서의 작가가 계급의식을 작품에 투사함으로서 빈궁화 되어 가는 조선의 현실에 대응하고자 하였고 여성들은 이러한 소설적 체험의 주인공으로 등장하여 여성으로서의 삶과 조선의 현실을 매개하고 있는 것이다. 「헐어진 청년회관」(『청년문학』, 1934. 창간호)의 주인공 복주의 다음과 같은 언급을 보자. 그는 오빠와 남편의 검거 이후 활동의 목표를 잃은 자신의 모습을 반성하면서

"그러니 형님! 나 자신도 헐어져 가는 이 집과 다른 것이 무엇이요? 오빠의 가신 후 이년 동안은 남편의 지도를 받았지요? 그러다가 그마저 입옥한 지 사 년이 된 이날까지 내 생활은 어떠하였어요? 나는 모든 것에 능동적이 아니고 수동적이었어요. 나는 봉건사회와 자본주의 사회를 통하여 받은 여성의 유약과 수동성을 실천과정에서 극복하지 못하였던 것입니다. 그러기에 나를 움직여 주던 오빠와 남편이 없어진 오늘에 힘을 잃고 방향을 잃은 평범하고 무의미한 생활에서 허덕이고 있는 게 아닙니까?" 52)

라고 한다. 이는 식민지 조선에서 살아가는 여성이 봉건적 수동적 삶의 태도를 반성하는 모습이다. 이러한 가운데 박화성은 자유연애사상의

---

51) 박화성, "여류작가가 되기까지의 고심담", 37쪽
52) 박화성, 「헐어진 청년회관」, 215쪽

대안으로 이념적 동지애[53]를 제시함으로써 여성에게 식민지 사회의 현실과 만나는 참된 의미의 현대 여성으로 성장하기를 촉구하였다.[54]

또한 "외세에 대한 부정"의 민족애에서 "합리에 대한 긍정"의 자각적 민족애로 그의 현실인식이 바뀐 시기에는 이성과 합리에 대한 믿음으로써 남성과 동등한 교육을 받은 여성이 자아를 성취하는 성장소설을 씀으로써 여전히 여성해방의 의지를 포기하지 않았다. 그러나 이 시기에 씌어진 단편소설에서는 여성해방의 이념을 구현하는 적극적인 여성을 창조하기보다 가부장제 이데올로기에 준하여 살아온 여성들의 체험으로부터 현모양처의 이데올로기가 결코 여성들을 행복하게 할 수 없는 허구적 이데올로기에 불과함을 보여줌으로써 여성을 억압하는 사회 구조에 저항하였다.

---

53) 당시 우리의 여성계에서는 가부장적 가족제도에서 벗어나기 위한 자유연애사상이 강하게 제시되었다. 이러한 사상은 봉건제사회에서 필연적으로 제기될 수밖에 없었던 사상이었지만 그들이 제시하였던 제안이 지나치게 극단적이었던 것도 사실이다. 자유연애 사상의 이론적 토대가 되었던 두 사상은 얼렌 케이 사상과 콜론타이 사상이다. 엘렌 케이는 자유연애와 모성의 중요성을 강조하면서 연애에 있어 양성간의 권리와 자유를 주장하는 한 편 여성은 모성을 보호받음으로써 해방되어야 한다고 주장하였다. 따라서 여성은 어머니로서의 직능에 부적당한 일체의 노동에서 사용되어서는 안 된다고 주장하였다. 또한 국가 정책적 차원에서 모성과 아동의 보호를 해주어야 하며 결혼에 있어서는 사랑의 존재여부가 중요할 뿐 법률적인 승인 그 자체가 중요한 것은 아니라고 보았다. 그러한 사상은 봉건사회에서 단연 충격적인 것이었다. 그러나 엘렌 케이가 주장한 모성의 사회화에 관심을 기울이기보다 자유연애 사상에 더 관심을 기울이고 있는 것은 우리나라 여성해방사상의 당대적 수준을 보여주는 것이다. 지극히 봉건적이고 가족 중심적인 당시의 사회에서 모성의 사회화가 이해될만한 분위기는 성숙되어 있지 않았던 것이다. 콜론타이는 사회주의 여성해방론자로서 연애에 있어 이념적 동지애를 강조한 바 있다. 우리나라에도 소개되었던 소설 「적연」의 내용도 그렇거니와 '매력에 감하면 육체적으로 결합되는 것은 자유'라고 하면서 이상적 연애로서 동지애를 주장하였던 것이다. 그러나 박화성이 제시하였던 동지애는 성적 방종을 용납하지 않는 것으로 무엇보다도 사상적 결합을 중시하는 보수성을 견지하고 있다는데 그 특이점이 있다고 할 수 있다.
당시 엘렌 케이 사상에 대한 대표적인 글은 노자영, "여성운동의 제 일인자, 엘렌케이", 『개벽』, 1921. 2/외관생, "여성운동의 어머니인 엘렌케이 여사에 대하여", 『신여성』. 1926. 6,
콜론타이 사상에 대한 대표적인 글은 장국현, "신 연애론", 『신여성』, 1031. 3/김옥엽, "청산할 연애론", 『신여성』, 1931. 11 등이 있다.

　이처럼 박화성은 그의 문학전반에 걸쳐 지속적으로 여성의 지위 개선을 염두에 두고 있었으며 어떤 의미에서는 이것이 그의 일생에 일관되어 흐르는 공통된 화두였다고 할 수 있을 것이다.

---

54) 1935년 이전에 씌어진 소설에서는 대부분 부르주아 계급의 여성들이 등장한다. 「하수도공사」의 용히, 『백화』의 일주, 「비탈」의 주희, 「두 승객과 가방」의 정체, 「논갈때」의 해선, 「헐어진 청년회관」의 효주와 같은 여성들은 어느 정도 교육을 받은 여성으로 조선의 빈궁화 현실을 객관적으로 이해할 수 있으며 남성과 이념적 동지애로 맺어진다. 「비탈」의 수옥이나 「신혼여행」의 복주는 이의 예외적인 경우로 수옥의 경우는 죽음을 당함으로써, 복주의 경우는 남편에 의해 조선의 현실을 자각함으로써 가부장제에 순응하여 살아가는 삶을 마감한다. 조선의 빈궁화현실에 밀착하여 세부묘사에 주력한 30년대 후반의 소설에서는 빈궁에 대처하는 여성들의 강인한 생활자세가 묘사됨으로써 역시 남성과 대등한 관계를 이룬다. 「한귀」의 성섭이 처, 「중굿날」의 금례, 「고향 없는 사람들」의 삼룡이 처, 「춘소」의 어머니 등이 이러한 유형의 여성으로 형상화된다.
전후 장편소설에 나타나는 여성들도 남성에게 비의존적이라는 점에서 유사성을 보인다. 『고개를 넘으면』의 영옥과 혜선, 『벼랑에 피는 꽃』의 석란과 관숙, 『내일의 태양』의 희숙, 『거리에는 바람이』의 윤주 등의 여성은 남성과의 애정문제보다 자아성취에 관심을 기울이는 여성들이다. 『고개를 넘으면』의 설희나 『내일의 태양』의 희라와 같이 수동적인 여성은 특정한 사건을 계기로 타자로서의 여성에서 탈피하여 주체적 여성으로 성장한다. 또한 1960년대 이후의 단편소설에서는 주체적인 여성을 창조하기보다는 가부장제에서 부여하는 이데올로기에 순응하여 살아온 여성들이 그 삶의 행적으로부터 만족을 느끼기보다는 환멸을 느끼는 현실을 보여줌으로서 여전히 가부장제의 이데올로기를 비판하고 있다. 「부덕」, 「원죄인」, 「어떤 모자」의 어머니, 「현대적」의 안순애 여사와 같은 여성이 이의 대표적인 예이다.

3. 동반자문학, 그리고 사회주의 여성해방의식

1. 낙관적 전망의 획득과 지식인여성의 계몽성
2. 낙관적 전망과 퇴조와 하층민 여성의 건강성
3. 소 결

3. 동반자문학, 그리고 사회주의 여성해방의식

1. 낙관적 전망의 획득과 지식인 여성의 계몽성

박화성은 1925년에 등단하여 주로 1930년대에 동반자작가로서 활동하였다. 이 시기의 문학은 일본의 식민지 수탈로 빈궁화되어 가는 조선의 현실에 대응하여 계급의식을 가지고 창작에 임하였다. 당시 우리 민족은 자주적 근대화를 지향하는 가운데 여성의 사회적 지위를 개선해 보려는 각종의 이데올로기가 제시되었는데 이 중 사회주의 여성운동을 주장하는 여성들은 계급 해방을 통한 민족 해방의 성취를 목적으로 삼고 여성문제에 대한 인식보다 계급문제에 대한 인식이 더 시급함을 주장하였다.[1]

이 시기에 제기되었던 계급의식은 민족의 해방이라는 보다 큰 열망을 그 정신의 내부에 담고 있었고 지식인들은 이 사상을 우리 민족이 독립을 쟁취할 수 있는 유일한 노선으로 이해하였다. 최근 들어 이 시기의 경향문학이 우리 민족의 해방이라는 문제를 엄격히 분리하여 이해하지 못하고 계급혁명에만 치중하였던 한계가 지적되고 있는데 이와 함께 박화성의 소설에서는 당시 재기되었던 사회주의 여성운동의 주장에도 불구하고 계급해방을 통하여 여성해방의 전망을 획득하는 것도 어느 정도 한계가 있음을 보여준다.

그러나 여성해방도 민족의 독립이 있어야 이루어 질 수 있다는 의식

---

1) 조혜정, 『한국의 여성과 남성』, 문학과 지성사, 1988, 98쪽

은 급격히 변화하는 당시 조선의 정세를 고려해 볼 때 중요한 의미가 있는 것이다.[2]

따라서 이 시기의 문학은 계급해방의 이념을 어떻게 문학적으로 형상화하고 있는가를 충분히 읽어내는 작업으로부터 시작하여야 하는 것이다.

박화성이 작품활동을 하였던 1920~30년대 우리 문단은 조선의 빈궁화현실에 대응하여 대상의 구체적 형상화를 통해 현실의 총체성을 담아내고자 했던 리얼리즘 소설이 주류를 형성하고 있었다. 이 계열에 속하는 소설은 세계를 바라보는 태도와 지향점의 차이에 따라 경향소설과 비판적 리얼리즘소설로 나누어 볼 수 있다. 이 중 경향소설[3]은 객관현실의 토대와 상부구조를 구체적 전망 하에 통합적으로 인식하고 반영하려는 리얼리즘의 본격적인 대두를 의미하는 것으로 문학의 효용적인 측면을 강조하는 우리 문학의 전통을 이어 받은 것이었다. 더구나 식민지의 지배 수탈이 강화되어 가면서 조선의 궁핍화는 가속화되었고 지식인들은 위기의식을 가지지 않을 수 없었다.

이러한 현실의 긴박함에 대응한 현실변혁의 의지는 논리적 분석을 뛰어 넘은 채, 계급해방의 논리를 민족해방의 출구로 인식하였던 것이다. 그러므로 이들의 문학은 추상적 관념의 세계에 빠져들 가능성이 농후하였고 또 실제적으로 그러한 한계들이 발생하였다. 그러나 그 정신의 내부에는 사회의 현상을 좀 더 넓은 범주에서의 상호 규정성이라는 변

---

2) 이영옥과 이정옥 등의 연구에서는 박화성이 다른 여류작가들에 비해서 여성억압의 현실이나 여성해방의지가 약한 작가라고 평가한다. 그러나 박화성은 당시의 사회를 좀 더 거시적인 시각에서 바라보고자 하였고 여성해방에 대한 입장도 달랐다. 그는 "무산계급의 해방이 없이는 여성의 해방은 있을 수 없다는 것을 알아야 할 것"이라 주장하였다. 박화성, "계급해방이 여성해방"〈『신여성』, 1933. 2

3) 경향문학이라는 말은 청년독일파 문학을 가리키는 말이었다. 청년 독일파의 문학은 현실변혁에의 강렬한 의지가 표명되는 것으로 그들에게 정치적으로 소망스런 경향들을 알린다는 목적을 위해 객관성을 희생시키고 주관성을 과도하게 주입시킨 문학인 것이다. 따라서 경향문학이란 순수예술에 대립하는 개념으로 정치에 있어 진보적인 성향, 즉, 경향성을 띤 문학을 의미하는 것이다. 스테판 코올, 『리얼리즘의 역사와 이론』, 101~102쪽

증법적 맥락에서 바라보고 역사의 변혁을 추구하려는 보다 진보된 세계관을 지니고 있었다.

이러한 세계관을 공유한 문인들의 단체가 카프였다면 이들과 직접적인 관계를 맺지는 않았지만 이념적으로 동조한 문인들이 동반자 작가였다.[4] 동반자작가[5] 박화성은 1925년 「추석전야」로 데뷔하여 그 의식의 탁월함을 인정받았으나 그 후 일본 유학과 두 아이의 해산으로 7년 간의 공백기를 가졌기 때문에 1930년대에 주로 활동을 하였고 이때에 문예적 분위기에 지대한 영향을 받았다.

박화성이 「하수도공사」를 발표하여 문학활동을 다시 시작할 무렵에는 1927년 방향전환론[6]으로 이론의 정론성이 수립되고 있었던 시기였다. 따라서 이 시기에 씌어진 박화성의 작품은 이러한 시대적 분위기가 다분히 반영되고 있다. 소설에는 지식인 전위가 등장하여 무자각 상태의 노동자와 농민을 의식화하고 빈궁화에 치달리고 있는 조선의 현실을 극복할 수 있다는 낙관적 역사의식을 보여준다. 이러한 인물과 상황 및 소설적 구성의 설정이 지나치게 도식적이라는 한계를 보여주고 있는 것은 사실이다. 하지만 식민지 조선의 빈궁화 현실을 과학적 차원에서 규명하고 저항하겠다는 당대적 의미를 고려해 볼 때 여전히 시대적 중요성을 가지는 것이었다.

한편, 소설의 주인공들이 빈궁화된 식민지 조선의 현실을 자각하고

---

4) 채만식은 동반자작가를 "프로레타리아 이데올로기를 가지고 프로레타리아작품을 쓰는 일군의 작가가 있으나 일정한 계급적 기도 하에 작품활동을 조직적으로 진전시키지 아니하는 작가"라 정의하였다. 채만식, "현인군의 몽을 계함", 『제일선』, 1932. 7

5) 김기진은 "조선문학의 현재의 수준"(『신동아』, 1934. 1)에서 유진오, 장혁주, 이효석, 이무영, 채만식, 조벽암, 유치진, 안함광, 안덕근, 엄흥섭, 홍효민, 박화성, 한인택, 최정희, 김해강, 이흡, 조용만 등을 동반자작가로 규정하였다.

6) 방향전환론은 예술운동의 볼세비키화의 일환으로 목적의식기의 주요 내용이었던 경제투쟁으로부터 정치투쟁으로의 전환과 그 맥을 같이 한다. 일 예로 권 환은 이에 대한 구체적 방침으로 전위의 활동을 강조하였다. 그는 "X의 활동을 이해하게 하여 그것에 주목을 환기시키는 작품"을 요구하였으며 30년대 전반기 우리 문단에서 지식인 전위가 등장하는 것은 이의 연장선상에 놓인 것이다.

이에 저항함으로써 소설의 기본구도는 계급의식에 준하고 있지만 많은 경우 주인공이 여성으로 설정돼 있어 계급의식과 여성과의 관계가 필연적으로 노정될 수밖에 없었다. 이 시기에 씌어진 대부분의 소설은 여성이 주인공으로 설정되어 있고 이야기의 진행도 여성의 시점으로 이루어지고 있다. 따라서 이러한 소설들의 경우에는 여성인물의 의식을 얼마만큼 주제에 부합한 인물로 형상화하고 있는가에 작품의 완성도가 달려 있게 마련이다. 특히 1930년대 전반에 등장하는 여성인물들은 남성전위의 이념적 동지로 규정지어짐으로써 계급해방 이념의 전달체로써의 의미를 강하게 가지고 있다. 따라서 여성의 형상화와 작품의 완성도는 밀접한 관계를 가질 수밖에 없는 것이다.

객관적 정세의 약화로 낙관적 역사의식이 퇴조하고 빈궁의 현실을 탐색하여 들어간 1935년 이후의 소설은 계급의식의 형상화에 있어서나 여성의 삶을 구체화하는데 있어서 이러한 관념성과 추상성의 한계를 벗어난다. 소설은 사회적 현실로부터 전혀 전망을 획득하지 못하지만 조선인의 생활상을 객관적으로 묘사함으로서 생활의 현실성을 얻는다. 여성인물의 경우도 빈궁계층의 여성을 설정하여 빈궁한 여성이 일본 제국주의의 경제적 수탈로 인한 생활고와 가사노동 전담 및 성적대상화로 인한 여성착취의 이중고에 시달리는 모습을 사실적으로 보여준다. 이러한 가운데 빈궁에 대처하는 여성들의 모습이 적극적이고 능동적으로 나타나 하층민 여성의 건강성을 보여준다.

이처럼 이 시기의 소설에서는 사회의식과 여성의식이 일정한 연관성을 가지고 형상화된다. 그러나, 이 두 개의 의식이 한 작품 내에서 충분한 연관성을 제시하지 못하고 구성을 헤치는 경우도 있다. 동반자문학의 문학적 성취와 더불어 이 관계에 주시하면서 식민지시대의 문학을 고찰하여 보기로 하자.

1) 주인공의 신분 전락과 계급의식의 각성

「추석전야」와 『백화』는 박화성의 초기작으로 작가의 사회의식과 여성의식의 형성관계를 잘 살펴볼 수 있는 작품이다.

먼저, 「추석전야」는 이광수의 추천에 의해 발표하게 된 박화성의 등단작으로 1925년 1월 『조선문단』에 실렸다. 이 작품은 1920년대 식민지 조선의 경제적 재편 과정에서 착취당하는 여성 노동자를 형상화하고 있으며 둘째, 식민지시기의 박화성 문학의 지향점이 계급해방에 주어지고 있음을 보여주고 있다는 점에서 중요한 의미가 있다.

이 시기는 당시 문단에서 소설가로 활동하고 있던 김명순이 자유연애의 사상에 영향을 받아 이를 중심으로 한 여성의 자아각성 문제로 고민하고 있었던 시기였다. 그러한 가운데 박화성은 식민지의 현실과 만나는 여성노동자를 창조하였다. 식민지시대의 여공은 열악한 노동환경 및 과중한 노동과 저임금으로 의·식·주의 기본적인 생활마저도 위협받는 최악의 노동자 계급이었다. 그러므로 「추석전야」의 주인공 영신은 계급모순과 민족모순, 성모순의 담지자로서 새롭게 대두하기 시작하였던 신경향문학의 전형적인 주인공이라 할 수 있다.[7]

영신은 당시 프로소설에 등장하였던 추상적 빈민자가 아니라 식민지 노동수탈의 첨예한 현장이었던 방직공장의 여공이었다. 그녀는 열악한 환경에서 작업을 하였지만 그 임금이 최소한의 생계비에도 미치지 못

---

7) 「추석전야」가 씌어진 당시에는 프로문학의 논의가 초보적인 단계에 머물고 있었고 소설창작의 측면에서도 그 수준이 매우 낮은 상태에 있었다. 당시 프로문학의 주요 논자이자 문학자이던 박영희와 김기진이 『개벽』에 「전투」, 「불이야 불이야」를 각각 발표한 때가 이 때였고 이기영은 「오빠의 비밀편지」(『개벽』, 124, 7)를 발표한 상태이며 최서해의 「탈출기」(『조선문단』19, 3)는 아직 발표되기 전이었다. 이 시기의 프로문학은(세계관의 성격상 도식적인 측면은 피할 수 없었다고 할지라도)논의의 질에 있어서도 영성하였을 뿐 아니라 그 운동의 적극성과 견주어 볼 때 작품자체는 지나치게 추상적이었다. 이러한 가운데 「추석전야」는 식민지 시대의 여공을 주인공으로 하고 있다는 점에서 선진적 측면을 가지고 있는 것이었다.

하였다.[8]

　당시 조선인 여성노동자의 임금은 조선인 남성노동자의 임금에 비해 2분의 1에 불과했고 일인 남성노동자에 비하면 4분의 1에 불과했다. 여성노동자의 임금수준은 성별격차에 민족별 격차가 합쳐져 더욱 낮았다. 자본가들은 직종별, 직능별, 성별분업에 의한 임금차별 외에 '여성의 노동을 부차적인 것으로 간주하는 이데올로기'를 적용하여 저임금을 합리화하였다. 그러므로 일제는 저임금의 조선인 여성노동자를 선호했으며 이 중 가장 장시간의 노동을 강요 당하던 직종이 방직공업 부분이었다는 사실을 고려해 볼 때, 박화성의 「추석전야」가 가지는 문제의식은 높이 살만한 것이었다.

　빈민굴에서 생활하는 영신의 눈에 비친 유달산의 풍경을 보자.

　　목포의 낮은 보기에 참 애처로웁다. 남편으로는 늘비한 일인의 긔와집이오 중앙으로는 초가와 넷 긔와 집이 섞겨 있고 동북으로는 수림 중에 서양인의 집과 남녀학교와 예배당이 솟아 있는 외에 몇 긔와집을 내놓고는 따에 붙은 초가 뿐이다. 다시 건너편 유달산 밑을 보자. 집은 덜틈에 구멍만 빤희 뚫어진 도야지 막같은 초막들이 산을 덮어 완전한 빈민굴이다. 그러나 차별이 심한 이 도회를 안고 있는 자연의 풍경은 극히 아름다웁다……(중략)……주위의 풍경은 그림같고 농촌과 어촌, 산촌과 도회와 항구의 각색 맛을 다하야 가지고 있는 목포는 매일 움즉이고 시시각각으로 변하건만 그 이면에 잠겨있는 빈민의 생활은 다른 곳에서 볼 수 없을만한 비참한 살림이 숨어 있는 것이다. 그럼으로 낮에 높은 곳에서 이 저자를 내려다 볼때는 그렇듯 여러 가지의 느낌이 나려거니와 밤의 도회는 다만 아름다울 뿐이다. 제일 보기싫은 산밑 구멍집은 어둠에 무

---

8) 일제 하 조선인 노동자들은 생계비의 절반수준에도 미치지 못하는 임금을 받고 있기 때문에 노동자 가족 전원이 생계비를 벌어야 했다. 이러한 상황에서 여성들은 사회적 노동에 참가하지 않을 수 없었지만 노동력 과잉으로 실업의 위험이 항존하는 상태에서 노동자의 자본가에 대한 상대적 열세는 노동조건을 악화시키고 있었다. 한국여성연구회 여성사분과 편, 앞의 책, 102쪽

치고 생기있는 불둘만 전등 밑에 안지겠다는 듯이 황홀거리고 있어 별밤
에는 하늘과 따에 별과 불을 가릴 수 없이 붉은 구슬들만 빛나고 있을
뿐이다.「木浦の 夜は 美です」이것은 뜻있는 사람의 밤시가를 보면서 불
으짓는 어구이다.9)

　식민지 조선경제의 모순된 현실을 파악하는 작가의 이러한 통찰력은
1925년에 씌어진 것으로는 상당히 탁월한 수준에 올라 있는 것이었다.
유달산을 중심으로 펼쳐진 목포 시가지의 모습은 식민지 조선의 왜곡
된 경제구조의 한 단면을 보여준다. 조선의 땅에서 일인과 서양인들은
풍족한 생활을 하고 조선인들은 빈민굴에 살고 있는 것이다. 유달산록
의 풍경은 모순된 식민지경제재편의 축소판이다.
　영신은 초막과 같은 빈민굴에서 살고 있는 조선 빈민 여성이다. 그녀
는 고등하교를 다니다가 돈이 없어 학업을 계속할 수 없었던 여성으로
경제적으로는 프로레타리아에 속하였고 지적으로는 - 당시의 상황에
견주어 볼 때 - 인텔리 계층에 속하는 여성이었다.
　소설은 방직공장의 열악한 작업환경 속에서 어깨를 부상당한 영신의
고민으로부터 시작된다. 일인 공장감독이 어린 여공을 희롱하는데 분개
하여 이를 항의하다가 기계의 북이 튀어나와 왼쪽 팔을 다친 것이다.
그러나 이러한 반항이 우발적으로 일어난 것이 아니라는데 문제가 있
다. ‘영신은 전일부터 빈부와 계급에 대한 반감을 잔뜩 가지고 있었으
며 더구나 감독의 평일 행위를 몹시 미워하던 터’10) 였다. 감독은 여성
노동자를 관리자로서 착취할 뿐 아니라 성적으로 희롱하여 왔다. 그러
므로 공장에서 영신이 보여준 행동은 자본가에 대한 노동자의 저항일
뿐 아니라 가부장제에 대한 여성의 저항이기도 하였다.11)
　다음은 집으로 돌아가는 영신의 시야에 초점이 맞추어 진다. 추석을

---

9) 박화성, 「추석전야」, 『조선문단』, 1925. 1, 195쪽
10) 박화성, 「추석전야」, 『조선문단』, 1925. 1, 197쪽

사흘 앞둔 거리에는 댕기와 대님이 수없이 걸려 있다. 영신은 집으로 돌아가는 길에 어깨의 부상에도 불구하고 이것들을 딸과 아들에게 선물하고픈 마음에 사로잡힌다. 그러나 집에 도착하니 아이들은 월사금을 안 갖고 왔다고 학교에서 쫓겨와서 울고 있다. '우리는 못배와서 뜻을 못일우거니와 남매는 기어코 내 팔이 불어지드래도 남부럽지 않게 식여보려니 결심'[12]하였던 것조차 뜻대로 이룰 수 없는 사회적 현실이 제시된다. 이에 대비하여 공장의 관리자가 된 남편의 친구가 떠오른다. 남편의 동창생은 부자의 아들로 공부를 계속하여 공장의 관리자가 되었다. 그러나 남편은 고생만 하다가 폐병으로 죽었다는 생각과 자신들은 돈 일원이 아쉬운데 부자들은 '몇 십 원씩 기생의 웃음 값'을 주고 있을 생각에 분노한다. 그녀는 자식 교육과 추석제사를 위해 필요한 최소한의 돈을 마련하기 위해 어깨의 부상에도 불구하고 이틀 밤을 세우지만 겨우 받은 공장의 십일급조차 땅주인에게 빼앗기고 만다. 이러한 현실에 대하여 영신은 돈에 대한 강한 혐오감을 보여준다.[13]

이와 같은 「추석전야」는 그 무렵에 씌어진 다른 경향소설과 비교하여 볼 때 몇 가지 선진적인 측면이 눈에 띈다. 그것은 첫째, 식민지의 현실과 만나는 최초의 여성을 창조하였다는 것과 둘째, 식민지 조선자본의 잘못된 경제의 배분을 정확히 파악하고 있다는 것이며 또한 빈궁체

---

11) 식민지하 한국의 여공들은 공장법, 노동법도 없는 상황에서 장시장의 노동, 극한의 저임금, 민족차별에 더하여 여성에게 국한된 성적 수모와 신체적 폭력 속에서 생명의 위협을 받는 기계적인 삶을 강요받았다. 그러나 극도의 빈곤과 한국인의 취업기회 억제로 여공이 되려는 여성은 해마다 늘어갔다. 또한 전통적 가부장제의 사회에서 여성의 사회화는 남성의 권위에 대한 인내와 복종을 강요하는데, 이의 사회화 과정에서 생긴 여성의 인성은 엄격한 규율이 존재하는 공장내에서 더 잘견디는 것으로 생각되어 자본가들은 나이어린 여성노동자들을 선호하였고 남성노동자를 통해 여성노동자를 통제하였다고 한다. 안연선, 「한국식민지 자본주의화 과정에서 여성노동의 성격에 관한 연구 : 1930년대 방직공업을 중심으로」, 이대 석사, 1988

12) 박화성, 앞의 책, 203쪽

13) 이는 빈궁의 대처하는 주인공의 행동방식이 개인적이고 감정적인 차원에서 머물러 있다는 점에서 다분히 신경향적인 결말의 구조라고 한 수 있다.

험이 구체화되어 있다는 것이다. 엘렌 모어스(Ellen Moors)는 여성작가가 남성작가에 비해 돈에 대한 인식이 구체적이라고 하였는데 14) 「추석전야」는 금전에 대한 인식이 상당히 구체적이고 현실적인 차원에서 드러난다. 이는 노동자와 자본가사이의 모순을 현상과 본질사이의 다양한 매개과정을 통해 보여주는 카프작가들의 소설조차 돈에 대한 인식이 상대적으로 추상화되어 나타나고 있다는 점과 비교해 볼 때, 긍정적으로 살 수 있는 부분이다. 박화성의 경우 빈궁체험이 구체화되는 것은 그것이 모성체험을 통해 공감의 깊이를 획득하기 때문이다. 15)

영신은 식민지 현실과 만나는 여성이었고 어머니였으며 공장노동자였다. 그런 의미에서 「추석전야」의 당대적 의미는 큰 것이다.

이상에서 살펴본 「추석전야」는 박화성이 본격적인 문학활동을 시작하기 7년 전에 씌어진 작품이지만 이후 박화성 문학이 지향해 나아갈 여러 가지 단초를 보여주고 있다는 점에서 중요한 의의가 있다. 첫째, 「추석전야」의 영신은 식민지 시대의 현실과 만나는 최초의 여성일뿐 아니라 최초의 공장노동자였다. 이후 박화성의 경향적 작품에 나타나는 여주인공의 자각 및 활동의 범위는 이 영역을 크게 벗어나지 않는다. 한편 박화성이 사회의 모순이나 빈궁을 체험하는데 중요한 모티브로 작용하는 것은 모성을 실현할 수 없는 극빈한 상태에서 일어나는 어머니의 내면적 갈등을 통해서인데 이는 사회의 문제를 주로 다루었던 박화성이 그 체험의 방식에 있어서 여성의 생활범위를 외면할 수 없었던 것을 의미한다. 기존의 사회에서는 남성과 여성의 체험영역이 다를 수밖

---

14) Ellen Moires, Literary Woman, Doubled Company, 1976
15) 강경애와 백신애의 소설이 경향적 면모를 보이면서도 특히 빈궁의 형상화에 남성작가를 능가하는 탁월성을 보여준 것도 빈궁의 현실이 실제로 살림살이와 육아를 담당하는 여성의 체험으로써 더욱 구체화되기 때문이다. 강경애의 「소금」, 「지하촌」, 백신애의 「적빈」, 「호도」등은 특히 모성체험을 통하여 빈궁이 구체화된 사례로 들 수 있는 작품이다. 이런 점에 주목하여 본다면 여성작가의 체험은 현실의 구체적인 생활과 더 가까울 가능성이 있다.

에 없는데 이러한 변별적 요소가 작품의 형상화에 반영되어 있는 것이다. 1930년대에 씌어진 그의 동반자 문학이 여성의 시점에서 씌어진다는 것은 그런 의미에서 중요하다. 즉, 동반자 문학이 여성의 시점에서 씌어진다는 것은 그런 의미에서 중요하다. 즉, 당대의 상황에서 계급해방만이 민족이 살아나갈 유일한 탈출구였다고 인식되어진 상황에서 투쟁의 후방에 남겨진 여성은 그러한 현실과 어떠한 방식으로 연관되는가를 박화성은 보여주고 있는 것이다.

둘째, 「추석전야」에서 영신이 빈궁탈출의 방편으로 생각하는 것은 투쟁이 아니라 교육을 통한 지식의 획득으로 나타난다. 이것은 박화성 문학에서 지속적으로 나타나는 계몽적 성격과 관련되는 것이다. 이 소설은 그 결말을 처리하는데 있어 계급의식을 각성하기 보다 부자들의 횡포에 분노하고 돈을 더럽다고 거부하는 감정적 분노의 차원에 머물고 있는 것은 사실이다. 그러나 여기서 중요한 것은 이러한 인식의 한계보다 영신이 빈궁탈출을 탈출하기 위한 한 방편으로 자식들의 교육에 집착하는 모습을 보여준 데 있다. 이는 무엇보다 교육을 통한 지식의 확보를 중시하는 작가의 태도를 보여준다. 실제적으로 그녀는 15세부터 교육자의 길에 들어섰고 한동안 사상가로서의 꿈을 버리지 못하였는데 이러한 작가의 의식이 그녀의 문학에 반영되어 있는 것이다. 이러한 계몽적 태도가 그의 문학에 지속적으로 나타나고 있는 것이다.

『백화』는 1932년 6월부터 이듬해 11월까지 동아일보에 연재된 박화성의 역사소설이다. 『백화』는 24세 경 양백화의 「서운」(『개벽』, 24, 10)이라는 작품을 읽고 구상을 하게 되었다고 하며 동경유학 중에 꾸준히 이 글을 창작하였다. 그리하여 1931년 남편이 검거되자 생활의 방편으로 동아일보에 이 글을 싣게 되었던 것이다.[16] 따라서 이 소설은 「추석전야」와 7년 간의 간격을 두고 발표되기는 하였으나 이 소설과 연속선

---

16) 박화성, "소설 백화에 대하야", 『동광』, 1932. 1

상에서 이야기 할 수 있다.[17]

1930년대는 식민지 정책의 강화로 문학의 정치적 경향이 퇴조하고 소재와 형상화에 대한 관심이 다원화되었으며 그 일경향으로 많은 역사소설이 씌여졌다. 이광수의 「마의태자」(동아일보, 26. 5. 10~27. 1. 9), 「단종애사」(동아일보, 28. 11. 30~29. 12. 11), 「이차돈의사」(조선일보, 35~9. 28), 김동인의 「젊은 그들」(동아일보, 29. 9. 2~31. 11. 10), 「운현궁의 봄」(조선일보, 33. 4. 26~34. 2. 15), 「대수양」(조광, 41. 3~12), 현진건의 「무영탑」(동아일보, 38. 7. 20~39. 2. 7), 박종화의 「금삼의 피」(매일신보, 36. 3. 20~) 「대춘부」(매일신보, 37. 12. 1~38. 12. 25), 「다정불심」(매일신보, 40. 11. 16~41. 7. 23)등은 그 무렵 쓰여진 대표적 역사소설들이다. 이 소설들은 통속적 요소가 가미되어 대중적 인기 또한 많이 얻었다.[18]

그러나 외부의 억압에 의해 문학계의 정치적 관심이 약화됨과 더불어 소극적 방식으로 소재를 넓힌 이 시기의 역사소설은 그런 까닭에 그 문학적 전개양식도 부정적일 수밖에 없었다.[19]

이 시기의 역사소설은 사료에 근거한 '필수 불가결한 아나크로니즘'의 원칙에 준하고 있기보다는 역사를 사사화하고 상상력에 의존함으로

---

17) 이 글의 연재와 더불어 여류작가 최초의 장편소설이 신문에 연재된다는 것으로 세인의 관심을 끌었다고 한다. 그러나 문단에서 그의 작품을 바라보는 태도는 결코 허심탄회한 것이 아니어서 그 작품에 대한 평가는 가십의 수준을 면치 못하였다. 그 내용인 즉 "하수도공사나 백화가 화성의 작이 아니고 기형의 작이라」「백화가 제씨의 작품인데 자기의 작품인체하야 虛禮에 만족한다"는 것이다(박화성, "소설 「백화」에 대하야-「여인」지 시월호를 읽고」『동광』, 32, 11 485쪽 여기서 기형 혹은 제씨는 이광수를 지칭하는 듯함-필자 주). 이에 대하여 박화성은 이제까지 자신의 저작과정을 자세히 언급하면서 수준이 하의 반응을 신랄하게 비판하고 "작품의 계급성을 준엄히 비판하여 주신다면 나는 고개를 숙여 사의를 표하겠다"고 한다. 이것은 분명 비평계의 스캔들로 남성작가들의 경우에는 좀체로 받기 어려운 오해가 아니었던가 싶다.
이러한 경험은 가난한 살림으로 남편의 옥바라지와 어린 두 아이의 시중을 들어야 했던 어려움, 여행을 할 수 없는 행동반경의 제한 등 실생활의 어려움을 체험하며 더불어 "소재와 힌트를 함부로 잡을 수 없는" 시대적 고통을 지고 있을 뿐 아니라 문단의 내부에서 여성작가가 겪어야 했던 성차별의 어려움을 구체적으로 보여주는 사례이다.

써 오히려 역사적 진실성으로부터 멀어지게 되었다. 상상력에의 의존은 소설의 지향점을 이념적 가치에 두게 하였고 그 결과 권선징악의 관념이 현저하게 부각되었던 것이다.[20]

이에 예외적 존재로 꼽을 수 있는 역사소설이 바로 홍명희의 『임꺽정』(조선일보, 28. 11. 21부터 연재 시작)과 『백화』이다. 이 소설들은 일제 하 우리 민족의 빈궁화 현상에 대항하는 방식으로 계급의식을 문제 삼은 흔치 않은 역사소설이었다. 이 중 홍명희의 『임꺽정』은 최근 들어 관심이 집중되었던 좌익 월북 소설가의 소설 연구에 힘입어 관심의 초점이 된 바 있다.

그러나 우리는 『백화』에서도 그와 같은 시도의 일면을 발견할 수 있다. 물론 이 소설은 『임꺽정』의 십 분의 일 정도의 분량에 해당하고 고려 말에서 몰락에 이르기까지 먼 시대를 배경으로 하므로 역사적 고증이 어려워 고려의 정조를 잘 살려내고 있다고 보기는 어렵다. 그러나 이 소설은 박화성 스스로 '작품의 계급성'을 서사적 통합의 원리로 내

---

18) 그러나, 박화성의 「백화」가 이 대열에 끼어 있었으며 그 이후로도 한동안 인기 있는 역사소설이었음을 아는 사람은 거의 없다. 1959년 덕흥서림에서 『백화』를 다섯 번 째 출판하고 있는 것을 보면 그 문학적 수명이 짧았다고 볼 수도 없다. 하지만 「백화」는 모든 전집 류에서 체계적으로 빠져 있었고 전혀 연구되지도 않았다. 물론 그것이 작품자체의 미적 결합에만 근거하고 있는 것은 아니다. 즉, 박화성의 소설이 특별히 더 통속적이거나 문학적으로 잘못 형상화되었거나 역사적으로 반동적인 것은 아니었던 것이다. 이런 점을 고려해 본다면 「백화」에 대한 무관심은 여성작가에 대한 문학계의 차별에 의한 것일 수도 있다는 가정을 해보는 것도 무리는 아닐 듯 싶다. 외국의 경우 여성작가가 남성의 이름으로 문학활동을 할 때, 여성작가에 대한 편견에서 자유로웠다는 것을 이의 역설적인 예로 들 수 있을 것이다. 『폭풍의 언덕』의 작가 에 밀리 브론테는 엘리스 밸(Ellis Bell)이라는 이름으로 출판하였는데 이는 그 이름이 중성적이였기 때문이다. 판단을 내릴 근거로 오직 책 외에는 못 가진 『폭풍의 언덕』의 대부분의 평자들은 이 책이 남성작가의 글이라고 단정하고 그에 따라 평가했다. 또한 제인 오스틴(Jane Austen)은 '익명을 사용하는 목적은 책이 여성의 작품이라는 편견에 의해서가 아니라 작품자체의 특성에 의해 평가되게 하기 위해서이다.'라고 하였다. 캐롤 오만(Carol Ohmann)은 이에 대하여 '독자들이 작가의 성에 대해 추측하거나 아는 것과 그들이 〈그의〉 혹은 〈그녀의〉 작품에서 사실상 보거나 경시하는 내용 사이에는 상당한 관련이 존재한다.'고 결론지었다. Ohmann, 'Emily Bronte in the hands of male critics', College English, 1971, 909쪽. K. K. Ruthven, 김경수 역, 『페미니스트 문학비평』, 문학과 비평사, 1988, 139쪽 재인용

세우고 있다는 점에서 다른 역사소설과 차별성을 지니는 것이었다.

백화는 서경 명기의 기명으로 본명은 일주라 하였는데 본시 양반의 딸이었다. 그러나 공민왕 중기 대학관 박사로 있던 아버지 임경범은 환관폐신, 요승사불의 내우외환을 피하여 송악산에 은거하여 있었다. 이 아래서 공부한 일주의 인물됨은 출중하여 아버지가 귀히 여기는 제자 왕생과 가약을 맺어준다. 그러한 일주가 신분이 전락한데는 고려 말의 혼란한 사회상이 반영되어 있다. 임처사가 공민왕의 실정을 비판하고 요승 신돈의 폭정을 탄핵하는 상소를 올렸으나 그의 충언은 무시되고 오히려 옥중원혼이 되었던 것이다.

여기까지는 일주가 기적에 오르기 전에 일어났던 일이다. 그녀의 신분이 전락하고 가약을 맺은 왕생과 이별하는 것은 남녀 이합형의 통속적 요소를 벗어나지 못하고 있다. 그러나 그녀가 기적에 오르기 전 학문적 수련을 쌓았다는 것은 그녀가 현실의 옳고 그름을 지성적으로 이해하고 또 자신의 신분을 보호하며 탐욕에 눈이 어두운 우왕에게 진언을 할 수 있는 힘이 되었다.[21]

---

19) 헤겔은 "역사적인 것이란 현재를 과거의 역사적 사건의 결과로서 파악하고, 또 이를 통해 형상화된 인물이나 행동이 이러한 역사적 사건 속에서 하나의 중요한 구성요인이 됨으로써만이 비로소 우리의 것이 될 수 있다."고 하였다. 다시 말하면 현실에 대한 올바른 인식 없이는 역사에 대한 올바른 인식이 생겨날 수 없고, 또 역사에 대한 올바른 의식을 전제하지 않고는 현실과 사회에 대한 이해는 불가능하다. 이러한 의미에서 루카치는 역사소설과 사회소설(현재소설, 시대소설, 세태소설)은 서로 동떨어진 별개의 장르가 아니라 상호 밀접한 관련을 맺고 있다고 주장하고 있다. 이러한 논법에 따르면 진정한 의미의 사회소설이 씌어지지 않는 상황에서는 진정한 의미의 역사소설이 생겨날 수 없는 것인바, 1930년대의 시대적 상황을 재고해 본다면 역사소설의 성과가 미진함은 당연한 현상이었다.

20) 김윤식, 정호웅, 『한국소설사』, 예하, 1994, P 201~208쪽

21) 소설이 문제적 사회의 총제성을 형상화하고자 한 때, 다양한 계층의 생활상과 중요한 문제상황을 본질적으로 드러낼 수 있는 전형적 인물을 등장시켜야 한다. 그리고 전형적 인물이란 평균적 인물이 아니라 강한 개성을 지닌 개별적 특수체이다. 백화는 기생이면서도 인물이 강직 청렴하며 지조가 깊은 여인으로 성장한 조건을 갖추고 있어 부호들의 타락한 삶을 냉연한 태도로 비판할 수 있는 전형성을 갖추고 있다고 한 수 있다.

한편 방물장수 황파는 자신의 부를 위해 일주를 백화라는 기생으로 만들었다. 그리하여 백화의 이름은 미모와 정절과 가무 음율 문장으로 널리 알려지게 되었다. 백화에게 많은 재물로 환심을 사려고 하였던 김장자는 서경에서 손꼽히는 갑부로 빈한한 사람을 갈취하여 재산을 늘렸다. 물질을 멀리하는 백화에게 상사가 날 지경이 된 김장자는 그녀를 강제로 추행하려다 오히려 얼굴에 부상을 입고 세인의 웃음거리가 된다.

이러한 백화의 행위는 명기에 대한 세인들의 관심을 부추기었고 돈 없는 민중들은 백화에 대한 호감을 가지게 된다. 이러한 호감은 미모의 기녀에 대한 호감이 아니라 돈과 권력으로도 살 수 없는 가치가 있다는 것을 보여준 그의 행위에 의한 것이며 민중은 이로써 그들의 욕망을 대리충족하였던 것이다.

이러한 가운데 백화는 돈과 권세가 아니라 인물됨과 학식으로 의기상합되었던 왕생을 기다린다. 왕생은 임처사의 하옥 이후 일주를 잃어버리고 떠돌면서 탁월한 인품과 예술적 기질을 기른다. 그가 일주를 만난 것도 기생이 된 백화와 담을 사이에 두고 거문고와 대금으로 화답한 것이 계기가 되었다. 그러나 걸객으로 떠돌아다니던 왕생에게 백화의 몸값을 치를 돈이 없어 이를 구하기 위해 곧 헤어진다. 여기서 왕생은 백화가 만난 권문세족들의 탐욕에 대비되는 존재로 등장한다. 백화와 헤어진 동안 부도 명예도 쌓지 못한 왕생을 백화가 선택하는데는 어린 시절 맺은 가약에 대한 지조가 문제가 아니었다. 백화는 기다리던 왕생을 만났으나 그의 신분을 아직 알지 못하는 상태에서 다음과 같은 말을 한다.

"저 역시 그것을 진연히 생각지 않은 것도 아닙니다. 지금 말씀하신 것과 글귀의 짝을 얻으려는 연유가 어떠한 맹약도 아니고 또한 굳게 지킬 아무런 사연도 없습니다. 그러나 글귀를 중히 여기고 사람을 가볍게 여기는 것도 또한 아닙니다. 제가 어렸을 때 잠깐 사유가 있었던 것인데 저의 신세가 이렇게 험악하여짐을 따라 십년 기류에 모든 사내를 접하고 보니 권위와 재물을 가진 자는 그 근본의 바탕이 글러 호색을 목적으로 권위와 재물이 그것을 낚는 미끼가 되었고 또 약간의 지식을 가졌다는 자는 구구노록한 그들의 지식을 자긍하여 화류장리에 출입하는 어떤 이용물이나처럼 스스로 방자하니 실로 구 추태를 어찌 견디어 보리까?"[22]

"권위나 문장을 자긍하는 자들이 사실에 있어서 여색을 일개 욕망을 채우는 기구물이나 완롱물처럼 여기려고 하는 점에서는 결국 다름이 없을 뿐 아니라 더욱 이러한 기생의 몸은 모든 습관으로 한층 더 친히 여겨 그 추태를 감히 말하지 못하리니 어찌 이러한 자들에게 참아 몸을 허락하리까. 더구나 이 몸은 원한과 비분이 골수에 맺혔는 고로 차라리 이 몸을 줄일지언정 사람의 욕심을 채우는 기구나 놀림감이 되려고 하지 않습니다."[23]

인용한 백화의 이야기는 그가 왕생을 만나기 위해 노력한 것이 봉건적 지조의 차원에 머물러 있는 것이 아니라 권위, 문장, 재물 있는 자들의 추태를 비판하여 이른 결론임을 보여준다. 또한 뒤의 인용문은 백화가 비록 기녀에 불과하나 자신이 욕망 하는 바에 따라 살아가야지 남의 기구로 되기를 원치 않는 주체의식이 보여진다. 이러한 백화의 진술은 부자/빈자, 남성/여성의 대립으로 읽힐 수 있으며 오른쪽보다는 왼쪽에 나열된 집단에 작가의 이념적 지향점이 있음을 보여준다. 백성들과 백화의 암묵적이 합의도 여기서 이루어진다.

"아닐세, 말을 다 드러나 보게. 그놈들 껍질을 벗기어 그놈의 창자들을 좀 보고 싶단 말이야. 그런데 이걸 보아 글쎄. 백화가 그런 기막횐 명기로 제 몸값쯤 못 해놓았겠나마는, 그걸보면, 백화는 참 얼마나 청백한 사람인가? 그 개새끼만두 못한 김장자 녀석 그 계집하구 돈에 미쳐죽은

---

22) 박화성, 『백화』, 덕흥서림, 1959, 166쪽
23) 박화성, 앞의 책, 167쪽

녀석말이야. 그놈이 평생을 돈과 계집밖에 모르더니, 기어코 그렇게 미쳐 죽었네 그려. 그뿐인가. 그놈의 자식들 좀 보게."[24]

위에서 보듯이 백성들이 백화에 대해 이념적으로 동조를 하고 있는 까닭은 그녀의 청백함에 있다. 반면에 그녀를 손에 넣으려던 권문세족들은 더러운 탐욕의 무리로서 그들의 신분에도 불구하고 '상놈'에 견주어진다.

한편 백화의 마음을 사로잡기 위해 수천금 내놓기를 서슴지 않았던 김장자의 부는 가난한 사람들에 대한 잔인한 착취를 기반으로 하고 있는 것이다. 그의 집 땅을 부치고 살았던 문칠이네의 몰락도 그의 농간에 의한 것이었다. 김장자는 흉년이 들자 문칠이네의 논밭을 빼앗고 집터, 소작지를 환수하였다. 이에 살길이 막막한 그들은 김장자의 요구대로 문 칠의 딸 소니미를 첩으로 들였다. 그러나 김장자는 소니미를 두달 수 내쫓고 전담과 집터를 다시 빼앗는다. 이러한 사건의 충격으로 소니미는 죽어버렸고 문칠의 형 문일은 백화대에 행랑살이를 하게 된다. 이 문일이 후일 살인사건에 연루된 문칠의 석방문제 때문에 백화의 은혜를 입고 그의 충복이 되는 것이다. 이러한 문일, 문칠의 집안에 들이닥친 불행은 소작인이 지주에 의해 착취, 농락 당하여 멸망해 가는 과정에 다름 아니다.

뿐만 아니라 가난한 여성은 부유한 남성에게 성적으로 농락 당한다. 이렇게 착취당한 여성으로는 백화를 비롯하여 초옥과 문영 등이 있다. 승려에게 유혹 당한 월곡댁의 처지도 권위 있는 남성의 여성착취의 한 방식으로 나타난다. 또한 자신의 딸을 잃었으나 "활달강직하고 기운이 몹시 세이며 의협심이 풍부한" 문칠이가 후에 김장자의 아들 경수를 죽이는데 동참하고, 참다운 인격자요 예술가인 왕생과 합류하는 것도 당

---

24) 박화성, 앞의 책, 209~210쪽

연한 결과이다.

한편, 영국이란 인물은 잘생긴 외모로 귀족의 행세를 몹시 하는 인물이다. 그는 최, 유, 김, 이씨를 단지 귀족 계급에 속한다는 이유로 공경한다. 그러나 그 행실이 고귀한 것은 물론 아니어서 유부녀들에 대한 음행은 말할 수 없었다. 그는 평소 음행을 함께 일삼던 친구, 경수와 도춘과 함께 백화와 함께 기거하는 초옥을 유인하여 윤간을 자행한다. 또한 도춘이도 고삼의 딸 문영이를 혼사직전에 납치하여 폐가 망신시키고 그녀에게 싫증을 느껴 기생으로 팔아치운다.

이러한 상층계급의 타락을 응징하는 역사적 추동력은 그들이 신분의 하천 함을 이유로 냉대하던 천민들이다. 귀족들에게 가산을 잃고 폐가 망신하며 딸을 빼앗긴 고삼과 문 칠은 횡액무도한 행위를 일삼던 경수와 도춘이를 죽이고 김수사에게 잡혀간다. 그러나 성품이 온후 강직한 김수사는 백화를 통해 사건의 전모를 듣고 고삼과 문칠을 석방하여준다. 또한 자신의 아들이 초옥의 사건 등에 연루되어 있는데 책임을 느끼고 관직을 사퇴한다. 이러한 김수사의 형상화는 어떤 의미를 지니는가. 이제까지 등장한 귀족상층부의 인물들은 하나같이 성품이 지닌 냉혹하고 자신의 욕망을 채우기 위해 수단과 방법을 가리지 않는 인물로 형상화되었다. 그러나 상층지식인에게도 역사에 대한 긍정적 역량이 있는 것이다. 지식인의 역사적 역할이란 사회의 총체상을 이해하고 비판할 수 있는 역량으로부터 주어진다. 하층민중은 권력의 주변부에서 정의감에 의해 행동할 수는 있지만 사회의 총체상을 이해하고 비판할 수 있는 능력은 지식인에 비해 부족하다. 물론 김수사의 역할이 이러한 역사의 능동적 세력으로서 적극적으로 형상화되지는 못하였다. 그러나 그런 중도적 입장은 봉건제하 귀족들이 취할 수 있는 저항의 한 방법이었다. 문제는 지식인이나 권력가가 모두 부패해 있는 것이 아니라 임처자사나 김수사와 같이 고려의 미래와 인륜을 생각하는 사람들은 권력

의 체계에서 제외될 수밖에 없었던 것에 있었고 이것이 당대의 명백한
한계였던 것이다.

한편 요동정벌 차 서경에 들렀던 우왕은 백화의 소문을 듣고 그녀를
불러 결국 비빈으로 앉히려 한다. 포악한 우왕은 국가가 외세에 시달리
는데도 이를 돌볼 생각은 하지 않고 권력의 힘만을 믿어 살상을 쉬이
하고 음행을 일삼는다. 백화는 왕생에 대한 그리움과 국가에 대한 염려
로 진언을 하나 아둔한 우왕은 그 말을 바로 알아듣지 못한다. 왕권을
중심으로 하는 봉건시대에 왕의 타락은 극에 달하였고 간신배들이 난
립하는 상황에서 가난한 민중이 설자리는 없었으며 권력에 잘못 이용
당하거나 죽임 당하였다. 이러한 상황이 고려 몰락의 필연성을 예견해
주는 것이다.

그런데 돈을 구하러간 왕생은 신병을 얻어 여인숙에 기거한다. 여기
서 매불선자의 유혹에 성적으로 타락하고 시어머니까지 죽인 월곡댁의
사랑을 받게되지만 이를 단호히 물리친다. 매불선자라는 승려는 불교를
국교로 삼은 고려사회를 배경으로 백성의 신임과 존경을 받는다. 그러
나 그는 자손 없는 여인들에게 자손을 얻어 준다고 하며 그 여인들의
육체를 농락하고 재산을 이루었던 것이다. 매불선자는 왕생에 의해 자
신의 잘못을 깨달은 월곡댁에게 죽음을 당하고 부정으로 축재한 계성
사는 왕생을 중심으로 뭉친 여산과 그의 일행들, 문칠과 고삼에 의해
불살라진다. 고려사회의 모순은 그 사회가 갖고 있는 모순의 결과로 나
타난 것이니 그것은 권문세족사회의 모순과 불교사회의 타락, 북진 자
주정책의 저지 등에 있었던 것이다. 이러한 고려 몰락의 내적 요인들이
백화와 왕생이 만난 여러 계층의 묘사를 통해 무리 없이 나타나고 있
는 것이다.

반면 일주와 헤어진 후 그녀를 찾아 방랑하였던 왕생은 걸인에 불과
하였지만 도야한 인품과 예술적 기예를 연마하고 있었다. 백화의 배필

인 왕생이 이러한 인물로 형상화된 것은 단지 돈이냐 사랑이냐 하는 이 분법적 선택으로 심금을 울리며 독자의 기대를 만족시키는 통속적 차원의 장치로만 볼 수 없고 오히려 소설 내적 필연성에 근거한다. 왕생과 백성들간의 연대 가능성은 그의 세속적 지위가 아니라 그의 풍부한 인격에 의한 감화이어야 하는 것이다. 그러한 인격의 현상적 모습으로 나타나는 것이 그의 시와 음악에 대한 소양인 것이며 현실에서는 월곡댁의 유혹을 물리치는 군자의 태도이다. 이러한 인격을 지닌 인물만이 백화의 마음을 사로잡을 수 있었을 것이며 후에 백성들과 해주성에서 농사를 지으며 행복을 누리는 이상촌의 설립이 가능한 것이다.

단오날 아침 왕의 가연에 참가한 백화는 늦은 시각까지 왕생이 당도하지 않고 우주의 추행에 이르자 초옥과 함께 강에 몸을 던진다. 이에 문칠, 고삼, 여산의 활약으로 백화와 왕생, 초옥의 목숨이 구제된다. 그들이 왕생을 중심으로 백화의 목숨을 구하는데 사력을 다한 것은 작게는 김수사로부터 살인죄를 면하게 해준 은혜에 대한 보답이지만 더 근본적인 것은 청렴한 인격체에 대한 신뢰이며 크게는 폭정과 음행을 하는 군왕에 대한 민중적 저항인 것이다. 그리하여 해주 서문안 당포리에 자리잡은 그들은 난세에 숨어들어 농사를 지으며 행복하게 산다는 이야기이다. 물론 고려는 몰락의 길을 걸었고 과거에 탐욕스런 남성들의 노리개가 되어 한스런 삶을 살아야했던 백화, 초옥, 문영 등은 새로운 배필을 얻는다. 이 해주성 서문주의 작은 고을은 빈부의 격차도 남녀의 대립도 존재하지 않으며, 그 밖의 어떤 권력의 체계도 존재하지 않는 작은 소우주로 설정된다. 이러한 이상촌은 권문세족을 중심으로하고 불교를 국교로 삼은 고려국에 대한 소극적 저항일 뿐 아니라 그 멸망의 필연성을 예기하고 있는 것이다.

이제까지 살펴본 바와 같이 역사소설『백화』는 기생 백화의 일대기이다. 이야기의 진행은 남녀이합형의 전형적인 통속성을 띄고 있다. 주인공 역시 재색을 겸비한 미모의 여인이 급작스런 신분적 전락을 하였다가 목적한 바를 성취하는 통속적 인물이다. 이와 같은 통속성은 1930년대 당시의 정치적 질곡으로 문학의 소재가 소극적으로 다양화되는 과정에서 선택되었던 하나의 양식인 역사소설이, 소박한 민족주의 등의 효용론과 불가분의 관계를 맺으며 발달한 장르라는 점과 무관하지 않다. 역사를 민중에게 알리는데 목적을 둔 이 시대의 야담-강담-역사소설은 민중의 교육이라는 사회적 요구와 문예의 대중화라는 문단의 구호를 소화시키면서 식민당국의 탄압도 피할 수 있는 적적한 장르로 급속히 번성하기 시작한 것이었다.[25] 이 때 대중성, 혹은 통속성은 작가의 지도자의식과 무관하지 않은 것이다.[26]

그러므로 계급의식을 주입시키고자 하였던 「백화」의 문학성을 관찰하는데 있어 유의해서 살펴보아야 할 것은 주인공의 행위구조가 통속적이냐 아니냐 보다는 주인공의 행위구조를 통하여 작가가 실현하고 있는 바는 무엇이냐 하는 데 있는 것이다.

백화는 기생이었다. 기생은 자신의 신분은 천민이지만 상층의 남성들과 교류할 수 있는 특수한 계층의 여성이다. 또한 귀족들의 탄압을 받던 하층민의 정서와도 쉽게 융합할 수 있다. 이러한 기생의 특수한 위치는 당시 엄격한 신분사회의 사회적 총체상을 담아내기에 적합한 시

---

25) 최유찬, 「1930년대 역사소설론 연구」, 연대 석사, 1983, 15쪽
26) 프로문단에서 문학적 기량을 인정받은 두 여성작가가 박화성과 강경애였고, 단편문학의 형상화의 수준으로는 박화성의 문학이 단연 높은 평가를 받고 있었다. 이 중 강경애의 장편소설은 프로소설의 전형으로 계급의식을 형상화해 비중있는 장편소설로 평가받았다. 이에 비하여 박화성의 「백화」는 현실을 한단계 거른 과거로 돌아가서 소설적 재미를 가미시켜 창작하였다는 점이 특이하다. 당시 프로문단에서는 첫째, 현실을 도피하는 소재주의라는 점, 둘째, 작품에 나타나는 이념이 봉건적이라는 점, 셋째, 흥미위주라는 점 등에서 역사소설을 비판했다. 그러나 박화성은 이러한 논의에도 불구하고 대중적 역사소설을 집필했던 것이다. 이것은 박화성이 동반자작가로 인정받았음에도 불구하고 당시 비평가의 주도적 의견에 관심을 기울이지 않았으며, 이론의 정론성보다 소설의 대중적 기능에 더 관심을 기울이고 있음을 알 수 있다. 또한 이러한 작가의 태도는 해방후 제국주의의 침탈에서 해방된 뒤에 장편소설이 대중화, 계몽화되는 것을 예견해 주고 있는 것이다.

각을 부여하는 것이다. 즉, 기생 '백화'는 귀족사회의 폐쇄적 특성을 고려해 볼 때 상하의 계급적 대립을 무리 없이 매개할 수 있는 특수한 범주에 속하였다. 그리하여 권문세족과 지주계급의 도덕적 타락과 민중의 건강한 생명력이 무리 없이 창조되고 있는 것이다.

또한 여성작가가 선택한 여성시점의 서사진행은 기생을 성적으로 엿보고 있는 것이 아니라 성을 착취당하는 구체적인 여성으로 형상화하고 있다는 점에서 일층 진보적인 시각을 보여준다. 이는 기생이 주인공이라서 얻을 수 있는 시각이기도 한데 기생제도란 가부장제와 자본의 모순이 빚어내는 가장 첨예한 모순점이기 때문이다. 특히 기생으로 상징되는 성착취의 모순은 계급의식에 통합적으로 질서화 될 수 없는 것이다.

성차별에 대한 작가의 관심은 텍스트의 초반부터 나타난다.

> 그럴 때마다 일주는 "아버지께서 아들이 없어서 저리도 부러워하시거나" 하다가도 너무 칭찬할 때는 "나는 저만 못한가? 나는 왜 남자가 못되었나"하면서 슬퍼한다.[27]

> 남성만능의 시대에도 처사는 자기혈육으로 사내자식만을 남겨두는 것이 인간의 죄악을 면하는 것이라는 생각은 없었다. 그러므로 일주와 왕생을 구별하지 못할 만큼 가르치는 것이다.[28]

소설의 앞부분에서 인용한 앞의 두 인용문은 남성/여성의 차별화에 무관심하지 않은 작가의 태도를 보여준다. 앞의 인용은 일주라는 여성이 자신이 여성이라는 데서 어떤 피해의식을 느끼고 있는 것이 보인다. 이러한 피해의식은 여성이 남성보다 열등하게 취급되는 사회적 현실에 근거하고 있는 것이다. 이러한 피해의식이 일단 구성되면 그것이 현실

---

27) 박화성, 앞의 책, 13쪽
28) 박화성, 앞의 책, 13쪽

적 힘을 가지고 있던 그렇지 않던 의식의 일부로 자율적 기능을 하게
된다.[29)]

두 번째의 예문은 일주의 이러한 생각이 자의적인 것이었음이 드러
나는데 딸의 아버지는 당시 사회에 뿌리깊은 남성중심주의의 사고를 넘
어선 진보적 성격의 인물로 묘사되고 있기 때문이다. 또한 아버지 임경
범의 이러한 성격은 『백화』라는 소설을 이끌어 나가는데 상당히 중요
한 역할을 하고 있다. 그가 일주의 교육을 성별화의 과정과 일치시키지
않은 까닭에 여성이 주인공인 소설임에도 불구하고 우연성과 운명이 지
배하는 여인 수난사의 이야기를 탈피할 수 있었던 것이다. 잘못된 현실
을 비판하고 자신의 삶에 최선을 다할 수 있었던 성격의 적극성은 여
주인공에 대한 작가의식의 투사로 보인다.

또한 『백화』에서는 권력 있는 자들의 빈자에 대한 침탈이 여성의 성
착취와 이어지는 현실을 보여준다. 이것은 당시 통속화에 흐른 다른 역
사소설들이 소설적 흥미를 위해 여성의 육체를 구경거리로 만든 것과
는 여실히 구분되는 진보적인 특성인 것이다. 여기서 여성은 빈부에 관
계없이 남성의 횡액무도한 행동에 희생자가 되는 것으로 그려진다. 가
난한 여성들은 빈궁의 고통과 더불어 성을 착취당하는 이중의 고통에
시달린다. 상층계급의 부인들 역시 남편의 외도와 탈선에도 불구하고
한 가정의 현모양처가 되어야 하는 부당한 이데올로기의 희생자로 나

---

29) 권력은 개별주체를 구성하고 다스리는 방식으로 행해진다. 예를들면 동부에서 최근에 동
  양인과 그들의 재산이 공격을 받게 된 것은 그 희생자들에 의하면 인종차별적 폭력으로 간
  주되고 있다. 오랫동안 경찰은 인종차별요소를 무시해 왔으며, 사건들을 분리하여 젊은 백
  인들 사이에서 일어나는 인종차별적 폭력의 문제를 무시해 왔다. 동양인 희생자들은 그들
  의 경험에 대한 경찰측 설명이나 자신들의 설명을 합법적으로 다루는 경찰의 전략을 인정
  하려 하지 않는다. 아버지가 남녀의 구별없이 교육을 시키는데도 일주가 위와 같은 생각
  을 하는 것은 일주에게 여성차별에 대한 피해의식이 어느 정도 영향을 미치고 있음을 보
  여준다. 이는 남녀 차별과 인종차별이 동일한 방식으로 피억압자들에게 영향을 미치고 있
  음을 보여주는 것이다. 크리스 위든, 이화 영미문학회 지음, 『포스트구조주의와 페미니즘
  비평』, 한신문홧, 1994, 142쪽

타난다.

작가가 여성의 이러한 계급적 위치에 관심을 기울이고 있음은 고려의 이념체제와는 관계없는 유교의 이념체계로서 남편의 음행을 만류하는 아내를 꾸짖는 장면에서 역설적으로 강하게 읽혀진다. 고려 말의 풍속사를 생생하게 재현하고 있다고는 할 수 없지만 그런 대로 충실하게 당시의 사회적 현실을 그려내고 있는 이 소설에서 칠거지악을 운운하는 시대착오적 오류는 명백한 이 작품의 결점이지만 한편으로 이러한 오류가 여성억압의 현실을 그려내려고 하는 작가의 과도한 의도를 보여주는 까닭이다. 뿐만 아니라 작가는 여성에 대한 연민이 지나쳐 망국의 원인을 타락한 성욕에서 찾고 인간 죄악의 원인을 모두 남성에게만 돌리는 등 감상주의적인 여성우월주의의 모습을 보이기도 한다.[30]

> "김장자, 흥 이름 좋게…… 인정이란 털끝만치도 없는 금욕과 음욕만으로 뭉친 돼지같은 놈! 이놈도 신돈에게 떨어지지 않는 내 원수다. 이놈 때문에 또 얼마나 많은 사람들이 희생되었을까. 그놈의 금욕 때문에 얼마나 많은 가난한 사람들의 피와 땀을 짜게 하였으며, 음용을 만족시키기에 얼마나 가난한 여성들이 짓밟혔을까? 침부사에도 만고의 인간역사는 부귀를 얻는데서 시작하여 주색의 만족에 그친다고 하였다. 과연이다. 부귀와 권력을 얻기 위해서 개인과 개인, 국가와 국가는 싸움을 그칠 줄을 모른다. 그 통에 많은 빈약한 사람들이 짓밟히는 반면에 강대하고 잔인하고 간교한 몇 놈이 부와 귀를 독점한다. 그리하여 그 부력과 권력이 그놈들의 주색을 만족하기 위한 이용이 될 때, 또한 애매한 많은 희

---

30) 이러한 작가의 태도는 여성을 남성과 대립되는 존재로 여기고 여성의 본질적이고도 중요한 차이에 관심을 두는 급진성을 보여준다. 그러나 이러한 급진주의의 일반적 전략은 일생의 삶의 문제와 권력관계에는 몰두할 수 없다. 그것이 할 수 있는 최선의 것이란 그저 일상의 삶의 문제와 권력관계를 여자들이 뒤처지도록 촉구하는 가부장제의 영향들로서 바라보는 일이다. 그것은 변화를 낳은 사회적, 제도적 힘의 도움이 전혀 없는 담론의 대표적인 예가 되고 있지만, 이보다 중요한 것은 그것이 특정한 가부장제 사회의 복잡한 권력관계에 정치적으로 관여할 필요를 거부하고 있다는 것이다. 크리스 위든, 앞의 책, 163쪽

생자를 내는 것이다. 그 중에도 제일 짓밟힌 것은 부녀이다. 더욱이 호소할 곳이 없는 나 같은 기생이다. 사내들은 인간의 모든 권력은 스스로 잡아 흥취고 망치고 한다. 그러다가 실패할 때는 아무 죄없는 여자들에게 그 죄를 덮어씌우는 것이 상례이다. 그러므로 인간의 모든 죄과는 남자에게 돌릴 것이다.[31]

위의 예문과 같이 잘못된 권력에 대한 비판을 남성 비판의 태도로 치환하는 모습이 종종 나타난다. 이처럼 충분히 설명되지 않고 논리적으로 비약해 버리는 텍스트의 언 술은 역설적으로 여기에 작가의 무의식적 지향점이 있음을 보여준다.[32]

그러나 역사소설로서 『백화』의 문학사적 의의는 이러한 한계들로 인하여 감소되어질 수는 없다. 이것은 여성최초의 장편소설이라는 것, 또한 당시 씌어진 역사소설들과 마찬가지로 대중을 향해 나아갔으나 그것이 막연히 센티멘탈리즘이나 권선징악의 교훈성을 보여주기에 만족하지 않고 계급의식을 주입하고자 했다는 점에서 중요한 시대적 의의를 찾아야 할 것이다.

---

31) 박화성, 앞의 책 134쪽
32) 『백화』의 경우 작가의 여성의식과 계급의식은 적절히 분리되지도 조화롭게 통합되지도 못하였다. 이러한 의식의 혼류는 계급의식이 더욱 확고해진 시기에 씌어진 「비탈」, 「중 굿날」, 「온천장의 봄」등과 같은 작품들이 여성의 문제를 다루고 있으면서도 소설의 결말은 계급의식의 각성으로 이루어지는 것과 동일맥락에 있는 것이다. 이것은 작가가 계급의 문제와 여성의 문제를 명백히 범주화하여 의식하지 못하였던 인식의 한계에 의한 것이다.

2) 계급의식과 동지애

　1932년에 창작한 「하수도공사」는 괄목할만한 세계관의 성숙 및 문학적 기량의 성장을 보여주었다. 동경유학시 참여하였던 독서회의 경험 등이 그녀의 문학에 긍정적인 영향을 끼쳤던 것이다. 식민지정책에 의한 조선의 궁핍화에 대응하여 쓰여진 이른바 '신경향'문학은 1927년 방향전환론이 있은 후 계급의식의 주입이라는 목적의식 하에 이론의 정론성을 띠게 되었는데 동반자 작가인 박화성도 이러한 이론에 영향을 받아 '지도적 인물의 등장'과 '낙관적 전망'이라는 특징을 본격적으로 보여주기 시작하였다.

　또한 식민지 조선의 모순에 저항하는 지도적 인물을 이념적으로 동조하는 지적인 여성을 창조함으로써 봉건적이고 수동적인 전근대적 여성의 역할에서 벗어난 새로운 유형의 여성을 창조하였다. 즉, 박화성의 지도자의식은 계급의식을 문학적 소재로 적극적으로 받아들였고 또한 그의 지도자의식의 원초적 근원이 되었던(비의존적이고) 주체적인 여성상에 대한 집착은 당시의 상황에서는 그리 많았다고 할 수 없는 여성-계급의식에 이념적으로 동조하는 여성을 그림으로써 성취하고자 하였던 것이다.[33]

　당시 일제는 1920년대 말 세계 대공황으로 인한 체제붕괴의 타개책으로 파시즘정책을 수립하였고 식민지 조선을 경제순환의 완충지로 삼고자 하였다. 이에 따라 우리의 농촌과 도시는 급속도로 궁핍화되었다.

---

[33] 이러한 근대적 민족운동에 남성과 동등한 주체자로서 자신들을 의식하며 참여하기 시작한 점에서 여성의 근대의식이 싹텄다고 볼 수 있다. 또한 역사발전의 주체자로서 그 모습을 나타내기 시작하였다는 점에서도 의의가 있다. 그러나 여성들의 애국계몽운동이나 구국운동에의 참여는 봉건적인 신민의 입장에서 민중의 생존을 위한 저항이나 자구책의 노력은 아니며 가부장제의 노력에서 벗어나 국가인민으로서 국가의 자각적 근대화를 이룩하기 위한 주체적인 참여와 집합적인 노력이라는 점에서 근대적 성격을 띤다. 따라서 이는 가부장제 사회를 극복하려는 초보적인 노력으로 평가되어야 할 것이다. 이효재, 『한국의 여성운동』, 정우사, 1989, 69쪽

일제하 조선의 농촌은 일본의 이익을 위해 재편되어갔다. 그들은 식민
지 수탈을 위해 토지집중화 정책을 꾀하였고 이는 주로 일본인이나 친
일파 거대지주에 의해 이루어졌다. 이러한 토지집중화는 필연적으로 수
많은 소작농을 양산하였는데 이러한 소작농의 과잉증가는 결국 소작조
건을 더욱 열악하게 하는 원인이 되었고 빈궁의 악순환은 계속되었
다.[34]

이들은 유랑노동자로 전락하지 않을 수 없었고 이런 식으로 양산된
값싼 노동력의 착취를 목표로 한 공업화 정책은 노동자의 비인간적 노
예화, 공업과 농업의 불균형, 기형적 도시화의 진행 등의 결과를 낳게
했다. 그러나 이 시기에는 공장노동자의 집중화를 촉진시켜 일제의 의
도와는 상관없이 조직적인 노동운동이 발전되기도 하였다.[35]

그리하여 1930년대의 노동운동과 농민운동은 양적 질적으로 성장하
였고 점차 정치투쟁으로 고양되어갔다. 이러한 시대적 분위기는 1927
년에 있은 예술운동의 볼세비키화의 영향과 더불어서 적극적이고 실천
적인 주인공의 등장을 유도하였다. 박화성도 이러한 당시의 지성계 및
문단의 흐름과 무관하지 않아 긍정적 주인공의 등장과 낙관적 결말이
라는 프로문학의 도식을 밟고 있었다.

「하수도공사」도 이러한 시대적 정세를 반영하고 있었고 피억압자인

---

34) 조남철, "1930년대 농민소설의 전개양상", 『1930년대 민족문학의 인식—해돈 이선영교수
　　화갑기념 논총』, 한길사, 1990, 451쪽
35) 박경식, 『일본제국주의의 조선지배』, 청아출판사, 1986, 333쪽
36) 프로문학에서는 여성을 형상화하는데 있어 여성이 계급의식을 각성함으로써 더 이상 사
　　회적 타자로 머물지 않는 모습을 보여준다. 극빈의 상태에서 새로운 자각에 이르는 봉염
　　어미(『소금』, 가난한 소작농의 딸로써 지주에게 성적 착취를 당하고 각성한 노동자로 성
　　장하는 선비(『인간문제』), 지주의 딸로써 조선경제의 모순을 깨닫고 소작농민의 집단투
　　쟁에 동참하는 옥희(『고향』), 부르주아와의 사랑을 청산하고 노동자로써 새로운 삶을 맞
　　이하는 여순(『황혼』)등의 모습에서도 여성을 형상화하는데 있어 이러한 공통점이 나타나
　　고 있다. 이들은 종래의 수동적 삶의 태도를 청산하고 거대한 역사의 흐름에 참여하는
　　여성으로 형상화된다. 이 여성들은 여성의 억압적 현실에 대해서는 거의 자각하지 못하
　　고 있으며 계급운동에 동참함으로써 여성억압의 현실을 암묵적으로 외면하고 있다고 할
　　수 있다.

여성이 사회에 참여하는 방식도 계급의식의 세계관과 매개되어 있었다.[36] 이 작품은 목포 유달산록의 하수도공사에서 소재를 취택하여 일인들의 조선인 착취의 현실을 형상화한 문제작이다. 발표 당시에 한설야는 「하수도 공사」를 평하여 "지금 X치적으로 사상적으로 대중을 기X하는 소위 궁민XX사업을 취급하고 어느 정도까지 이에 대한 대중의 X쟁을 표현"하고 있으므로 기억할 작품이라 하였다.[37] 김윤식도 이 작품을 "일제에 대한 싸움 혹은 궁핍에 대한 싸움은 이 문제적 개인이 자각되지 않은 개인을 충격 함으로써만 가능하다는 사실"을 하나의 전형으로 보여준 것이라 하여 문제작이라 보았다. 이러한 평가를 받는 것은 농촌 빈궁화 현상의 결과로 양산된 도시 유랑 노동자의 생활상을 소재로 하여 투쟁을 승리로 이끌 수 있다는 낙관성을 보여주었고 그것이 단지 경제적 투쟁으로 그치는 것이 아니라 정치적인 투쟁으로 발전되어야 한다는 작가의 신념을 보여주고 있기 때문이다.

그런데 이 소설의 탁월성에도 불구하고 용희와의 연애담이 삽입되어 있다는 이유로 부정적인 평가를 받기도 한다. 한설야는 "노임부불문제에 관한 X쟁을 그린작인데, 게다가 이와는 직접적 관련성이 희박하게 가정문제와 연애문제를 집어넣어서 도리어 용두사미가 된 감이 있다."[38] 하였고 김윤식은 "제목이 「하수도공사」임에도 불구하고 정작 일인 청부업자의 투쟁이나 그것에 대한 전략에 중점을 둔 것이 아니고 주인공 동권의 주변과 그의 의식을 보여주는 쪽에 기울어 있다. 특히 약간 돈 있는 집 딸 용희와의 사랑문제에 대한 고민에 중점에 놓여져 있다"거나 "용희를 애인보다 한 동지로 생각하기 때문에 용희와 같은 유망한 여자와 떨어지고 싶은 생각은 더구나 없고"라는 구성에 이 작품의 주제가 놓여 있다"[39] 고 그 한계를 지적하고 있다. 그러나 이러한 지적

---

37) 만년설, "1932년 창작총평", 『신계단』, 1932. 12
38) 한설야, 앞의 책, 14~15면
39) 김윤식, 앞의 책, 320쪽

은 박화성이 이 작품을 통해 조선의 사회문제와 여성문제를 동시에 성찰하고자 하였다는 의도를 충분히 파악하지 못한데서 이루어진 것이라 할 수 있다. 뿐만 아니라 용히와의 연애담은 소설의 내용을 더 재미있고 풍부하게 해주었다. 그런데도 불구하고 이러한 비판이 제기된 것은 문학을 바라보는 시각이 지나치게 계급문학의 정론성에 치우친 결과라고 할 수 있다.

「하수도공사」[40]는 지도적 인물인 동권, 수탈자인 일본인 관리와 공사 책임자, 피억압자인 하수도공사의 노동자 등 세 계층의 전형적 인물을 중심으로 형상화된다. 공사를 청부맡은 일본인 '중정'은 공사비의 4한을 먼저 챙긴 뒤 나머지 돈으로 공사를 벌이면서 교묘한 방법으로 노동자들의 임금을 착취한다.

노동자들은 계약된 임금보다 적게 받으면서 일을 하였으나 그마저도 석탄이나 밀리자 이에 흥분하여 경찰서로 몰려가서 항의 투쟁을 벌인다. 그러나 경찰은 관리들의 입장에서 일을 처리하고자 한다. 이에 노동자

---

40) 당시 우리 농촌에서는 일본의 농촌의 수탈로 고향에서 먹을 것조차 해결하지 못한 농민들이 만주, 간도로 떠나거나 도시 부랑 노동자로 신분이 하락하고 있었는데 이러한 실업자의 구제를 목적으로 1930년대를 전후하여 대규모 하수도 공사가 각처에서 일어난다. 이들은 몇 년을 기한으로 돈을 벌어오겠다는 취지에서 가족의 곁을 떠나 일제의 기간 산업에 참여하였던 것이다. 그러나 이러한 공사는 표면적 목적과는 달리 식민지 지배기구의 기초를 마련하기 위한 것이었다. 이에 동원되는 값싼 노동인구도 식민지 경제의 모순적 구조에서 발생한 것으로 실상은 일제가 이들의 노동력을 이용하고 있었다. 즉, 일제는 그들의 경제에 도움이 되는 기간산업을 실시한 것이었고 이를 위해 우리의 노동력을 착취하고 있었던 것이다. 그러나 일제는 그나마 그 임금마저 갈취하려고 들었다.
대규모의 토목공사가 있었던 당시 조선의 상황을 살펴보기로 하자. 조선에서는 1910년대의 토지조사사업으로 소작농민이 급격히 증가하였으나 이들의 소작조건이 식민지 시기 이전에 비해 크게 악화되어 농가수지가 계속 나빠지고 이에 파산한 농민들이 농촌을 떠나게 되었다. 1920년대 중엽에는 연간 15만명정도의 농민들이 농촌을 떠났는데 이 가운데 절반에 가까운 이 농민이 품팔이꾼으로 나갔으며 이들의 대부분은 이 시기 조선 총독부가 식민지 지배기구의 기초시설로 벌기고 있던 각종 토목공사의 막일꾼이 되었다고 한다. 「하수도공사」는 바로 이러한 식민지 현실의 모순을 형상화하고 있는 작품이다. 강만길, 『한국현대사』, 창작과 비평사, 1984, 289~290쪽

들은 담합하여 일인들의 간계에도 불구하고 투쟁 끝에 결국 밀린 임금을 받아낸다. 노동투쟁의 의의와 역사적 낙관성이 보이는 결말이다.

이들이 지도하는 서동권은 상업학교를 다니다가 의외의 검거사건으로 동경으로 가서 XX주의를 공부하고 돌아온 인물로 형상화된다. 돈이 없었던 그는 동경에서 진학하지 못하고 '정'을 만나 그의 지도로 주의서적 연구에 힘썼던 것이다. 그는 정이 귀국할 때 함께 귀국하여 하수도공사의 노동자가 되었다. 그리고 하수도 공사의 현장에서 경제투쟁의 승리를 이끌었다. 임금은 받았으나 밥값으로 모두 지불하고 빈주먹만 들고 돌아가게 된 노동자들 중에는 동권이와 장래의 투쟁을 언약하는 뜻 있는 악수를 교환하는 사람도 많았다.

그러나 동권은 '정'의 검거 사건을 알게 됨으로써 새로운 자각을 하게 된다. 그는 '정'이 격문 사건에서 자신을 감쪽같이 빼어 놓은 것은 자신이 무자격한 탓이라고 생각하고 이곳을 떠나서 자기 역시 당당한 일꾼이 되어보겠다고 결심한다. 동권의 이러한 결심은 식민지하의 노동투쟁이 경제투쟁에 머물러서는 안되고 정치투쟁으로 발전되어야 함을 의미하는 것이다.

이상에서 살펴본 바와 같이 목포의 하수도공사에서 소재를 취하여 현장탐사로 박진감을 높인 이 소설은 당시 노동조건의 모순을 훌륭히 보여주고 있다. 이것은 주인공 동권의 빼어난 전형화 및 빈궁한 노동자들의 치밀한 형상화에 의한 성공이었다. 「하수도공사」의 주인공 동권은 「추석전야」의 주인공 영신과는 달리 '환경에 즉한 인물이 아니라 환경에 맞서 현실을 변혁하려고 하는' 인물이다. 이러한 지식인 전위의 출현은 방향전환론 이후 1930년대 초반 경향문학에 주로 등장했던 인물의 유형이었고 이는 추상적 이념에 편향한 낙관적 미래의식에 근거를 둔 것이었다. 「하수도공사」가 이와 같이 도식적인 프로문학의 형식 내에서 형상화되고 있음에도 불구하고 탁월한 문학적 성취를 보여주는 것은 현장감 넘치는 문체 때문이다. 노동자들이 경찰서에 가서 밀린 임금을 달라고 투쟁하는 장면이나 자신의 이익만을 위해 노동자들을 계속 기만하는 중정의 간계, 돈에 주린 나머지 자신들에게 불리한 조건에도 불구하고 서로의 몸에 상처를 내면서까지 돈을 받으려고 아우성치는 장면, 열악한 식생활등 생생한 묘사는 독자의 공감력을 높이고 있다.

「하수도공사」가 생경한 이념의 전달체로 전락하지 않은 또 하나의 이유는 동권이의 생활이 가족과 연애의 문제로서 좀 더 구체화되어 그가 단지 이념의 전달자로서만 형상화하지 않았다는 점도 들을 수 있다. 「하수도공사」는 하나의 단일한 사건만을 취급하는 단편소설의 분량을 넘어서 있다. 이 중편 길이의 소설에서 작가는 밖에서는 힘든 노동과 일인의 간계에 시달리고 집안에서는 돈을 못 벌어오는 무능한 남성으로 시달리는 빈궁한 조선노동자의 생활을 사실적으로 보여준다.

빈궁이 한 개인의 무능에 의한 것이 아니라 사회의 모순된 구조에 의한 것임을 알게 된다면 이러한 인간관계의 파탄은 이루어지지 않을 것이다. 그러나 이러한 자각에 이르지 못한 여성들이 이러한 사회적 현실을 알 수 없다. 반면 이념서적을 읽을 정도로 사회의식을 가지고 있는 용희는 동권이 하고 있는 일의 중요성을 충분히 이해하고 있으며 그런 이유로 더욱 그를 사랑한다. 또 그렇기 때문에 부유한 집안의 대학생보다도 동권과의 결혼을 원한다. 이 사랑의 관계에서 용히가 적극적일 수 있는 것은 동권이가 저항하고 있는 식민지현실에 대한 이해가 있었던 까닭이다. 이러한 용히에게 동권이는 현실적 조건으로 인하여 잠시 기다려 줄 것을 요구한다.

"글세 생각해 보면 알지 않소? 결혼 할 수 업슨 사랑이 어찌 합당한 사랑이겠고. 내가 내 몸 하나도 변변히 처리 못하는 못난인데 어떻게 용히까지…… 무어 나는 아무리 생각했자 열에 하나도 좋은 조건이 없으니 영원한 사랑을 계속할 수는 없다는 말이요."
"결혼만 하면 좋은가? 사랑만 하면 그만이지."

　　"그런 막연한 말이 어디 있고? 항상하는 말이지마는 인제 그런 생각
　　방법은 하지 말아요. 결혼은 아니해도 사랑만 하면 그만 이라니 그
　　런……"41)

　앞의 글에서 알수 있듯이 용히는 신교육을 받은 여성답게 자유연애
의 견해를 피력하지만 동권은 이를 일고에 거정한다. 자유연애사상이
여성의 개인의식의 자각이라는 면에서 어느 정도 의의가 있는 것이기
는 하지만 그 주장은 지나치게 극단적이었다. 그 대신 동권은 용희에게
새로운 애정관을 제시한다. 그것은 이는 바로 이념적 동지애의 추구이
다. 동권은 정의 검거사건으로 충격을 받고 당당한 일꾼이 되기 위해
목포를 떠나면서 용히에게 한 장의 편지를 남긴다.

　　모든 객관적 정세가 나를 이곳에 머무르게 하지 않으므로 나는 이곳을
　떠나고야 만다. 사랑하는 사람을 두고 떠나는 나도 종시 사람인지라 어
　찌 한줄기의 별루가 없으랴마는 나는 보다 뜻 있는 상봉을 위해 떠나는
　것이다. 군이 만일 나의 뜻을 알고 나를 사랑할진대 그대 스스로 모든 환
　경을 돌파하고 자체를 편달하여 나아갈 수 있는 용기를 가진 자라고 나
　는 생각한다. 굳세인 벗이 되어지라, 오직 바라는 바이니 원컨데 오직 끝
　까지 건강하라.42)

　위의 편지글에는 박화성의 소설을 통해 추구하는 두 개의 전언이 포
함되어 있다. 그것은 첫째, 미래의 투쟁을 위하여 역량을 축적해야함을
주장하는 것이다. 동권은 임금부불의 투쟁에서 성공하였을 뿐 아니라
비 오는 날이면 "알아듣기 쉬운 말로서 잉여가치의 이야기로 하여 계
급적 초등지식을 넣어주기에 남모르는 힘을 써"왔으나 그것만으로 만
족하지 않고 정의 믿을 수 있는 동지가 되기 위해 고향을 떠나기로 다
짐한다. 이는 경제투쟁에서 정치투쟁으로의 의식발전을 의미한다.

---

41) 박화성, 「하수도공사」, 『동광』, 1932, 5, 59쪽
42) 박화성, 앞의 책, 60쪽

둘째, 개인의 구체적인 생활에 있어 중요한 연애의 문제를 애욕적 차원이 아닌 이념적 동지애의 차원으로 끌어올리고자 하였다. 작가는 근대화와 더불어 개인의식의 각성이라는 기치아래 주된 관심의 대상이 되어온 자유연애 사상의 추상성을 비판하고 일층 진보한 사상을 보여준다. 즉 자유연애 사상에 입각한 연애지상주의는 비판되고 이념적 동재애로 굳게 맺어질 수 있는 관계가 이상적인 남녀 관계로 제시되었던 것이다.

이상에서 살펴본 바와 같이 「하수도공사」는 민족모순과 계급모순의 역사적 과제를 낙관적 전망 하에 형상화한 작품으로 구성의 치밀함과 문체의 생생함을 통해 도식성을 극복한 탁월한 작품이었다. 또한 용히와의 사랑을 통해 가정적으로나 사회적으로 갈등을 겪고 있는 동권의 존재는 구원되며 그것이 동지애로 승화됨으로써 낙관적 역사의식은 획득된다. 더구나 당대에 여성해방의 한 방편으로 제시된 자유연애사상이 가진 일정한 한계를 극복하고 그 대안으로 이념적 동지애를 제시한다. 이념적 동지애는 신여성이 조선의 현실과 만날 수 있는 한 방편이다. 그러므로 가족들의 생활상이나 용히와의 사랑이야기는 노동소설의 플롯을 해치고 있는 것이 아니라 오히려 인물의 생활과 서사성을 더욱 풍부히 하는 요소로서 인간과 인간으로서의 여성에 관심을 두었던 작가의 폭넓은 지성이 도달한 소설적 성과였다. 소설은 이념을 전달하기 위한 도구가 아니라 인간의 삶에 대한 탐구를 목적으로 한다. 그런 점에서 본다면 용히와의 사랑문제는 동권이라는 인물을 훨씬 구체적으로 개성화하고 소설의 내용을 더욱 풍부하게 해주는 요소이다. 긍정적 인물인 동권을 형상화하는데 있어 그의 가족이나 애인의 이야기를 삽입하는 것은 동권이라는 인물을 더욱 풍부하게 형상화해주며 소설이 생경한 이념의 전달체가 되는 것을 막아주는 역할을 하였다.

그럼에도 불구하고 「하수도공사」가 연애담의 삽입을 근거로 몇몇 평자들에게 비판받은 것은 카프를 중심으로 하여 당대의 리얼리즘 문학이 추구하였던 변증법적 문학관의 이론적 정론성에 경도된 시각 때문이라고 할 수 있다.

한편 「비탈」은 수옥이라는 여성을 주인공으로 하여 본격적으로 신여성의 허위의식을 비판하고 계급운동에 동참하는 긍정적 여성의 삶을 이에 대비하여 보여줌으로써 여성의 이념적 각성을 촉구하고 있는 소설이다. 그리하여 식민지 조선의 현실이 요구하는 참된 신여성의 모습을 제시한다.

수옥은 허위의식에 사로잡힌 부정적 신여성의 전형이다. 수옥의 집안은 식민지 지배기구의 구조적 모순과 김부자의 고리채로 중농에서 소작농으로 전락하였다. 그러나 수옥은 이러한 사회적 현실에는 전혀 관심이 없는 여성이다. 물론 가정의 일에도 관심이 없고 오직 자신의 애인과의 관계에만 신경이 집중되어있다. 그의 애인 정찬은 수옥에게 다음과 같은 말로 수옥에게 조선의 현실에 눈뜰 것을 요구한다.

> "그렇지요. 수옥씨는 물론 현대식 여성입니다. 머리를 지지고 전대없는 팔뚝 금시계를 차고 뾰족구두를 신고 약식 한복을 입고 얼굴이 현대식 미인이겠다 스타일이 만점이겠다. 과연 울트라 모던이지요"
>
> 정은 픽 웃으며 말을 끊었다. 수옥도 따라서 웃었으나 속으로는 일종의 모욕을 당한 듯이 분하기도 하였다.
>
> "그러나 말입니다. 수옥씨는 다만 1933년 식의 여성이었다 뿐이지 현재 실사회가 요구하는 여성은 아니란 말입니다. 수옥씨는 현실에 어둡습니다. 현실과는 너무나 동떨어진 자리와 생각에 묻혀 있습니다. 수옥씨는 좁게 말하면 수옥씨의 가정과 고향에 융화되지 못할 것이고 넓게 말하면 조선의 현실이 현재의 수옥씨 같은 그런 여성을 요구하지 않는다는 말입니다. 그러니 수옥씨가 어찌 현대 여성-즉 현사회를 짊어진 한 사람-사회생활의 개척과 성장을 맡은 한 분자인 그런 여성이 될 자격이 있겠소?"[43]

---

43) 박화성, 비탈, 『신가정』, 1933, 8, 173쪽

그러나 수옥은 그의 애인 정 찬이 요구하는 참된 의미의 현대 여성이라는 것을 이해할 수 없다. 그녀는 이러한 말을 하는 정찬에 대해 오해하고 오히려 고향에 돌아온 뒤 정찬과 그의 친구 주희와의 관계를 의심하게 된다. 주희는 김부자의 딸이었지만 아버지가 가난한 사람들을 착취하고 또 그들의 딸을 빼앗아 첩을 들이는 것에 혐오감을 가지고 있었다. 하지만 수옥은 김부자 저택의 장함과 경계의 절승 함에 감탄하며 수많은 돈을 들인 이 집의 우미한 기풍이 김부자 특유의 명안이라고 감탄하는 것이다.

수옥의 이러한 허위의식은 물론 식민지 지배기구의 잘못된 여성교육에 의거하고 있는 것이다. 이 시기 여성교육의 목표는 여성의 주체의식 및 사회의식의 각성에 두고 있다기 보다는 새로운 현모양처 교육의 일환으로서 내방교육의 연장에 불과하였던 바, 이러한 교육정신은 여성들의 미숙한 성해방 사상 및 복장의 개혁 등으로 오히려 사회적 혼란만을 초래한 경향이 짙었다.[44]

주체로 확립되지 못한 여성의 성해방은 오히려 자신을 성적으로 대상화시킴으로써 즉, 자신을 타자화함으로써 자신을 확인하고자 하는 기형적 형태로 발전하였다.[45]

---

44) 이 시기의 여성교육은 여성의 주체적 의식성장의 결과라기 보다는 국가의 위기 상황에서 애국계몽운동가들이 여성교육을 추진한 결과였다. 당시 여성교육의 목표는 국가의식을 가진 보다 문명된 가사종사자와 문명된 제 2세의 창출자를 만드는데 두어/뻤으므로, 남성들은 여성을 교육함으로 종래의 가부장적인 질서를 유지하는데 모순되지 않으며 더욱 문명적인 그 운영과 발전을 보장해 주는 일로 인식하고 있었다. 그리하여 여성교육의 기회가 많아졌고 여성교육의 중요성이 사회에 널리 인식되어 갔지만 독립된 인간으로서의 여성교육과는 거리가 먼 것으로 교육을 통한 가부장제에서의 해방과는 동떨어진 것이였다.

한편 박화성은 「떠내려가는 유서」에서도 "허위와 가장이 많은 현재 학교의 교육만을 받으려 애쓰지 말고 공장내에서 친히 당하는 실제의 교훈이 절실이 필요함을 깨달어라. 너는 여공이 되어라" 는 오빠의 유언과 그것을 실천하는 은순의 태도를 통해 여성에 대한 잘못된 교육을 비판하고 일제의 빈궁에 적극적으로 대처할 수 있는 여성의식을 고취시키고 있다고 할 수 있다.

최숙경, "한일여성해방논리의 전개와 그 한계점, "이대논총 43집, 1983, 223쪽 반면 봉건제와 가부장제의 권위적 이데올로기를 비판할지 모르고 이를 수용하는 수옥의 입장에서 보면 수완과 안목이 있는 김부자를 비판하는 주희가 오히려 부당하게 보인다.

하지만 힘차고 열정에 넘치는 주희를 볼 때 정찬이 요구하였던 '현실이 요구하는 여성'이란 주희와 같은 여성이 아닐까 생각해 보기도 한다. 이러한 갈등의 상태에서 그녀는 주희의 오빠 철주로부터 애정을 고백 받는다. 철주는 주희와는 달리 귀족적 향내가 풍기는 미남으로 그의 부유함까지 더하여 수옥의 허영을 만족시키기에 충분한 인물이었다. 정찬으로 부터 버림받는(실제로는 버림받았다고 생각하는) 수옥이 그의 제의를 받아들이는 것은 당연한 것으로 보인다. 당시 신여성들을 사로잡았던 자유연애사상은 무엇보다도 자신의 감정을 중시하였고 이로써 스스로의 정체성을 확인하였다.

그리하여 철주와 데이트를 즐기기 위해 목포의 한 산봉에서 만나지만 여전히 행복을 느끼지는 못한다. 전날 그녀에게 친절을 베풀었던 철주의 부인이 떠올랐기 때문이었다. 이로써 신여성의 자유연애사상이 여성의 진정한 해방을 주기보다는 필연적으로 갈등과 고통을 심화시키는 허구적 사상에 불과한 것임을 보여준다. 이때 그녀는 마침내 이념적 동지로서 이곳의 산봉에 숨어 들어온 정 찬과 주희의 만남을 목격하게 된

---

45) 보부와르에 의하면 여성은 사회에서 "타자"화된 집단이다. 남성은 자신을 주체로 정립하기 위해 여성을 자신이 소유하고 싶지 않은 부정적 자질을 갖는 타자로 정립시키려고 한다. 대자—즉 주체자아는 타자의 거부의 형태 속에서 존재한다. 즉, 타자를 스스로 소유하고 싶지 않은 부정적 자질을 갖는 것으로 보고 배첨함으로써 자신을 주체로 인식하게 되는 것이다.l 여성이 타자로 설정되는 사회에서 여성은 자기 속에 대자의 충동을 느끼면서도 즉자의 상태에서 고정된 채 영원한 딜레마속에 붙잡혀 있게 된다.
한편, "타자성의 내면화"란 우리가 사회의 지배집단의 눈을 통해 자기 스스로를 확인하게 되는 것을 의미한다. 이러한 역할을 받아들인다는 것은 스스로 자유롭고 창조적인 주체로서 잠제력을 부정하고 자신이 하나의 대상임을 인정하는 것이다. 여성의 경우 타자성의 내면화는 여성에 대한 공격적인 견해를 오히려 적극적으로 수용하는 것이다. J.도노번, 김익두 이월영 역, 『페미니즘 이론』, 문예출판사, 1993, 223쪽

다. 그러나 그녀가 그곳에서 본 것은 자신을 배신하고 연애에 빠져있는 남녀가 아니라 파업의 성과를 자랑스럽게 보고하는 주희와 그것을 칭찬하고 격려하는 정 찬의 열의에 찬 모습이었다.

> "그래 한달 동안 계몽 반에서 노력하시든 것과 일주일 동안 이번 일에서 활약하시던 그 성성의 수확과 효과를 이번에 절실히 알으셨을걸요."
> 하였다.
> "정말 그래요. 이번에는 저야 다만 시키는 데로 했을 뿐이지마는 저번 계몽운동에서 한달 동안의 노력의 결과는 국문하나 깨친 아이가 없어서 슬펐는데 이번 일주일 노력이 백 여명 동무의 성공을 빚어내게 될 때 정말 기뻤습니다."46)

주희는 농촌 계몽 반 활동도 하였던 것이나 가난한 조선의 현실에서 그 운동의 성과가 크지 못함을 가슴아파하였다. 그러나 목포공장의 동맹파업을 성공적으로 이끎으로써 드디어 자신의 일에 보람을 느끼는 것이다. 이는 식민지 조선의 현실에서 계몽운동이 효과적인 운동이 될 수 없음을 암시하는 중요한 대목이기도 하다.

한편 이러한 대화를 나누는 이들을 본 수옥은 발을 헛디뎌 비탈 아래로 굴러 떨어진다. 수옥은 자신의 오해에 대해 정찬에게 사과하지만 결국 자신은 철주의 애인임을 선언하고 숨을 거둔다. 그는 끝내 정찬이 요구하는 바 내면화된 타자성을 벗어나 주체적인 여성으로 거듭나지 못하였던 것이다. 이상에서 살펴본 바와 같이 이 소설은 빈궁화되어가는 농촌을 배경으로 하여 조선의 모순된 경제구조를 보여주면서 여성도 조선의 현실에 관심을 기울여야 함을 이야기하고 있다. 주희는 성적대상으로 타자화되는 데 만족하는 자유연애의 허상을 쫓기보다 계급의식을 각성한 지도자적 여성으로 형상화되었는데, 이것이 작가가 이상적으로

---

46) 박화성, 앞의 글, 1933, 11, 183쪽

생각하는 신여성상이었던 것이다.

이러한 사상은 「떠내려가는 유서」에서도 나타난다. "허위와 과장이 많은 현재 학교의 교육만을 받으려고 애쓰지 말고 공장 내에서 친히 당하는 실제의 교훈이 절실히 필요함을 깨달어라. 너는 여공이 되어라" 라고 하는 오빠의 유언과 이를 실천하는 은순의 태도를 통해 여성에 대한 잘못된 교육을 비판하고 일제의 빈궁에 적극적으로 대처할 수 있는 여성의식을 고취시키고 있다고 할 수 있다.

이후의 소설에서도 「추석전야」의 영신이나 「하수도공사」의 용히, 「비탈」의 주희와 같이 현실의 모순을 인식하거나 이에 저항하는 여성들이 계속 형성화된다. 「두 승객과 가방」(『조선문학』35, 6), 「헐어진 청년회관」(『청년문학』, 34, 창간호), 「신혼여행」(『조선일보』, 34, 11, 6~21), 「눈오든 그 밤」(『신가정』, 35, 1~3)등에서는 남성들이 전위로서 지도자적 인물로 성격화되는 반면 그와 관계를 맺는 여성은 동지애적인 차원에서 형상화된다. 이러한 남성 및 여성인물의 창조를 통하여 작가는 계급해방의식과 여성해방의식을 한 작품을 통해서 동시에 추구하고 있었던 것이다.

「두 승객과 가방」은 사회주의자인 남편을 감옥에 보내고 생계를 위해 어린 아들을 어머니에게 맡긴 채 대구의 공장으로 가야하는 정채와 그와 반대로 남편이 갇혀있는 형무소에서 영전되어 대구로 가는 형무소장의 서로 상반된 입장이 대조되어 나타나며 아이러니한 상황을 보여주는 신변소설적 작품이다.

수많은 민족주의자와 독립운동가의 고통을 양분으로 하여 영전되는 형무소장은 창 밖을 내다보며 "자기의 직업감독장이었고 또한 오늘의 영전의 발돋움이 되어준 이 정다운 건물에게 축복과 감격의 눈물겨운 인사"를 드린다. 그러나 한편에서는 이 땅의 모순된 현실을 극복하기 위해 투쟁한 남편이 투옥되어 남편 없는 가정을 이끌어 가기 위해 집을 떠나야 하는 정채가 있다. 그는 저임금과 열악한 노동환경으로 이름 높은 여공이 되기 위해 대구로 떠나가면서 헤어지기 싫어 울부짖던 두 살배기 종이에 대한 생각으로 괴로워한다.

> 정채는 또다시 접을 만지며 불어오는 젖을 처치하기에 근심하고 있는 자신이 과연 그것을 못 먹어서 울면서 여위어갈 종이의 어머니가 될 자격이 있는가하고 생각하여 보았다. '아하 모자의 정도 여기서는 파멸이로구나. 아-아-' 그는 모르는 결에 소리를 내었다.[47]
> 정채는 불어 오르는 젖통의 아픔을 참지 못하여 준비하여온 양재기에 젖을 짜내려고 가방을 내렸다. 그는 이 순간에 젖이 먹고 싶어 목이 달아 울고 있을 종이와 어린애를 달래느라고 또한 눈물을 찔끔거리고 있을 그 어머니를 생각하고 가방을 내리자 그냥 그 가방을 안고 그 위에 엎디어 버린다.[48]

젖먹이 아들을 떼어놓고 가는 정체의 심적 고통을 보여준다. 식민지의 모순된 현실은 남편을 투옥시키고 아내를 노동현장으로 내몰고 아이들로부터 어머니를 빼앗는다. 노동과 모성의 모순적인 공존의 문제도 보여준다. 이러한 여성현실의 형상화는 사회주의 운동으로 투옥된 남편의 옥바라지를 하였던 작가의 자전적 이야기가 바탕된 것으로서 그 체험의 진실된 반영으로 인해 식민지 현실에서 여성으로서 살아가기에 이중의 어려움이 있음을 진솔하게 보여준다. 그런데 이 기차의 한편 구석에는 아버지의 영광과 함께 기차를 타고 가는 형무소장의 딸이 새침한 모습으로 앉아 있다. 이런 기차 안의 장면으로 작가는 가치가 전도된 식민지시대의 현실을 보여준다.

「논갈 때」는 박화성이 소설의 소재를 농촌으로 확장한 소설로 백 철[49]이 카프문학 상반기의 수작으로 꼽았던 작품이다.[50] 이 작품은 서봉

---

47) 박화성, 「두승객과 가방」, 조선문단, 1933, 11, 7쪽
48) 박화성, 앞의 책, 8쪽

리의 계몽대장 서봉이를 사랑하는 해선이의 시점에서 이야기가 진행된
다. 해선이는 야학 선생인 서봉이를 사랑한다. 그녀는 매달 그믐만 되
면 오던 서봉이 아흐레가 지나도 오지 않자 그를 기다리는 마음에 안
절부절못한다. 그러다가 그가 작권 이동문제로 집단행동을 하여 주모자
의 한사람으로 잡혀갔다는 소식을 듣는다. 이 소식에 그려는 자신의 정
열이 서봉이 한 사람만을 놓고 뱅뱅 돌면서 탓던 것에 부끄러움을 느
낀다.

해선이 서봉의 소작 쟁의를 이해할 수 있는 근거는 이미 소작농과 마
름의 왜곡된 관계를 보여주는 것으로써 제시된다. 한참 잘 먹고 자라야
할 해선이가 배가 고파 쪼르륵거리고 누워있는데 해선의 아버지는 닭
과 돼지가 너무 많아 제대로 관리도 하지 않는 마름의 짐에 남은 닭 세
마리 중 자웅 두 마리를 잡아 바친다. 농촌의 소작농에게 마름이 이처
럼 절대적인 권력을 보일 수 있는 것은 그에 의해서 작권이동이 가능
하기 때문이다.51) 이와 같은 소작인과 마름의 모순된 관계가 사소한 사
건을 통하여 미묘한 심리의 변화에 따라 형상화되어 있다.

　"그래도 인제 모자리 걸음 할 풀을 캔다. 논에 물을 댄다. 뭐 점점 더
일이 많지요."
　해선이는 자기의 농사에 대한 지식이 종수보다 나은 것에 만족하여 기
를 펴서 말하였다. 종수는 담배 꼬투리를 발로 썩 문지르며
　"너는 한가지 아직 모르는 일이 있다. 논 갈 때가 되면 작권 이동이 심
한 것이야. 작권 이동알지?"

---

49) 백　천, 『한국신문학사조사』, 백양당, 1949, 177쪽
50) 일제의 농촌정책은 상황에 따라 변모되어 갔으나 정책의 근본적 취지는 값싼 식량 및 원
　　자료 수탈과 상품판매 시장으로서의 식민지화에 놓여 있었다. 이러한 정책으로서 산미증
　　산계획의 추진에도 불구하고 생산을 능가하는 수출증대 때문에 해외로부터 잡곡의 수입
　　이 불가피하였고 대다수의 한국 민중들은 기아적 생활을 영위하지 않을 수 없었다. 이러
　　한 상황에서 농촌의 진궁화에 대응하는 문학은 그 의의가 큰 것이다. 강만길, 『일제시대
　　빈민생활사연구』, 창작사, 1987, 43쪽

"알아요."

해선이의 상식은 풍부한 것이었다.[52]

"하 이번에 용곡농장에서 작인들을 띠었구나. 거기 달린 작인이 백 여
명 되는데 이 사람들이 마구 농장에서 밤낮 없이 들이 파고 졸라대다가
나중에는 좀 말썽이 있었지. 그래서 서봉이는 주모자의 한사람이라고 지
난 달 스무날께 때어들어 가지 않았느냐? 들어간지 한 스무날쯤 되는데
몇 사람 희생은 했지만 일은 기막히게 성공했지. 그래서 전부 복권되지
않았겠냐? 아니 그래 적어도 네가 어느 편으로 보든지 그걸 모르고 있
어 된단 말이냐?"

종수는 득의양양하여 말을 하였으나 해선이는 아무 대답이 없이 머리
만 숙이고 앉아 있었다. 해선이의 가슴은 다시 괴로웠다. 아흐레 동안을
날마다 기다리고 바라던 자기의 뜨겁던 그 열정은 다만 서봉이 한 사람
만 뱅뱅 돌면서 타고 탔던 것에 부끄러운 맘이 들었다.

"그런 줄 알았더라면 야속하다고 그를 원망하지 말고 그의 건강이나
빌어줄 것인데."[53]

앞의 예문에서 알 수 있듯이 해선은 이러한 모순적 현실에 순응적인
아버지와는 달리 농민의 집단 투쟁을 긍정적으로 인식하며 이 때문에
애인이 잡혀갔다는 소식에도 의연한 태도를 취할 수 있다. 이처럼 해선
에게도 여전히 식민지 조선이 원하는 현대적 여성의 이미지가 투사되
어 있다.

---

51) 식민지 조선의 현실은 토지조사서업이 이후 양산된 소작농민의증가로 인해 상대적으로 경
    작면적은 감소되어갔고 소작료는 고율화했으며 소작권은 극도로 불안해졌다. 그 결과 작
    권이동문제가 당시 활발하게 일어났던 소작쟁의의 원인 가운데 가장 높은 비율을 차지하
    게 된다. 또한 소작권을 얻는 과정에서 지주의 대리인인 마름의 횡포가 심했으며 이들 마
    름의 중간 수탈이 소작농민 궁핍화의 주요원인이 되었다. 강만길, 앞의 책, 44~46쪽
52) 박화성, 「논갈 때」, 『고향없는 사람들』, 중앙문화 보급사, 1947, 52쪽
53) 박화성, 앞의 책, 54쪽

이러한 소설들은 긍정적인 전위가 아닌 전위의 아내나 애인이 주인공으로 등장한다는 공통점이 있다. 쟁의의 현장에 직접 참여하였던 남성들은 현재 투옥되었거나 이국에 가서 운동을 계속하고 있기 때문에 소설의 주요인물로 전경화되지는 못한다. 다만 이들을 보내고 남아 있는 여성들이 그들의 투쟁이 지닌 역사적 의미를 지켜주고 있을 뿐이다. 「하수도공사」의 용히, 「두 승객과 가방」의 정채, 「논갈때」의 해선이라는 여성의 위치는 모두 이런 맥락에서 동일하다.

이 여주인공들은 지도적 인물의 행위를 이념적으로 동조하거나 동조하게되는 인물로 설정된다. 즉, 식민지 현실을 바라보는 작가의 낙관적 시선과 빈궁의 의미를 사회구조적 차원에서 이해할 수 있는 여성이 지속적으로 나타나고 있는 것이다. 이것은 박화성이 식민지 조선의 근대화에 주어진 중요한 두 개의 과제 즉, 반제와 반봉건의 문제를 계급해방 이념의 수용을 통해서 일원화하고 있음을 보여준다. 따라서 투사가 주인공이 아니라 투사의 여인이 주인공으로 등장할 경우 그 여성이 어떠한 방식으로 형상화되느냐가 작품의 완성도를 결정한다. 이때 주인공이 운동의 현장성을 형상화할 수 없는 위치에 있다고 해서 그 작품이 경향문학이 요구하는 전형적 성격에 미달된다고 할 수는 없다. 모든 진보적 운동이 일종의 '연대의식'과 더불어 출발하는 것이라면 투사가 두고 간 가정과 아이를 지키는 여인의 체험 역시 무시될 수 없는 것이기 때문이다. 이러한 체험이 모두 포괄될 때 운동은 더욱 총체성에 접근하는 것이 된다. 따라서 이러한 작품들을 통해 형상화된 '전위의 애인(혹은 아내)'의 체험은 남성과 여성이 경험하는 운동체험의 '차이'로서 긍정적인 의미를 지닌다. 또한 여성중심적 입장에서 보면 자유연애의 허구성을 지양하고 이념적 동지애를 추구하는 성숙된 애정관을 제시하게 되었던 것이다.

3) 지식인 여성과 계몽성

박화성은 1934년부터 1935년 사이에 지식인 여성을 주인공으로 하여 이들을 통해 계급의식을 전달하려는 계몽성이 강한 소설들을 썼다. 앞에서 분석한 소설도 엄밀히 말하면 이의 범주에 묶일 수 있는 것이나 「헐어진 청년회관」, 「신혼여행」, 「눈오든 그 밤」과 같은 작품은 특히 작가의 계몽적 태도가 눈에 뜨이는 작품이다.

「헐어진 청년회관」은 효주라는 여성이 ML당원으로 활동하다 죽은 오빠를 꿈에서 본 뒤 이전에는 목포청년들의 활동의 근거지었으나 일제의 탄압으로 인해 지금은 헐어진 청년회관을 지나며 자신을 반성하고 새로운 활동을 시작하기 위해 지금은 감옥에 가있는 남편을 찾아가기로 결심한다는 이야기이다. 효주는 꿈에서 6년 전에 잃은 오빠가 연단에서 연설하는 것을 본다.

> "그러므로 진정한 자유와 해방의 길은 우리의 약소민족과 우리 무산자가 서로 한뭉치로 굳게 단결하여 일본제국주의와 자본가 계급에게 맹렬히 반항하여 싸워 승리를 얻는 그 길밖에는 없을 것을 단언합니다."[54]

효주는 이러한 꿈을 꾸고 잠에서 깨어나 장마와 폭풍으로 고생하는 빈민자들의 생활을 걱정한다. 그녀는 여성구락부의 활동을 통해 이재민 구호사업을 하고 있었던 것이다. 그러나 그것은 임시의 목적에 불과한 것이었다. 효주는 역시 "모든 단체가 놈들의 탄압으로 해산. 해소되어버리고 청년동맹의 마지막 해체 뒤 벌써 5년 동안 빈 집"인 청년회관이 장마와 폭풍으로 앙상하게 골조만 남은 것을 보고 형님에게 다음과 같이 말한다.

---

54) 박화성, 「헐어진 청년회관」, 『홍수전후』, 백양당, 1947, 207쪽

"그러니 형님! 나 자신도 헐어져 가는 이 집과 다른 것이 무엇이요? 오빠의 가신 후 이 년 동안은 남편의 지도를 받았지요? 그러나 그마저 입옥한 지 사 년이 된 이날까지 내 생활은 어떠하였어요. 나는 모든 것에 능동적이 아니고 수동적이었어요. 나는 봉건사회와 자본주의 사회를 통하여 받은 여성의 유약과 수동성을 실천과정에서 극복하지 못하였던 것입니다. 그러기에 나를 움직여주던 오빠와 남편이 없어진 오늘에 나는 힘을 잃고 방향을 잃은 평범하고 무의미한 생활에서 허덕이고 있는 것이 아닙니까?"55)

효주는 이렇게 스스로의 생활을 반성한다. 인용문 중 밑줄 친 부분을 보면 그는 봉건사회나 자본주의 사회가 여성을 유약하게 하고 수동적으로 만든다고 본다. 결국 계급해방이 여성해방을 위한 유일한 노선으로 제시되고 있는 것이다. 또 그 앞의 인용문을 보면 계급해방은 약소민족과 무산자의 해방을 위한 노선이기도 한 것이다. 이러한 깨달음과 더불어 그는 남편을 면회하여 이후의 행동을 결정하고자 한다. 효주의 이러한 결정을 듣고 형님은 "그럼 가보시오. 새로운 출발의 첫걸음으로. 그리고 나 같은 약한 여성도 능동적인 강한 여성이 되게 이끌어 주시오."56) 라고 말한다. 이처럼 현재 유약하고 수동적으로 살고 있는 효주가 꿈에 자극 받아 스스로를 반성한다. 이로써 작가는 민족과 계급의 큰 테투리 속에서 여성의 문제를 아우르고 있는 것이다.

「눈오던 그 밤」의 '나', 「신혼여행」의 복주의 자각도 이와 같은 것이다. 「눈오던 그 밤」은 작가의 영광중학교 교원시절을 배경으로 하고 있다. 이 이야기는 R읍의 교원인 '나'가 순석의 편지를 읽고 조선의 모순된 현실을 자각하는 이야기이다. R읍의 교원인 나는 동료교사의 문병을 다녀온 뒤 돈을 도둑맞은 것을 알게 된다. 그 돈은 동경에 유학

---

55) 박화성, 앞의 책, 215쪽
56) 박화성, 앞의 책, 217쪽

가 있는 오빠의 학비와 제자 순례의 월사금으로 떼어놓은 돈이었다. 그런데 그 돈을 훔쳐간 범인은 순례의 오빠 순석이었다. 순석이는 사 학년 급장으로 공부도 잘하고 운동이나 작문에도 우수한 학생이었다. 그날 밤 나는 순석이의 동생을 통해 그가 스승의 돈을 훔친 사연을 적은 편지를 받아보게 된다. 그 사연인 즉 지게꾼인 아버지가 밥도 굶은 채 어떤 부자 집 첩의 이사짐을 지내다가 넘어져 비싼 물건을 깨뜨렸고 이 일로 젊은 여자에게 뺨을 맞은 대다 순사가 와서 아버지를 잡아갔다는 것이다. 그들은 30원만 내면 아버지를 풀어준다고 하였으나 돈이 있을 리 없는 순석이가 그러한 일을 저질렀다는 것이다.

> "저는 과연 도적놈이었습니다. 그러나 아무리 생각해 보아도 도적질을 시킨 것은 다른 사람같었습니다. 정XX의 작은 집, 그년일까요? 우리 아버지를 잡아간 순사일까요? 아니 그보다도 우리 아버지일까요? 아버지가 잡혀갔다 하드래도 우리집에 돈 삼십 원만 있었으면 재가 어째서 은혜를 많이 입은 선생님의 돈을 훔쳐내기까지 했겠습니까?
>
> 삼십 원이라는 돈은 오늘밤 우리 아버지의 목숨 값! 바로 그것이었습니다……57)

이러한 순석이의 편지를 받아본 나도 "순석이의 글에서 나는 비로소 나의 세계이외의 다른 세계를 찾아보았고 인간살이의 쓰린 실감을 느끼게 되었으며 이날까지 생각하여 본 일조차 없는 새로운 문제에 부닥치게 되었"58)고 이 원인이 사유재산재도의 모순에 있음을 깨닫는다. 그 일년 후 순례는 추위에 발발 떨다 죽었다. 그러나 십삼년이 지난 오늘 밤 나의 마음이 든든한 것은 "순석이가 현재 스물 여덟 살의 청년으로 외국에 망명하여 있다"59)는 소문 때문이다. 「눈오든 그밤」은 순서기의

---

57) 박화성, 「눈도든 그밤」, 『고향없는 사람들』, 144쪽
58) 박화성, 「눈오던 그밤」, 145쪽

경험과 그 경험을 통한 '나'의 자각을 통해 조선의 현실을 잘 보여주고 있다. 그러나 순석의 편지를 통해서나 나의 주석적 개입을 통해 주제를 드러내고자 하는 의도가 지나쳐 사건을 통한 현실의 구체화보다 관념이 지나치게 앞서 있음은 한계로 지적될 수 있을 것이다.

「신혼여행」도 이와 비슷한 유형의 작품이다. 「눈오든 그밤」이 액자소설의 형태로 구체적인 사건과 일정한 거리를 유지하고 있다면 이 소설은 여행담의 형태로써 주인공은 사건의 관찰자적 위치에 선다. 김팔봉이 그 작품의 탁월성을 인정하면서도 또한 도식성을 경계하기도 하였던[60] 이 작품은 부르주아의 딸 복주가 호남선을 타고 신혼여행을 다녀오면서 조선의 현실을 깨닫는다는 이야기이다. 복주는 이 여행을 통해 경부선과 호남선의 주변환경을 비교하여 호남의 경제적 낙후성을 깨닫고 유달산록의 빈민가와 헐어진 목포청년회관, 즐비한 술집과 유곽을 보게 된다. 또한 어촌으로 들어가 어린 아기들이 먹을 것이 없어 강다리나 게, 파래들을 먹고 토사곽란을 일으키다 치료도 받아보지 못한 채 죽어 가는 현실을 전해 듣는다.

"어린 속에 강다리 싫은 것만 들어 가노니 안 그럴 것이야? 이 동네아이들은 거반 다 그렇지. 게만 잡어다가 삶어 먹고 투사곽란나서도 죽은 아이들이 참 많다. 설사가 한번 나기 시작하면 약을 먹냐? 밥을 먹을 수 있냐? 그저 도로 그것만을 먹으니께 죽기밖에 더 하겠냐?"[61]

이러한 비참한 조국의 현실을 목격한 복주는 이곳에서 병원을 설치하고자 하는 준호의 의견에 적극적으로 찬성하게 된다. 복주의 남편 준호는 복주가 현실을 깨닫도록 하는데 성공한 것이다. 그러나 어디까지

<hr>

59) 박화성, 앞의 책 147쪽
60) 김기진, "구각에서의 탈출", 『신가정』, 1935. 1
61) 박화성, 「신혼여행」, 『고향없는 사람들』, 중앙문화보급사, 92쪽

나 관찰자의 위치에서 체험된 빈궁은 소설작품 내에서 충분히 구체화되지 못하였다.

이상에서 살펴본 바와 같이 1930년대 전반에 쓰여진 박화성의 소설은 지도적 인물의 등장, 낙관적 전망의 획득 등 카프의 목적의식에 부응하는 경향성을 보여주고 있다. 이것은 분명히 현실을 관념적으로 파악한 데서 온 추상적 결말에 불과하였지만 그것이 오늘날이 아닌 당시의 관점, 즉 무엇보다도 민족의 독립이라는 강한 시대적 부채의식이 있었고 이의 해결점을 프롤레타리아의 혁명에서 찾았던 지성계의 분위기를 고려해 볼 때 그 의미는 오히려 커지는 것이다. 박화성은 계급해방의 당위성을 신념적으로 받아들임과 더불어 여성들도 역시 계급해방의 이념에 동참함으로써 봉건적 지위에서 탈피할 수 있으리라는 믿음을 가지고 있었다. 식민지 현실에서 계급의 해방과 여성의 해방은 일원화된 체계로써 받아들여졌던 것이다. 이것은 그 당시 제기되었던 사회주의 여성해방론의 주장과 일치하는 것으로 박화성은 이 시기에 사회주의 이념에 이념적으로 동참하는 여성을 창조함으로써 봉건적 수동성을 벗어난 여성을 창조해 내었다. 이와 더불어 작가는 「하수도공사」나 「비탈」과 같은 작품에서 그 당시 제기되었던 자유연애사상이 무책임하고 비현실적으로 이념임을 보여주고 이의 대안으로 이념적 동지애를 통한 지식인 여성의 주체화를 주장하고 있다고 할 수 있다.

2. 낙관적 전망의 퇴조와 하층민 여성의 생명력

박화성은 자신의 소설에서 보이는 추상적이고 관념적인 빈궁의 인식과 낙관주의의 한계를 인식하고 1935년 1월 1일자 신문에 현실과 이념의 조화를 추구하기로 다짐하는 글을 발표한다.

현금의 소위 빈궁을 소재로 한 작품들이 감동을 주지 못하는 원인은 그 수법이 미숙해서 그런 것이 아니고 빈궁을 묘사하는 작가 자신이 빈궁의 참맛을 모르고 표현하는 까닭이다. 아무리 높은 의식수준을 가진 작가라도 산 생활감정이 없이는 그의 작품을 잃게 된다. 나의 작품이나 다른 작가의 작품에서 힘찬 그 무엇을 얻지 못하는 것은 결국에 있어 작가의 생활과 창작행동에 모순이 있는 까닭이다…… 적어도 박진력 있는 작품을 나으려면 생활과 창작방법과는 어떤 방법으로든지 조화 통일이 되어야 한다.[62]

이글을 발표할 무렵 박화성의 작품세계는 식민지 하층민의 삶에 대한 천착으로 조선 빈궁화의 현실이 구체성적으로 형상화되고 있었다. 그러나 창작방법과 생활의 조화통일이라는 소설 창작방법의 구체적 선회에도 불구하고 낙관적 전망에 도달할 수 있는 현실적 토대를 상실함으로써 빈궁화된 조선의 현실묘사가 낙관적 전망과 연결될 수 없었다.

1930년대 후반은 일제의 파시즘 강화로 진보적 이념이 전반적인 침체기에 들어선 시기이다. 일제는 세계대공황으로 인한 경제적 위기에 대처하기 위해 파시즘을 강화하면서 노동운동과 농민운동의 핍박을 비롯하여 각종 사상적 활동을 억압하게 된다. 이러한 탄압은 1930년대 후반에 소위 국가 총동원의 체계에 들어감으로써 더욱 심화된다.[63]

이러한 위기적 상황은 문학 예술계에도 영향을 미쳐 1935년 5월 카프의 해산을 가져오기에 이른다. 이 사건은 사회운동을 배경으로 리얼리즘을 견지해오던 작가들에게 단연 충격으로 다가왔고 이후 그들의 작

---

62) 박화성, "작가 교양의 의의", 『조선일보』, 1935. 1. 1
63) 1936년에 제정된 조성 사상범 보호관찰령이나 1937년의 조선정보위원회의 설치 등은 그러한 탄압정책의 대표적인 예들이었다. 또한 일제는 전시체제를 강조하여 국민생활전체를 철저히 통제하는 한편 '내선일체', '황국신민화' 등을 내세워 민족말살정책을 획책하였다. 이러한 사회상황 속에서 변혁운동도 많이 위축되어 이 시기에 와서는 적색노조와 농조 역시 구체적 활동을 표면화하지 못한다. 1930년대 민족해방운도, 서울대 국사학과, 1985, 109~120쪽

품에 이러한 사회적 분위기가 반영되 구조적 변화를 가져오게 된다. 그 대표적인 특징으로 '긍정적 주인공의 퇴장' 및 '전망의 소명'을 들 수 있을 것이다. 임화는 이러한 문학계의 현실을 지적하여 "작가의 내부에 있어 '말하려는 것'과 '그릴려는 것'과의 분열이 생겨 세태소설과 내성소설이 나타났다"[64] 고 진단하였다. 이는 당시 객관적 정세의 악화로 본격소설의 창작이 어려움을 나타낸 것이다.

박화성도 이러한 정세의 악화에 영향을 받지 않을 수 없었지만 그것이 전면적인 것은 아니었다. '빈궁의 참 맛'이라는 새로운 영역을 발견한 박화성의 문학은 전반기에서 보여주었던 이념지향적 관념성을 극복하고 도시와 농촌의 빈궁화 현실을 묘사하는데 치중한다. 그러나 당시 대부분의 작가들이 세태묘사나 내성에 집착하고 긍정적 인물이 소설의 전면에서 사라지고 낙관적 전망이 사라지는 것과는 달리 박화성의 소설에서는 희미하게나마 미래에 대한 희망이 완전히 사라지지는 않는다. 이는 박화성이 진보적 의식을 완전히 포기하지는 않았다는 것을 의미한다.

그러나 일제의 억압이 극심해진 식민지 후기의 작품에 등장하는 긍정적 주인공이 더 이상 서사를 주도할 수는 없었다. 그들이 추구하는 미래는 암호와 같이 해독 불가능하고 그림자처럼 희미하다. 「중굿날」의 국범이, 「불가사리」의 병훈이는 미래를 다짐하는 결의를 하고 어디론가 출발하고 있지만 그들이 지향하는 바는 다만 암시적으로 처리되어 있을 뿐이다. 「춘소」의 영복이도 감옥에 가있다. 그러나 그가 무슨 죄를 지어 감옥에 가 있는지 그 구체적인 이유를 알 수 없다. 소설은 더 이상 오늘을 어둡게 하는 현실이 무엇인지 명확히 보여줄 수 없는 것이다.

그러나 「홍수전후」, 「한귀」등의 작품은 가난한 조국의 현실을 사실적으로 묘사함으로써 오히려 초기소설의 관념성을 극복하고 훌륭한 문학

---

64) 임 화, 「세태소설론」, 『문학의 논리』, 서음출판사, 1989, 205쪽

성을 보여준다. 이 시기에 등장하는 여성인물도 지도자적인 위치에서
벗어나 극도로 빈궁한 생활을 그들의 강한 생명력 특히 '모성'으로 견
디어 내는 인물로 변모한다. 긍정적 인물이 소설의 이면에 사라짐과 더
불어 여성들의 생활도 그들과 동지애적 관계를 유지함으로써가 아니라
빈궁의 구체적 현실을 견디어 내는 것으로부터 창조되어야 했다. 여기
서 여성의 위치는 남성의 보조자의 위치를 벗어난다. 흔히 이들은 극도
의 빈궁으로 말미암아 가사노동뿐 아니라 생산노동에 참여함으로써 남
성에 의존하는 생활을 벗어나 있었다. 이러한 소설에 등장하는 여성들
은 빈궁한 생활을 이끌어 가기 위해 남성들보다 더욱더 적극적으로 현
실에 대처하는 모습으로 나타난다. 「한귀」의 성섭이 처가 보여주는 강
한 성격과「춘소」의 양림 어머니가 보여주는 강한 모성의 힘은 하층민
여성의 건강한 생활력을 보여준다. 그러나 여성들의 생활고는 남성에
비해 훨씬 가중되어 있는 것으로 묘사된다. 이는 일제하의 박화성이 여
성해방이라는 것을 단지 구호적 차원에서 이해했을 뿐 일정한 수준의
의식이 부재함에도 불구하고 사실적 묘사에 의해 여성의 생활이 구체
화되고 있음을 보여주고 있는 것이다.

1) 농촌 빈궁화와 전망의 상실

가) 농민과 유이민의 전망 없는 삶

「홍수전후」는 박화성이 빈궁의 현실에 들어가 조선의 현실을 그린 것
으로는 비교적 초기의 작품이다. 작품이 씌어진 시기나 윤성이라는 의
식있는 인물을 창조하고 있다는 점으로 보아서는 전기의 작품에 속하
는 작품이다. 그러나 가난한 농민의 생활을 초점으로 하여 그들이 겪어
내는 자연재해를 충실히 묘사함으로써 현실의 구체성을 확보하고 있다
는 점에서 후기의 작품으로 이행해 가는 소설이라고 할 수 있다. 이러

한 점에서 「홍수전후」는 빈궁의 추상화를 극복하고 있으면서도 낙관적 역사의식이 아직은 가능하였던 시절에 씌어진 작품으로 이념과 현실이 소설 내에서 조화를 이루고 있는 작품이라 할 수 있다. 소설의 기본구도는 봉건적 세계관을 가진 소작농이 가난과 홍수의 재난을 겪으면서 의식적으로 각성해 가는데 있다.

명칠은 배 두 척을 가지고 영산강에서 어부노릇도 하는 성실한 소작인이다. 그러나 그의 아들 윤성은 아버지의 순종적 소작 태도에 불만을 품고 있다. 아버지와 상반되 세계인식을 하고 있기 때문이다. 그것은 두 인물의 외적인 차이에서도 드러난다. 송명칠의 얼굴은 나이에 비해 겉늙어 환갑을 지나 보이지만 윤성이는 '불평을 가득 담고서 항상 이리저리 쏘아보기 때문에' 지주인 허부자로부터 '불량한 목자'라는 소시를 듣는다. 그러나 이 불량한 눈이야말로 윤성의 충일한 생명력을 상징한다.

불량한 목자인 윤성이는 바가 오자 물이 드는 집안을 걱정하며 비가 와도 쓸려가지 않을 높직한 땅에 있는 집을 청해 보라고 아버지에게 말한다. 이에 아버지는 아들에게 지난 가뭄에 소작료인하 투쟁에 참가한 것을 들먹이며 그저 잘사는 사람만 시기할 줄 아는 불한당같은 놈이라며 호통을 친다. 봉건적인 사고에 기반한 아버지와 의식 있는 아들 윤성이와의 대결은 이 사건을 계기로 극대화된다.

봉건적인 사고를 가진 명칠은 목숨은 쉽게 끊어지는 것은 아니라며 두 척의 배에만 의지한 채 집밖으로 피신하기를 거부한다. 비는 계속 내려 영산강의 둑은 터지고 명칠은 그나마 얼마 있지도 않았던 재산과 함께 셋째 딸 쌀레를 잃게 된다. 갈곳이 없는 명칠네는 윤성의 친구 대홍이네의 호의로 위기를 면한다 명칠은 아들과 함께 몰려다니며 못된 짓이나 한다고 생각했던 대홍의 집에서 그들이 살아가는 모습을 보고 이들이야말로 가난한 사람을 위해 살아가는 고마운 사람들이라 믿게 된다.

윤성이는 이 재난이 비록 천리(天理)에서 비롯되었으나 그 현실을 보면 모두 가난한 사람만 피해를 보았으니 이를 깨닫고 함께 살아갈 도리를 세우자고 한다. 새로운 깨달음을 얻은 명칠은 시령산에서 소작료 인하요구가 있다는 말에 윤성이 보다도 먼저 길을 나선다. 「홍수전후」는 이러한 낙관적 역사의식이 빼어난 묘사로 현실성을 획득한 작품이다.

「한귀」역시 농촌의 자연재해를 다루고 있는 작품이다. 여기서는 농촌 궁핍의 실상에 대해 윤성이 만큼이라도 자각하고 있는 인물이 나타나지 않음으로 해서 분노는 감정적으로 폭발하고 긍정적 전망은 전혀 나타나지 않는다.

작년 홍수에 올 가뭄까지 겹친 성섭이네의 가난은 그 처참함이 극에 달하였다. 처참함은 생활에 바탕 둔 것인데 이것은 작가의 현장감 있는 묘사로 현실성을 얻고 있다. 주인공 성섭은 아내와 여섯 명의 아이를 가진 농촌의 가난한 소작인으로 성품이 온순 충직한 교회의 집사이다. 그는 가뭄에도 기우제를 거부하고 성경의 말씀을 따르고자 한다. 그러나 한편으로 농부들은 남 대접하기를 자기 몸보다 더 후하게 하지만 지주들은 "가을에 곡수지고 왼갖 봉물을 그 우에 얹어서 지줏댁에 가져갈지라도 그 흔한 쌀밥 한 그릇도 주지 않고 보리밥을 일부러 지어"주는 데도 성경의 말씀과는 달리 순박한 농민들이 더 못사는 것을 이상하게 생각한다. 그러면서도 그는 아내가 성경의 말씀을 어기고 기우제를 다니는 것이 못마땅하다. 그는 내심 자신의 이러한 선행이 자신을 복 받게 할 것이라 믿는 것이다. 그러나 현실은 성섭의 이러한 믿음을 조롱하고 그이 상황을 더 큰 고통 속으로 몰아 넣는다.

이처럼 성섭의 성격이 봉건적이고 비현실적인 반면 성섭의 아내는 빠른 현실파악을 한다. 이 작품이 사회의 모순에 저항할 수 있는 힘은 성섭아내의 비판적 시선에 의해 획득된다. 그녀는 성섭의 모호한 의식의 상태를 가차없이 비판한다.

　"여보 그 착한 소리 착한 짓 그만하시오. 작년에도 모두 온 동네가 모여서 의논해 가지고 금년에는 홍수가 졌으니가 곡수를 들일 것이 없으니 곡수를 내지 말자해서다—들 안내고 말었는디 어째 당신만 쏙 빠져서 등성이 논에서 쌀 석 섬 나니께 다 갔다 바쳤소? 그 사람 네 논이 물에 씻겨 버렸으니께 줄 것 없어 안주면 말지 왜 홍수에나 쌀 석섬 얻어먹는 우리 논에서 난 쌀 석섬을 딱 갔다 줬느냔 말이요?"

　"또 그 소리를 하네. 그럼 남의 논 빌어먹는 사람이 잘 될 때나 곡수주고 안될 때는 영—안 줘 버리고 말까? 어떤 논에서 난 쌀이 생겼으면 갔다 줘야지 꼭 그 논에서 난 것만 줘야 쓰는가?"[65]

　성섭의 아내가 현실에 적극적으로 대처하고 있다면 성섭이는 선량하고 충직한 농부의 전형을 보여준다. 따라서 이 소설의 현실저항적 측면은 성섭의 아내를 통하여 획득된다고 할 수 있다. 한편 박화성은 성섭과 같은 봉건적 의식에서 벗어나지 못한 농민들의 의식의 한계를 변화시키고자 이러한 유형의 농민들을 자주 창조하고 텍스트의 구조를 통해 비판한다.

　「홍수전후」에서 명칠이는 아들에게

　"흥 또 불한당 같은 소리가 나오는구나. 사람의 운수복력이 다 팔자에 타고난 것인데 새파란 어린놈들이 손발 떨어지도록 빌 생각은 않고 그저 잘 사는 사람 시기할 줄만 안단 말이여. 자 그 사람들이 땅을 안주더냐? 집을 안주더냐? 그 사람들이 없으면 우리 같은 작인들은 굶어 죽어야 옳게? 아니 그런데 저번 한창 가물 때 논이 갈라지니께 너그들이 허부자네 집에 가서 소작료를 감해 달라고 떠들어 댓담서야? 그 대흥이 유동이 만성이 이런 놈들하고 몰키 다니면서…… 앵—못된놈 같으니. 경찰서에나 잡혀가고 지주집에나 몰가서 심술이나 부리고 하는 놈들하고 이놈 다시 또 붙어단겨만 봐라. 다리뼈를 분질러 놀테니께……"[66]

---

65) 박화성, 「한귀」, 『조광』, 1935, 11, 257쪽

하고 호통친다. 이러한 명칠이나 「논갈때」의 해선 아버지도 봉건적 충직성을 가진 인물이다. 이들은 그 당시의 농민들이 지닌 봉건적, 복종적인 사고의 특질을 전형적으로 보여준다. 그러나 이러한 봉건적 세계인식은 결국 지주와 마름의 착취만을 강화시킬 뿐이다. 그런 까닭에 명칠의 아들 윤성이는 아버지의 봉건적인 세계관을 비웃으며 아버지뿐 아니라 농민 전부가 이런 생각에 사로잡혀 있지나 않을까 근심한다. 이제는 순종적이고 운명론적인 인생관에 내재되어 있는 왜곡된 이데올로기를 극복하고 현실을 올바로 읽을 수 있어야 하기 때문이다. 전일 농민을 지배하고 있었던 봉건적 충의의 이데올로기는 상부 귀족 및 지주들의 지속적 지배를 용이하게 하기 위해 구축되었던 담론의 한 양상으로서 비판되어야 하는 것이다.

조선의 근대화 과정에서 나름대로 큰 역할을 하였던 기독교의 사랑과 권선징악의 이데올로기도 이런 맥락에서 재고되어야 한다. 충의와 권선징악에 대한 유교적 사고방식이나 기독교적 사고방식은 진리를 가장하여 피억압자의 지배를 용이하게 하는 지배기구일 수도 있다는 것이다.

이와 같이 「홍수전후」와 「한귀」는 소재의 채취와 현실 묘사의 치밀함으로 조선빈궁의 현실을 박진감 있게 고발하였으며 초기소설의 관념성을 극복하였다. 하지만 이 소설들은 홍수와 가뭄이라는 천재지변의 요소가 지나치게 강조되어 계급모순의 문제는 상대적으로 축소되어 나타난다. 당시의 농토가 거의 천수답이었고 그런 만큼 농민의 생활이 자연재해에서 자유롭지 못했으므로 이러한 소재의 취택이 결코 무리한 것은 아니다. 문제는 이러한 자연재해에도 불구하고 농민의 사정은 조금도 보여주지 않은 채 고율의 곡수를 받아들이는 마름과 지주의 횡포가 형상화되지 못하여 식민지 조선의 파행적인 경제구조가 충분히 전달되

---

66) 박화성, 「홍수전후」, 『신가정』, 1934. 9, 14쪽

지 못하였다는데 있었고 이것은 계급의식의 각성을 목적으로 한 소설의 경우 소설 구성상의 한계로 지적 받을 수 있는 것이다.

「고향 없는 사람들」(『신동아』. 36. 1)과 「호박」(『여성』, 37. 9)은 지주의 소작농사에 시달리다 홍수 가뭄에 최소한의 삶조차도 꾸려나갈 수 없었던 조선 유랑 농민의 이야기이다.[67] 「고향 없는 사람들」은 불암리 마을에 살던 오삼룡을 비롯한 아홉 가구와 각 동리의 일 백호의 가족이 평남 강서 농장으로 이주하게 되는 과정과 이곳에서 이들이 겪는 고초와 시련을 다루고 있다. 이 소설의 소재가 된 것은 일제가 식민지 정책의 일환으로 시행한 강제 이주 정책으로 박화성은 당시 직접 불암리에 가서 이민들의 생태를 보고 이를 작품화한 것[68]이라고 하였다.

불암리에서 친구 삼룡의 가족을 떠나보내는 판옥의 말은 이들의 고난이 어떤 압제에 의한 것임을 암시적으로 보여준다.

"자네들이 다 멀쩡하게 살어있을 때도 우리 동네는 압제를 받고 욕을 당하고 힘을 못쓰고 억울하고 원통하게만 살아왔거늘 자네들이 가버리고 나면 뼈 부러진 팔 다리로 우리는 어떻게 살아가란 말인가 허…… 어떻게 버리고……"

하고 말끝을 흐리더니 판옥이는 우후하는 울음소리를 내며 방바닥에 펄석 주저앉았다. 갈 사람도 울고 보내는 사람들도 다 소리를 삼키며 울었다.

"삼룡아! 읍에나 면에나 주재소에나 지줏댁에나 너하고 나하고 대표로

---

67) 식민지시대 농촌빈민의 이농현상은 도시지역에서의 노동시장 형성에 의한 노동력흡인의 결과가 아니라 농촌내부에서 생산수단을 잃고 노동자적 처지에 빠진 농민들의 실업, 파산, 빈민화에 의한 밀어내기식의 이농이었다. "그 결과 지어도 먹을 수 없어 농촌을 버리고, 춘궁에 밀려 북간도로 떠나거나, 시베리아, 일본 등지로 떠나가는 무리들이 속출하였다. 그러나 이들은 오히려 형편이 좋은 편에 속하며, 나머지 대부분은 거소를 이전할 자력조차 없기 때문에, 과잉상태로 토착하지 않을 수 없는 파국에 빠져 있었다. "이것이 농촌 빈궁화의 현실이였다. 허수열, "조선인 노동력의 강제동원의 실태", 『일제의 한국식민통치』, 정음사, 1985, 293쪽

댕기더니 마는 너는 가고 나는 혼자 어쩌란 말이냐? 아이고 기막혀라.
우리 동네는 어째서 너희를 몰아내야 한단 말이냐? 너희가 가면 우리 입
에 그래 쌀밥이 들어갈 것이란 말이냐? 아니가믄 못한단 말이냐? 허 원
통하다. 원통해!"[69]

이런 염려와 이별의 고통을 참고 삼룡이네는 고향을 떠난다. 가난 때
문에 고향을 떠날 수밖에 없는 조선의 유랑농민들은 일제가 그들에게 논
스무 마지기와 소와 농기계를 다 준다고 하여 강서 농장으로 옮겨갔다.
그러나 막상 가보니 집도 형편없을 뿐 아니라 농기구를 비롯한 물건값
들이 농장의 뒷거래로 인해 터무니없이 비싸 고향보다도 더 살기 어려
운 실정이었다. 논이란 것도 바다를 메워 이룬 것이기에 간수가 피어서
파종을 해도 모가 자라지 못하는 척박한 땅이었던 것이다. 이와 같은 소
문과 실상의 차이가 일제 이민정책의 교묘함을 보여주는 것이다.
삼룡이네를 비롯한 이민인들은 총독부에 진정서를 보내고 회사에 가
서 날마다 조른 덕에 귀향허가를 받아낸다. 그러나 고향에 가뭄이 들어
남아있던 사람들도 다른 곳으로 떠난다는 소식이 담긴 판옥의 편지를
받게 됨으로써 고향에 돌아가고자 하는 그들의 꿈은 좌절된다.
하지만 삼룡이는 이에 좌절하지 않고 판옥에게 "자네는 고향을 떠나
는 사람들보고 죽어나가는 사람들이라고 하지마는 우리는 죽어서 나오
는 사람들이 아니라 차고 무정한 고향을 박차버리고 나오는 영웅이라
고 생각하네. 우리는 고향이 없는 사람들이니 고향을 떠날 때 뒤도 돌
아보지 말게. 앞만 보고 호랭이 같이 사납게 나가보세 알어듣것는가?
동무들에게 이뜻을 말해주소."라는 편지를 쓴다.
오랜 질곡의 세월 속에서 인내와 끈기를 기른 삼룡이들이기에 이러
한 결심을 할 수도 있다. 그러나 소설의 리얼리티는 현실적 가능성을

---

68) 박화성, 『눈보라의 운하』, 여원사, 1964, 222쪽
69) 박화성, 「고향없는 사람들」, 『신동아』, 1936. 1, 253쪽

토대로 하는 것이다. 그러므로 이러한 낙관주의로 인하여 전망은 추상화되어 버린다. 「고향 없는 사람들」의 낙관성은 리얼리티의 현현이라기보다 지사적 의지의 투영이라고 할 수 있지만 이를 뒷받침할 객관적 조건이 전혀 제시되어있지 않았기 때문에 이는 허구적 전망에 불과한 것이었다.

한편, 「호박」은 가뭄으로 살기가 힘들어 석달전 함경도 고무산으로 가버린 윤수와 그를 기다리는 음전이의 사랑을 매개하면서 밥 대신 호박죽으로 연명해가야 하는 농민들의 곤궁한 생활상을 보여준다.

> "우리도 전번 날 쌀이 많이 있두만"
> 종섭이는 마당에 눌러놓은 집 노적을 돌아보았다.
> "참 철 없는 얘기다. 그것은 논임자가 가지고 갔어. 서울서 쌀 받으러 오지 않었드냐? 그 논 임자가 가지고 갔은께 우리는 쌀 없단다."
> 어머니는 어이 없다는 듯 픽 웃었다.
> "참 어쩔라고 그 양정학교 논 열마지기는 농사가 다 조곰씩이라도 됐는지……"
> 종국이는 혼잣말을 하면서 숟가락을 놨다.
> "우리 논에서 났는디 어째 남이 와서 가지고 갓다우?"
> 종섭이는 숟가락을 입에 문 채로 물었다.[70]

이처럼 작가는 객관적 정세의 악화에도 불구하고 여전히 부당한 사회현실을 응시하는 최소한의 저항을 포기하지 않는다. 작가는 더 이상 낙관적 전망이 불가능한 상태에서 의식있는 지도적 인물이 퇴장하고 어린 소년의 천진한 시선을 빌어 사회의 모순점을 보여준다. 이런 점에서 볼 때 「호박」은 「하수도공사」에서 보여주었던 웅혼한 서사정신은 축소되었다고 할 수 있다. 반면 음전의 윤수에 대한 사랑이 호박을 중심으

---

70) 박화성, 「호박」, 『여성』, 1937. 9, P 29~30쪽

로 애틋하게 묘사되어 있고 어머니와의 갈등도 흥미롭게 전개되고 있
는 까닭에 「호박」은 이전 박화성의 소설들과는 달리 아기자기하고 서
정적인 느낌을 준다. 이러한 소설적 재미 속에서 사회의 부조리한 모순
을 올곧게 형상화하고 있다는 점에서 우리 소설사의 한 성과로 볼 수
있을 것이다.

이상에서 본바와 같이 1930년대 후반기의 작품에서는 전반기 소설에
서 보였던 관념적 도식주의도 어느 정도 사라지고 지도적 인물도 작품
의 이면에 그림자처럼 존재하거나 혹은 사라지며 그들의 행위는 더 이
상 서사를 주도하지 못한다. 그러나 이 시기의 소설이 초기 소설보다
오히려 더 탁월한 예술성을 보여주었는데 이것은 작가가 조선의 빈궁
한 현실과 일정하게 떨어져 그것을 관찰하는 위치에서 씌어진 초기의
소설에 비해 이 시기의 소설은 빈궁한 조선의 현실을 실감나게 묘사하
여 그것이 구체화되어 나타나고 있기 때문이라 할 수 있다.

나) 사실적 묘사에 주력한 문체

박화성의 풍부한 어휘와 그 적절한 사용은 많은 평자들에게 인정받
은 바 있거니와 그 자질은 그녀의 빈궁문학에서 특히 돋보였다. 박화성
의 문체는 풍부한 어휘를 토대로 상황에 적합한 언어를 구사하였고 이
와 더불어 당시의 시대성과 사회성을 창의성 있게 반영하는 이상적 상
태에 있었기 때문이다. 일찍이 김기진이 박화성의 "보케불라리의 풍부
함"을 인정하였고[71] 이 청은 작가의 원만한 경지를 보여주는 문장에 기
대를 걸며 "…… 더구나 전라도의 방언인 그 대화는 그대로 살았다. 그
지방의 생활분위기 그 지방사람의 공통적 성격 생활호흡이 뚜렷하게 나
타나는 것은 이 사른 대화에도 힘입은 것이 아닐까."[72] 라고 하여 박화

---

71) 김기진, "국각에서의 탈출", 『신가정』, 1935, 1
72) 이 청, "여류작품총관". 『신가정』, 1935, 1

성의 문체적 특성에 관심을 표명한 바 있거니와 이후로도 많은 평자들이 그의 문장과 어휘력이 뛰어난 점을 인정하고 있다.

임화는 일찍이 경향문학을 주관의식의 강렬한 영향으로 낭만적 주관주의와 관계되는 경향과 조선 자연주의의 압도적 영향을 받은 경향으로 나누어 살핀바 있거니와[73] 박화성은 후자, 즉 조선적 자연주의의 압도적 영향을 받은 작가라 할 수 있다. 사실 그의 소설에서 느껴지는 넓고 큰 작가적 시선과 이를 담아내는 어휘의 풍부함, 적절함과 이야기를 다루어내는 솜씨는 상당히 세련되고 노련한 것이었다.

비는 잠시도 그치지 않고 퍼붓기만 하였다. 금정산맥으로부터 멀리 나주 영산포의 넓은 평야를 둘러싸고 있는 산들을 경계로 컴컴한 하늘은 둘에 사여 허덕이고 있는 대지를 무겁게 누르고 비를 쏟고만 있었다.

하늘과 땅은 빗줄기로 연하여 졌고 내리는 빗발마디네서 튀어나는 가는 물방울이 보얗게 물연기를 내고 있었다.

점점 험알해 가는 검은 하늘은 더욱 악착스럽게 폭우를 내려 쏟는다. 하늘로 내려 앉을 듯 하고 땅도 푹 꺼질 듯 하게 오직 두려운 빗소리 만이 천지에 가득하였다. 남에서 북으로 북에서 남으로 가는 평시에 재주를 자랑하던 급행열차들도 이 위대한 대자연의 무거운 기세와 위엄 아래에서는 물위에 기어가는 작은 벌레에 지나지 못하였다.

종일을 한결같은 위세로 쏟아지던 비는 기어코 남조선 각처에 있는 크고 작은 강물을 불게 하고 개천을 넘치게 하고 수리조합의 제방을 헐고 방죽과 원둑을 터져버리고 말았다.

강연안과 낮은 지대에 있는 동리는 물에 잠기고 지붕까지 잠긴 집은 등우리가 떠 내려 가고 헐어지고 사람들은 높은 곳으로 물을 피하여 올라가며 목을 놓고 울었다.

장성, 논주, 남평, 화순, 옥화, 곡성, 순창, 담양, 평창, 나주, 송정리, 광주 등의 열두 골 물이 한데로 합하여 내려가는 길이 되어 있는 영산강

---

73) 임 화, "소설문학의 20년", 『동아일보』, 1940. 4, 16

의 물은 시시각각으로 불어만 갔다. 각처에서 물이 영산강으로 몰려들어
가서 영산강 물은 불완전한 연안을 쿵쿵 헐어가며 철철 넘쳐흘렀다. 논
을 삼키고 물을 삼키고 내려가다가 영산포 물길의 길 어구인 개산의 구
비에 닥치어 많고 많은 물이 좁은 어구로 빠져 나갈 수 없으매 용감한
기세로 앞을 향하여 전진하던 영산강의 연합진군은 갑자기 뒤로 뒤로 퇴
군할 수 밖에 없었다.

　무서운 힘의 기세로 몰려갔던 붉고 누른 물결이 다시 맹렬히 돌쳐 서
며 내려오는 물의 세력과 물러나는 반동적 세력이 한데 합하여 두렵게
큰 위력을 가지고 불행한 운명에서 떨고 있는 영산포 시내를 휩싸버렸
다. 내려갈 때 겨우 물결리 험한 손길을 면하였던 조금 높은 곳에 있는
전답과 인가들도 퇴군한 수구의 최후 발악적 습격에는 드디어 전멸하고
말았다.74)

　35년 만에 있었다는 영산강변의 홍수의 진행상황을 말하여주는 장면
이다. 여기서 그의 문장은 간결, 명료하면서도 템포 빠른 문장으로 상
황의 촉급함을 제시한다. 국가적 재앙인 천재를 바라보는 작가의 시선
은 폭우로 터진 물길이 닿는 어느 곳이든지 환히 볼 수 있을 것 만큼
높고 거대하게 자리잡고 있다. 그러면서도 거대한 영토를 두고 펼쳐지
는 큰물의 역류현상을 연합진군이 '뒤로 뒤로 퇴군' 한다는 표현을 할
수 있을 만큼 여유가 있다. 박화성의 문장은 부드럽고 연약하며 섬세하
다는 소위 여성적인 문체와는 거리가 멀다. 그녀의 문장은 감상적이고
기교적인 문체라기보다는 객관적 위치에서 대상을 파악하고 이를 이해
하는 직선적 문체이다. 그리하여 자연묘사, 인물묘사, 행위묘사의 경우
묘사의 대상과 엄격한 거리를 유지한다. 반면에 여러 정황에 처한 인간
심리의 적절한 묘사로써 소설의 공감력을 높이고 있다.

---

74) 박화성, 「홍수전후」, 앞의 책, 16∼17쪽

망망한 나즛 바다에는 붉은 파도가 흉흉하였다. 물결이 뛸 때마다 작은 뱃속에 있는 세 남매는 악을 쓰고 서로 붙들고 울었다.

송서방의 마누라는 그 소리를 들으며 가슴이 찢어지는 듯 아팠다. 이틀동안이나 온전히 굶은 연약한 기질에는 젖을 있는 데로 다 빨아먹어버린 어린애가 붙어 있었다. 그러나 나님이는 엄마보다도 더 배가 고프다고 울었다. 가슴속에 박혀서 젖꼭지만 입에 물고 젖이 나지 않는다고 킹킹거리다가 힘대로 쭉쭉 빨대는 전신의 피가 몰키는 듯이 젖꼭지가 몹시도 아팠다.

그분이랴. 가끔 구렁이가 척척 나뭇가지에 걸치고 그의 어깨에 올라올 때마다 그는 자지러지는 듯한 비명을 질렀다. 구렁이에게 한 번 씩 놀랄 때마다 전신에서는 식은땀이 쭉–흘렀다.[75]

그는 나뭇가지에 걸쳐 있는 막대기를 겨우 한 손으로 잡아서 척척 엉기는 구렁이를 떼어버리려고 구렁이는 얼마든지 흘러가는 물결에서 잠겨들었다. 고로와 굶음으로 기운이 저상한 송서방과 윤성이도 뱀의 수난으로 몇 배나 더 몸이 지쳐짐을 느꼈다.[76]

앞의 인용에서 보던 빠르고 직선적인 문장에 숨가쁜 상황에 직면한 인간의 심리와 행위에 대한 절제된 묘사가 더하여 상황의 위급함과 두려움, 처참함을 탁월하게 형상화한다.

이러한 작가의 문체의 힘은 상황에 따라 적절하게 조절된다. 과장 없고 담담하지만 작가의 빼어난 관찰력을 보여주는 문체는 독자를 사건의 현장으로 이끌고 들어가는 듯한 현장성을 보이기도 한다. 그런가하면 필요에 따라서 대담하거나 완만하고 혹은 섬세한 분위기를 자유자제로 구사하고 있다. 또한 계층의 차이에 따른 언어구사나 행위묘사에 통일감이 있다.

---

75) 박화성, 앞의 책, 135쪽
76) 박화성, 앞의 책, 139쪽

그의 얼굴은 극히 얇은 구름 속에 든 만월처럼 윤곽이 선명하면서도 연꽃처럼 탐스럽고 맑게 피어올랐다. 얇고 하얀 비단 옷이 화르르하게 온몸을 감아서 어깨와 허리의 곡선미가 곱고도 매끈하게 나타났는데 손에 든 꽃다발의 생생한 빛이 복주의 화려한 얼굴에 달빛처럼 반사하여 그 기묘함을 이루 형용할 수 없었다.[77]

"어서들 벗겨 잡수시유"하고는 젊은 사람의 염통처럼 피가 뚝뚝 흐르는 듯한 시뻘건 복숭아를 구겨지고 쭈그러진 검은 손으로 움켜쥐어 우그러진 입에다가 틀어넣으며 오물오물 먹고 있다.[78]

위의 두 예문은 모두 「신혼여행」이라는 작품에서 뽑은 것인데 부르주아 계급의 복주라는 여성에 대한 묘사와 호남선에서 만난 가난한 할머니에 대한 묘사의 확실한 차이를 느낄 수 있다. 식민지 시대의 그의 문학이 주로 빈궁민에 대한 관심에 기울어 있었지만 부유층의 여성을 묘사할 때도 가능한 한 편견 없이 객관적으로 묘사하였다는 점에 그의 문체의 사실적인 힘이 있다고 할 수 있다.

그러나 포르르하는 소름이 오기 전에 먼저 그의 감은 눈에 나타나는 것은 오늘 새벽에 본 핏덩이 어린애였다. 새빨간 짐승의 새끼 같은 것이 바르르 떨면서 쭈글쭈글한 얼굴을 괭이 상처럼 찡그리고 큰 입을 쩍 벌리고 〈응애〉하고 악을 쓰던 그 얼굴이며 안해에게서부터 어린애 배꼽까지 달려 있던 그 고기상자같은 탯줄과 안해의 몸에서 흘러나와 방바닥에 흥근하게 고여있던 그 붉은 피와 훅―끼치던 그 비린 냄새! 보다도 미친 암소처럼 날뛰던 안해의 덤비던 모양이 순서도 없이 연해 휙휙 지나갔다.[79]

---

77) 박화성, 「신혼여행」, 65쪽
78) 박화성, 「신혼여행」, 69쪽
79) 박화성, 「이발사」, 신동아, 1932. 2, 183쪽

이러한 묘사는 출산의 경험이 있는 여성으로써 망설임 없이 그의 경험을 글로 표현하는 대담함을 보여주는 한 예이다.

어제 한나절과 지난 밤새도록 작대기처럼 쏟아지던 비로 날이 새면서부터는 미친 듯이 날뛰던 빗발들을 잠시 걷고 구름짱 속에서 무슨 의논을 하였는지 떨어지지 않을 듯이 굳게 엉겨 붙었던 구름덩이들이 이쪽저쪽으로 슬슬 헤어지기 시작한다.[80]

위의 인용문은 은유와 환유, 의인법 등 다양한 수사법의 활용으로 자연환경을 탁월하게 묘사한 한 예이다. 이러한 묘사의 기량은 빈궁민들의 생활상을 풍부히 보여주는데 기여한다. 이 시기의 작품이 세계관적 진보성을 보지하려 했으나 그것이 객관적 정세의 악화로 낙관적 전망을 획득하는데 실패하였다면, 작가는 탁월한 현실묘사를 통해 조선의 현실을 객관적으로 보여주었던 것이다.

또한 하층민 여성의 삶은 묘사를 통해 저임금의 노동착취와 가사노동, 육아의 다중고에 시달리고 있음을 여실히 나타난다. 가난한 여성들은 밭매기, 베짜기, 품앗이, 방아찧기, 삯바느질 등으로 남성과 똑같이 생산노동에 참여하고 있었으며 그나마 소작을 떼인 경우에는 가족이 전적으로 여성의 품팔이 노동에 의존하는 예가 많았다. 그러나 여성의 노동은 항상 남성의 노동에 보조적인 노동으로만 취급되어 왔고 따라서 가사노동과 육아는 전적으로 여성이 해야할 노동이었다.[81]

"내가 고집을 부렸소 어디? 나는 편안하게 쉬면 오직 좋겠소? 낮에 찐 것은 다 저녁밥 해 버리고 나니께 보리가 어디 있어야제. 놉을 셋이나 부

---

80) 박화성, 「홍수전후」, 앞의 책, 10쪽
81) 한국여성연구회 여성사분과 편, 『한국여성사』, 풀빛, 1992

리나케 보리쌀이 오직 많이 드요? 내일은 또 모를 심는다니께 그래도 내
일 놉 밥해줄 것이나 찧어 사지라우.

　나는 고사하고 우리 품아 방아 찧느라고 다른 댁내들도 밤을 새웠는디
라우. 모래 는 또 품아방아 찧어야 쓰고 우리 방애도 찧고 콩밭도 매고
해야지. 아이고 빨내는 또 언제할꼬? 새끼들이 거지꼴이 다됐는데. 풀할
라면 또 쌀이 있어야하는데 쌀을 어떻게 또 구할 것인고 몰나."

　마누라는 이맛살을 찌푸리고 한숨을 쉬었다. 봉현이가 엄마의 말소리
를 듣고

　"엄마"

　하고 일어나서 문턱을 짚고 내다 보았다.

　"아이고 내 새낀가?"

　봉현 어머니는 봉현이를 안아다가 젖꼭지를 물렸다. 희미한 등불 빛이
건만 그는 불빛을 바로 쳐다보지 못하고 거의 눈을 감듯이 가느스름하게
눈을 떠서 봉현이를 내다보았다. 봉현이는 젖을 몇번인가 쭉쭉 빨아서두
어 모금 들이키고 나서는 젖이 나지 않는다고 발버둥질을 쳤다.[82]

　입분어머니는 오늘의 품값으로 얻은 느적이를 찧어 보리알을 내가지
고 다시 밤동안 두 번이나 찧어야 내알 아침 여섯식구에게 보리곱쌀 밥
을 먹이게 되는 것이다. 밤이 깊도록 방아를 찧는 그를 첫새벽의 삯일은
눈을 부릅뜨고 기다리고 있건마는……

　그러나 미리 품값을 내다가 먹은 집의 일을 하는 동안은 겨우 두끼의
죽으로 연명을 하거나 그렇지 않으면 여섯식구는 굶을 수 밖에 없는 것
이다.[83]

　이처럼 여성은 재생산노동에 참여하고 남성은 생산노동에 참여하고
있다는 일반적인 상식과는 달리 여성들은 상당히 많은 양의 생산노동

---

82) 박화성, 「한귀」, 앞의 책, 234쪽
83) 박화성, 「비탈」, 『신가정』, 1934. 9, 184쪽

에 참여하고 있으면서도 재생산노동을 전담하는 등 이중 삼중의 노동에 시달리고 있었다. 이러한 여성의 생활고가 생활현장의 사실적 묘사로 구체화되어 나타나고 있다.[84] 이러한 여성들의 삶은 작가의 빼어난 묘사의 힘으로 형상화되고 있으며 극도로 빈궁한 현실의 무게를 전달하는데만 집중된다.

2) 빈민여성의 삶과 가족의 해체

박화성의 빈궁문학에서 중요한 모티브로 등장하는 것이 모성의 훼손이다. 「추석전야」의 영신을 비롯하여 「홍수전후」, 「한귀」등의 빈궁민들의 삶에 어머니인 여성이 감당하는 정신적, 육체적 고통의 현실은 식민지 조선이 여성에게 가하는 이중고를 여실히 보여준다.

당시 우리 지성계에는 엘렌 케이의 모성론이 소개되어 신여성들의 관심을 끌은 바 있다. 이는 여성의 사회적 역할과 그 사회적 평등성을 주장한 것으로, 그녀는 남녀의 차이를 인정하고 여성에게 있어서 모성의 중요성을 강조하여 노동력은 모성을 위해서만 씌어져야 한다고 주장하였다.[85] 이의 영향을 받아 모성의 문제는 여류작가들의 작품에 주요 소재가 되었던 것이다. 그러나 '모성'을 바라보는 태도는 전적으로 모성우위적인 것은 아니여서 크게 두 가지로 그 흐름을 잡을 수 있다. 첫째는 모성을 거의 여성본능의 차원으로 승화시켜 가부장제의 원리에서 얻은 피해의식을 모성으로 극복하고자 하는 경향이고[86] 둘째는 여성에게

---

84) 일제는 조선의 노동력을 최대한도로 이용하려는 기본 정책에 따라 여성노동력을 적극적으로 활용하였다. 따라서 가난한 대부분의 조선 여성들은 기아선상에 놓여있는 가족들의 생계를 잇기 위하여 사회노동에 참여해야 했다. 농업노동에의 여성참가는 이미 일반 빈농에서는 일반적인 일이었지만 1930년대에 가면 더욱 확대되어 경작노동에 여성 참가는 정책적으로 추진되었다. 그러나 가사노동의 경감을 위한 조치는 거의 없어 가사노동은 줄지 않았다. 오히려 공황의 피해속에서 여성들은 생계유지를 위한 노동을 강화시킬 수밖에 없어 노동강화는 필연의 일로 나타났다. 한국여성연구회 여성사분과 편, 앞의 책, 221~222쪽

강요되는 모성이 여성의 본성이라기 보다는 관습의 차원에 불과하며 모성과 개인의 삶이 갈등의 관계에 놓일 때 모성을 선택하기보다는 인간 개체로서의 독립을 추구하는 경향이다.[87]

그러나 모성에 대해 이처럼 객관적 거리를 가지고 탐색할 수 있는 여성은 부르주아 여성들이다. 경제적으로 극빈한 여성들은 삶의 문제와 모성의 문제를 분리하여 생각할 수 있는 실제적 여유도 지적인 성숙도 이루지 못하였다. 식민지하의 박화성의 문학에 등장하는 모성은 바로 이런 차원에 놓인 것이다. 여기서 모성의 문제는 빈궁에 의한 철저한 훼손의 경험으로만 취택될 뿐이었다.

박화성의 소설에서는 일제의 정치적 억압과 경제적 수탈에 시달리는 여성들의 삶이 지속적으로 형상화되었는데 특히 어머니로써의 여성들은 빈궁의 고통을 인내와 끈기로 지키려는 모습으로 형상화된다. 우리는 이러한 예를 「추석전야」, 「두 승객과 가방」, 「홍수전후」, 「한귀」등에서 보아왔다. 그리고 어머니인 '여성'이 빈궁에 대처하는 태도는 상당히 적극적이고 현실적인 것도 보아왔다. 「춘소」도 강한 어머니로서의 여성이 형상화되고 있는 작품이다.

> 양림이의 옷에서 풍기는 짭짤한 냄새, 영순이의 저고리에서와 양말쪽에서 끼치는 사내녀석 냄새다운 고리타분한 땀내와 때냄새가 어제 저녁부터 비어있는 그의 속 비위를 건드려서 목구멍에서는 금시에 무슨 물이 넘너올 듯 싶었다.

---

85) 이경숙, "여자해방과 우리의 필연적 요구", 『신여성』, 1925. 1
"위인의 연애관", 『신여성』, 1926. 1
외관생, "여성운동의 어머니인 엘렌케이 여사에 대하여", 『신여성』, 1926. 6
채정근, "생명의 사도 엘렌케이", 『여성』, 1940. 9
86) 이러한 경향의 대표적 작품으로 장덕조의 「자장가」, 임옥인의 「후처기」 및 최정희의 소설들을 들 수 있다.
87) 이러한 경향에 속하는 대표적인 작품으로 임옥인의 「전처기」, 이선희의 「연지」등을 들 수 있다.

벌거숭이로 일어나 앉은 양림이는 머리털이 앙상하게 이렁선 머리통과 엉덩이를 번갈아 갉죽갉죽 긁으면서 킹킹 보체는 울음을 그치지 않는다.

"썩 못 그쳐?"[88]

양림의 샤쓰란 것은 삼년째나 입어온 무명샤쓰였다. 붉은 색이였건만 빛도 바래서 희끄무레해지고, 아랫도리는 융조각으로 이어버리고 몇겹으로 기웠던 자리가 갈기갈기 떨어져서 차마 볼 수 없는 것을 그래도 한번이나 더 입혀볼까하여 빨고 앉았는 그 어머니의 가슴 역시 샤쓰의 떨어진 곳처럼 어수선하였다.

"세상에 이런 것을 입혔으니 밤에 잠인들 잘 수 있을라고? 불쌍한 내 자식을 그저 없는 죄로 때리고 욕하고……"

콧마루가 시큰대면서 눈물이 또 주루루 흘러 내렸다.

그는 샤쓰를 줄에 걸쳐놓고 방문을 열어보았다. 모으로 누워자는 양림이는 가끔 손가락을 꼬물거리면서 입을 오물거렸다.

"저년이 떡을 못잊어서 저러는게 아닌가? 오냐 에미가 개가죽을 뒤집어 쓰고라도 오늘 또 가서 사이상한테 사정해서 장사해가지고 오마 응, 그래서 돈 벌어다가 밥해주고 똑 사주마 응"[89]

그러나 하수도의 다리를 건너면서 부터는 텅비어 있는 뱃속이 기어코 탓을 잡고야 말겠다는 듯이 머리위에 무겁게 무겁게 얹혀있는 큰 짐을 떠받들어 줄 뜻은 없이 허리가 덱걱 부러질 것처럼 앞으로 거꾸러지려고만 하였다.

그러나 양림의 어머니는 이를 악물고 갖은 독한 마음을 다 끌어내어 되풀이 하면서 기오도다시피하여 시장까지 왔다. 때마침 점심이 지난 때라

---

88) 박화성, 「춘소」, 『신동아』, 1936. 6, 315쪽
89) 박화성, 앞의 책, 318~319쪽

저녁 대를 보려는 채소 장수들이 꾸역꾸역 몰려 들어서 시장 앞 선작로를 뒤덮기 시작하였다. 가자각색의 채소장수, 우거지장수, 들나물 산나물 바다나물을 삶아 가지고 와서 팔려고 덤비는 계집애 떼들은 지나가는 아낙네들의 빈 광주리를 붙들고 매달리어 사달라고 애걸하였다. 양머리를 한 여자 두사람이 양림 어머니 앞에 서서 채소를 사려할 때

　"이쿠! 또 순사온다."

　하고 부르짖는 소리가 여기저기 나면서 장수떼들이 와르르 몰려 달아나기 시작하였다.90)

첫 번째 예문은 빈궁으로 인하여 아이들을 잘 돌보아줄 수 없는 생활의 실상이, 다음 예문에는 헐벗고 굶주린 딸에 대한 연민으로 가득 찬 어머니의 마음이 나타나 있고 마지막 예문은 딸에게 밥과 떡을 먹이기 위해 장사의 길에 오른 어머니의 어려움이 제시되어 있다.

그러나 이러한 어려움에도 불구하고 양림 어머니는 재수가 썩 좋아서 순사와 시장감독에게 한 번 걸리지도 않고 물건을 다 팔게 된다. 양림 어머니는 딸에게 마음껏 먹일 기쁨으로 가득 찬다. 그러나 이런 기쁨도 잠시 영순에게 떡을 사오라고 보내고 저녁을 짓는 사이 양림이는 혼자 놀다가 똥통에 빠져서 죽는다. 밥도 떡도 못 먹인 채 딸을 잃은 어머니의 슬픔을 점점 커가고 밤이 깊을수록 남은 세 식구들의 '울음소리는 마디마디 피를 떨치는 듯 그칠 줄 모르고 이어간다.' 한편 이 울음소리에 대조하여 맞은편 흰 돌집에는 봄의 교향악을 부드럽게 토해내고 있는 것이다. 이러한 대조적 정경이 조선에 엄연히 존재하는 두 개의 계급을 환기시킨다. 이러한 모성의 훼손을 통해 식민지 조선의 모순된 경제구조의 비극성은 더욱 부각되어 나타난다.

이상에서 본 바와 같이 박화성의 소설에서는 여성주인공이 등장하여

---

90) 박화성, 앞의 책, 321쪽

여성의 노동현실과 파탄되는 모성을 여러 형태로 형상화하면서 조선 빈궁의 실상을 한층 구체화한다. 이러한 사회 속에서 한 가정이 온전하게 단란한 가정을 이루고 살수는 없다. 식민지 시대에 씌어진 소설에서는 이러한 조선의 모순된 사회 경제적 구조로 말미암아 가족이 해체되는 모습이 자주 나타난다. 「하수도공사」의 동권과 용히, 「두 승객과 가방」의 정채와 남편, 「논갈때」의 해선과 서봉, 「헐어진 청년회관」의 효주와 오빠와 남편, 「홍수전야」의 명칠네 부부와 딸들, 「눈오든 그 밤」의 순석이네 가족들, 「이발사」의 진수와 아내, 「중굿날」의 금례와 가족들, 「춘소」의 모녀, 「온천장의 봄」의 명례와 남편, 「호박」의 음전이와 윤수 등은 모두 조선의 잘못된 사회구조에 의해 헤어져 살아야 하는 가족들이다. 그들은 사회운동으로 인하여 감옥에 가 있거나 빈궁으로 인하여 굶어죽거나 혹은 팔려 가는 것이다. 이러한 가족의 해체는 농촌 공동체의 훼손과 민족적 삶의 상실과 동일선상에 놓여 있는 것이다.

이 과정에서 빈궁한 여성들은 강한 모성애를 가지고 가정을 지켜 나간다. 그런 까닭에 빈궁여성들의 생활을 억압하는 것은 무엇보다도 '빈궁'으로 제시되었고 이것은 일제하 조선인의 빈궁화 현실에서는 당연한 것이었다. 그러나 빈궁 그 자체 혹은 빈궁으로 말미암아 여성의 노동력이 현장으로 내몰리고 있음에도 불구하고 육아와 가사노동의 임무는 여전히 여성의 일로 국한시켜 놓았다는 점은 남성의 공적 노동을 강조함으로써 여성의 노동은 부차적인 것이라는 이데올로기로써 착취하는 일련의 사회적 원칙이 존재함을 의미하고 있는 것이었다. 그러나 그녀가 여성의 문제를 바라보는 관점은 언제나 계급해방의 구도 내에 있었기 때문에 가부장제적 사회구조에 관심을 기울인 흔적은 거의 나타나지 않는다. 그러므로 가사노동이나 모성의 문제도 그 고통의 깊이는 이해하고 있으나 여성노동력 착취의 측면에서 관심을 기울인 모습은 보이지 않는다. 그러나 이것은 박화성의 한계라고는 할 수 없다. 이것은 오늘날의 입장에서 박화성의 여성의식을 바라볼 때 읽혀질 수 있는 부분이다.

따라서 박화성 문학의 당대적 의미는 이러한 평가의 태도에 의해 폄하될 수 없는 부분이 있다. 그것은 1930년대 후반에도 지속적으로 보여주었던 조선의 빈궁화에 대한 관심과 강한 여성의 창조를 통한 하층민 여성의 건강성을 그의 문학을 통해 보여주고 있다는 점이다.

3) 인신매매와 계급의식

박화성이 빈곤이 여성의 삶에 미치는 질곡에 관심을 두고 쓴 소설이 있다면 그것은 「중굿날」과 「온천장의 봄」이다. 생활과 창작활동의 조화 통일을 추구하기 시작한 1935년 이후 현실을 보는 작가의 눈은 소작인 유이민 등의 문제로 상당히 구체화 다양화되었는데 여성인신매매의 문제도 하나의 주제로 자리잡게 되었던 것이다.

성의 상품화는 경제적 성적 불균형의 극단적 형태라 할 수 있다. 빈곤계층의 사람은 그 빈곤을 이유로 하여 여성을 인육시장에 내다 팔았다. 그들은 남성은 팔지 않았으며 팔려간 여성들은 거의가 남성들의 성의 완롱물이 되었다. 돈 있는 남성들은 아내를 통해 그들의 재산을 상속해 줄 아들을 생산했고 가난한 여성들을 사서 성적 쾌락을 추구했다. 자식으로서의 효행만 강조하고 사람으로서의 인권을 무시하는 (특히 여성에게 강요된) 봉건도덕이 부모와 가족의 생활난을 해결하기 위한 방편으로 딸과 아내의 매매를 효행으로 미화하는 점도 매춘을 조장하는 역할을 하였다. 그러므로 인신매매는 부모, 형제에 의해 이루어졌으며 예창기 중개업자의 역할도 컸다.[91]

「중굿날」은 금례라는 소녀가 아버지의 약값 때문에 술집으로 팔려가게 되는 이야기이다. 금례의 아버지는 면화공장에 다니다가 허리를 다쳐 반신불수가 되었다. 그런 아버지를 고쳐준다고 의원에게 빚만 지게

한 칠순아버지는 또 제가 나서서 백 원을 얻어다 의원을 주고는 그 값으로 금례를 목포 술집에 팔아 넘긴다. 금례의 애인 국범이는 그녀를 구하기 위해 겨우 백 원을 구했으나 금례는 이미 목포를 떠나버린 후였다. 이와 같이 금례가 창부로 팔려가게 된 현실은 자본의 중첩된 모순을 상징한다. 그 첫째 원인은 아버지의 부상이다. 아버지는 노동 중에 사고로 다쳤으나 공장주는 그에 대해 전혀 보상을 하지 않았다. 이는 당시 어떤 법적 보호도 받지 못했던 노동자들의 열악한 작업조건의 결과이다. 칠순 아버지의 간계가 다음 원인이다. 칠순아버지는 돈을 벌기 위해 각씨를 데려다 술장사를 하는 사람으로 금례도 결국 온당하게 돈을 버는 것이 아니라 부패한 사회에 순응하여 돈을 버는 칠순아버지의 간계에 희생물이 되는 것이다. 마지막 원인은 금례의 애인 국범이의

---

91) 그러나 무엇보다도 여성의 인신매매는 우리 농촌의 핍폐화를 중심으로한 조선의 빈궁화와 밀접한 관련을 가지고 있었다. 1910년대 후반 식민정부는 작부나 매음부가 형성되는 상황 속에서 공창제도를 도입하였으며 이에 따라 면허없는 사창도 더욱 번창하였다. 기생과 공창이 영업세를 내는 공공연한 직업인데 반해 사창은 밀매음 지역이었으므로 관청의 제제가 가해지지 않는 가운데 크게 확정되었다.
매춘에 종사하는 여성이 날로 증가한 것은 자본주의발전에 따른 자연적인 과정에 덧붙여 일본 매춘제도의 도입이라는 측면도 강했다. 이들 매춘 여성의 경우에도 민족별 격차가 있어 일본인의 경우 조선인의 약 2배의 수입을 올렸으며(『동아일보』, 1920. 11. 15) 몸값의 경우엔 일본인이 조선인의 4배가 넘었다고 한다. (『동아일보』, 1927. 2. 15)그러나 이들은 여러 가지 이유로 빚이 많아 인질과 같이 얽매어 있었으며 포주의 갖은 학대에 시달려야 했다.
이들 중에는 실연이나 가정파탄 등으로 여직공을 거쳐 전락한 자발적인 경우도 있었으나 대부분은 선금을 주고 매매되는 경우가 많았다. 농촌에서는 가난 때문에 자녀를 얼마 안되는 돈을 받고 청루로 팔아먹는 현상이 일어났으며 가난에 시달리는 농촌의 소녀와 유부녀를 취직시켜준다고 유인하여 식당이나 유곽에, 또는 일본이나 만주에까지 팔아버리는 부녀밀매단의 만행도 성행하고 있었다. 당시 신문과 잡지에는 가련한 소녀가 유인되어 창기로 팔려간 경우가 수없이 보도되었다. 때문에 매춘가는 인육시장으로 일컬어져 사회적 비판의 여론을 극심하게 받았다. 1920년대 초부터 공창제도를 폐지하자는 거센 여론과 사회의 움직임이 있었으나 식민자본주의의 구조를 꺽지 못한채 사실상 오늘날까지 계속 증대되고 있는 실정이다. 정순진, 『한국문학과 여성주의 비평』, 국학자료원, 1992, 269~271쪽/ 한국여성연구회 여성사분과 편, 앞의 책, 66~68쪽

아버지가 사회의 현실에는 눈멀고 개인의 이익에만 관심이 있는 이기적 자본가의 속성을 가졌기 때문이다. 그는 옛날 양반자랑이나 하며 사는 사람으로 백원정도는 쉽게 쓸 수 있는 인물이다. 그러나 아들 국범이 사회주의 이념을 가진 까닭에 주재소에 밤낮 불려 다니고 야학에 돈을 쓰고 다니자 아들을 집안 망할 놈이라며 미워한다. 그러므로 아들 국범이 돈 십 원을 돌리기 어렵다. 돈은 정당한 곳에 쓰이지 못하고 속된 사회에서 사용된다. 이처럼 잘못 사용된 자본은 부패한 현실을 강화시킬 뿐이다.

한편 금례는 자신이 팔려 가는 처지임에도 불구하고 굶주림과 헐벗음에서 벗어날 생각에 오히려 기대에 부푼다.

> 꽁보리밥! 보릿방아! 보릿가루 죽! 이것은 호강의 호강스러운 생활이었다. 풀잎나물! 해초죽! 게 잡아다가 삶아먹기! 그런 것 먹고 다시 설사하기!
>
> 이제는 가만 저만 그 노릇도 하고 싶었다. 바닷바람 때문에 툭툭 터지는 얼굴과 손등에 향내나는 구라분도 바르고 싶었다. 살이 비죽비죽 나오는 헌 누더기를 벗어 버리고 윤이 찌르르 나는 인조 비단 옷도 입어 보고 싶었다.
>
> 작년에 목포에 팔려갔다가 어느 부자의 첩으로 들어갔다는 용순이가 저번 날 친정에 다니러 온 것을 보니까 머리에는 금붙이로 두껍을 하고 몸에는 비단 옷이오 거멓게 그을었던 얼굴과 손이 분결같이 고아보이고 살이 오동포동 쪄서 아주 훌륭한 새아씨가 되어 있는 것을 본 금례의 맘은 고무풍선처럼 들뜨려하였다.[92]

이처럼 여성은 자본의 모순된 흐름으로 말미암아 상품으로 전락하지만 금례자신은 눈앞에 보이는 이익에 도취되어 그러한 모순을 자각할

---

92) 박화성, 「중굿날」, 『홍수전후』, 110쪽

겨를이 없고 더구나 그럴만한 지적능력이 있을리 만무한 것이다. 그러
나 국범이는 이것이 자본의 모순 때문이라는 것을 알았고 이러한 모순
을 극복하기 위해서는 계급해방을 이루어야한다는 신념을 지닌 인물로
나타난다.

> "보름날에나 간다고 하더니만 오늘 별안간에 칠순아버지가 와서 목포
> 서 어서 오라고 한다고 불야불야 데려가 버리지 않는가?"
> "에익 죽일놈 같으니 더러운 흡혈귀 같으니.""
> 국범이는 이를 부드득 갈아 붙이며 부르짖었다. 그는 달을 쳐다보고
> 또한 그 빛을 받은 바다를 바라보았다. 바다는 잠잠이 말아 없었다. 국
> 범이는 그저께 밤에 금례와 둘이 앉아서 이야기하던 면화밭가에 와서 앉
> 아 있었다.
> "저 바다로 금례는 배타고 자나갔겠구나"
> 생각을 할 때 국범이의 심정은 갈기 갈기 찢어지는 듯 십게 쓰리고 아
> 팠다. 국범이는 깊은 한숨을 휙 내쉬면서 돈뭉치를 꺼내 들었다. 그 돈
> 뭉치는 밝은 달빛 아래서
> "나를 쓸 곳은 다로 있지 않소? 여자의 몸값으로 가지 않았으니 나는
> 기쁘오. 나를 쓸곳은 따로 있지 않소? 그렇지 않소?"
> 하고 싱그레 웃는 듯 하였다.[93]

위의 예문은 금례가 떠난 후 뒤늦게 돈을 구해간 국범이가 금례를 잃
은 개인적 슬픔을 누르고 자신의 수중에 있는 돈을 더 큰 대의를 위해
쓰겠다고 다짐하고 있는 장면이다. 그러나 이러한 국범의 인식이 지나
치게 비약적으로 나타나고 있음으로 해서 작가가 이제까지 추적해온 인
신매매의 실상은 신뢰성을 얻지 못한다.

---

[93] 박화성, 「중굿날」, 『홍수전후』, 백양당, 1947, 115쪽

「온천장의 봄」은 돈 이 십원에 팔렸다가 노인의 첩이 된 명례라는 여인의 이야기이다. 1930년대의 극도로 악화된 경제적 상황과 아직도 잔존하고 있는 봉건적 이데올로기로 인하여 가족의 빈곤을 책임지고 여성이 팔아 넘겨지는 일이 흔했으며 따라서 당시의 소설에는 이러한 인신매매를 다룬 소설들이 많이 있었다.

명례는 영감의 병치료를 겸하여 본처에게 맞은 독풀이도 할 겸해서 유성온천에 왔다가 우연히 남편이 돈을 구해 자신을 찾으러 왔었다는 사실을 알게 된다. 게다가 자신은 지금 이 노인에게 오백원에 팔려온 돈에 얽메인 노예에 불과하다는 것도 알게된다. 명례가 이러한 현실을 깨닫기 이전까지는 지금의 처지를 과거와 비교하며 배부르게 먹을 수 있는 현실에 행복해하고 돈 많은 염감에게 자기와 같이 가난한 여인을 소개해주는 중매장이도 남에게 좋은 일을 하는 사람이라는 그릇된 생각을 했었던 것이다. 그러나 명례는 자신이 포주와 늙은 영감에게 돈에 의해 상품으로 팔려 다니는 존재라는 것을 깨닫고 도망갈 결심한다. 이러한 명례의 자각이 다소 비약적인 것은 사실이나 이러한 결말은 당시 인신매매를 다룬 다른 소설들 - 김난천의 「남매」, 「무자리」, 이상의 「날개」, 박태원의 「성탄제」, 이선희의 「매소부」등이 세태묘사의 수준에 머물고 있는 것과 비교해 보았을 때 일층 의식의 진전을 보여주고 있다고 할 수 있다.

이상에서 살펴본 바와 같이 박화성의 식민지 후기 작품은 전반적으로 낙관성이 퇴조하고 긍정적 인물이 소설의 플롯에서 이면화되는 경향을 보인다. 이는 전술한 바와 같이 사회적 상황과 밀접한 관련을 가진다. 29년 이후 세계의 경제공황으로 일제의 파시즘이 강화되고 검열이 강화되면서 더 이상 낙관적 역사 인식이 불가능했던 것이다. 그러나 그럼에도 불구하고 박화성은 진보적 역사의식을 버리지 않으려 했던 몇 안 되는 소설가이다. 그것을 위해 식민지 시대의 역사적 대안인 빈궁민

들의 곤궁하나 건강한 생활상을 소설화하였고, 긍정적 인물의 소설의
이면에 그림자처럼 배치하여 그들의 사회적 존재를 상기시키고 있었다.
「불가사리」의 병훈이나 「종굿날」의 국범이는 아직도 운동의 꿈을 버리
지 않았다. 그러나 이러한 인물들의 강력한 의지를 뒷받침할 객관적 계
기가 전혀 제시될 수 없는 현실이었던 까닭에 이러한 상황에서 제시되
는 낙관적 전망은 오히려 소설의 플롯을 와해시키는 결과를 초래했다.
그러나 식민지 조선의 왜곡된 현실을 훌륭한 문학의 재료로 하여 현실
묘사의 치밀성으로 완성시킨 소설들이 있었으니 「홍수전후」와 「한귀」
가 그 예이다.

　이미 언급된 바이지만 이 시기의 문학적 성과는 주로 현실묘사에 의
해 이루어진 것이었다. 따라서 여성들도 지도자적 인물이 아니라 빈궁
으로 고통받는 조선의 민중으로 형상화되었다. 이 과정에서 생산노동과
가사노동을 병행해야 하며 더불어 모성의 역할도 수행해야 하는 빈궁
한 조선여인의 삶이 형상화되어 이중고 삼중고에 시달리는 여성체험의
리얼리티가 획득되었다. 그러나 빈궁여성의 생활고가 여성의 문제로 포
착되지는 않았다. 이는 빈궁계층의 여성들이 빈궁을 극복하는 과정에서
남성에의 경제적 의존도가 낮아지고 이에 따라 여성과 남성이 가정 내
에서 대등한 위치를 확보하게 되어 가부장제의 모순을 체험할 기회가
적기 때문이었다. 또한 식민지 시대 빈궁민의 여성은 남성의 억압보다

---

94) 얼핏보아 매춘에 대한 마르크스주의자들의 견해는 어떤 해결책을 제시하는 것처럼 보인
　　다. 남성의 매춘도 존재하지만 매춘은 종종 여성 억압의 패러다임 형태로 취급되고 있
　　다. 매춘에 대한 마르크스주의자의 관점은 여성특유의 억압을 이해할 수 있는 이론적 모
　　델을 제시해 줄 수도 있을 것이다. 그러나 전통적인 마르크스주의는 결혼이나 매춘에 관
　　한 이론적 분석에 대하여 지속적인 관심을 거의 기울이지 않았다. 그리고 강간이나 여성
　　에 대한 물리적 폭력, 성적 희롱, 성적 대상화, 노동시장에서의 성별분업에 대하여 거의
　　논의하지 않았다. 따라서 그것이 왜 억압적인가에 대해서는 오히려 자유주의의 전제에
　　깔려 있는 관습적 도덕적 판단에 의존할 수 밖에 없다. 마르크스주의는 이러한 관례적인
　　억압성이 임노동의 억압보다 중요하다고 생각하지 않았기 때문에 이러한 현상에 대하여
　　별로 분석하고 있지 않다.

는 파행적 경제구조에 의한 조선 전반적인 빈궁의 현실에 의해 더욱 철저하게 착취되었다. 따라서 하층계급의 여성은 빈궁으로부터의 해방이라는 정치적 목표에 남성과 쉽게 연대를 이룰 가능성을 보인다. 한편 박화성은 빈궁계층여성 모순의 한 현상으로서 「중굿날」과 「온천장의 봄」을 통해 인신매매의 실상을 다루기도 하였는데 이의 형상화 과정에서 인신매매의 모순이 계급혁명을 통해 극복될 수 있다는 믿음이 단순 도식적으로 나타나 작품의 완결성을 해치고 있다.[94]

3. 소 결

이상에서 살펴본 바와 같이 일제강점기 박화성의 문학은 경향적이었다. 박화성은 소설이라는 예술형식을 통해 식민지 현실에 대응하여 계급의식을 받아들였다. 이러한 사상에 따라 낙관적 역사의식을 보여주거나 그것이 불가능할 경우에는 현실묘사의 치밀함으로 조선의 현실을 올바르게 제시하고자 하였다.

일제하의 경향문학은 그 문학의 성격상 시대적 조건과 밀접한 관계를 가지는데 일제 강점기 초기에는 긍정적 인물이 등장하여 무자각한 노동자와 농민을 의식화하고 투쟁을 승리로 이끄는 낙관적 전망을 보여주었으나 식민지 시대 후기에는 객관적 정세의 악화에 따라 현실묘사에 치중하는 자연주의적 빈궁문학으로 창작방법이 바뀐다. 그리하여 식민지 시대 초기에 씌어진 「하수도공사」와 식민지 시대 후기에 씌어진 「홍수전후」, 「한귀」, 「고향없는 사람들」과 같은 소설은 그 형상화의 방법에 있어 일정한 차이를 보여준다. 박화성의 식민지 시대 소설은 이중 빈궁민의 처참한 생활을 묘사한 후기의 작품에서 특히 그 작가적 기량을 잘 발휘하고 있는 것으로 보인다. 초기의 소설에서는 조선의 실상을 구체적으로 형상화하기보다는 계몽적 태도가 지나치게 드러나 계급의식이 관념화되어 있다면 후기의 소설에서는 빈궁한 조선 농촌의 현실을 탁월하게 묘사함으로써 조선 농민의 실상을 생생하게 보여주고 있기 때문이다.

그러나 동반자 문학으로써 박화성의 문학을 총체적으로 재 고찰하여 본다면 그의 견고한 세계관과 이야기를 끌어가는 구성의 치밀함, 문체의 정교함으로 당대 동반자 작가로서 중요한 위치를 차지한다고 할 수 있을 것이다.

또한 한편 박화성의 소설에서는 대부분 여성이 주인공으로 설정되어 있어 여성의 형상화가 소설의 성과에 중요한 영향을 미치고 있다. 특히 박화성의 문학에서 주로 나타나는 지도자 의식은 남성에게 비의존적인 주체적인 자기위상의 정립과 밀접한 관련을 가지는 것으로 그의 작품에서도 시종 적극적이고 주체적인 여성이 형상화되어 있어 여성의식이 주목된다.

박화성의 초기 소설에는 이 여성들이 주로 식민지 조국의 모순된 현실에 저항하는 문제적 개인의 아내 혹은 애인으로 등장한다. 그리하여 이 여성들은 그들의 남성에게 이념적으로 동조하고 그의 협조자가 되는 모습으로 전형화된다.

이러한 여성들의 체험을 근거로 씌어진 계급문학은 운동의 현장성을 생생하게 전달하기에는 어느 정도 한계를 가지고 있으나 사회의 운동과 가족 간의 삶의 연관관계가 더욱 구체적으로 나타난다는 이점이 있다. 더구나 진보적 운동이라는 것은 필연적으로 사회와 가정과의 연대를 통해 이루어지는 것이다. 이러한 맥락에서 후방의 여인들이 경험하는 열악한 생활의 조건과 이를 극복한 동지애의 추구는 사실성의 폭과 깊이를 넓히는 기능을 한다.

또한 여성의 삶에 주목하여 볼 때, 가정내의 수동적이고 봉건적인 여성상을 벗어나 불의에 대응하는 여성으로 형상화되고 있다는 점에서 1920년대 여류작가들이 보여주었던 봉건적 가족제도에 대한 저항은 이미 벗어난 선진적 여성으로 형상화되었다고 볼 수 있다. 이 여성들은 '타자'의 위치에서 '주체적 자아'로 그리고 다시 '사회적 자아'로 성숙된 모습을 보여준다. 그들은 자유연애사상의 비현실성을 묵도하고 이념적 동지애를 추구한다. 또한 소설의 플롯으로 보았을 때도 여성들의 실생활의 체험을 놓치지 않는다는 점에서 소설이 이념에 의한 도식으로 단순화되지 않고 체험의 풍부함을 반영할 수 있다는 점을 장점으로 들 수 있겠다. 박화성의 「하수도공사」는 용히라는 여인과 연대를 결성한 소설적 성취의 대표적인 예가 될 것이다.

일제의 압박이 강화되는 1935년 이후의 소설은 더 이상 낙관적 전망이 불가능한 상태에서 창작과 생활의 일치라는 새로운 의식을 가지고 창작에 임한다. 이것은 박화성이 종래 자신의 도식적 창작방법이 가지고 있는 추상성의 한계를 깨닫고 빈궁의 묘사를 통해 이를 극복하기 위해 모색한 새로운 창작방법이라고 할 수 있다.

이 시기에 씌어진 소설은 박화성의 의도대로 전반기 문학이 가지고 있었던 현실의 추상화 경향을 극복한 탁월한 예술성을 얻었다고 볼 수 있다. 그러나 객관적 정세의 악화에도 불구하고 미래에 대한 의지를 잃지 않는 '개인'들이 형상화되는데 이러한 의지를 뒷받침할 어떠한 현실의 전망도 제시되지 않아 이러한 결말이 지나치게 주관적이며 비현실적이라는 구성상의 미숙함을 보여주었다. 이것은 어떠한 상황에서도 미래에 대한 신념을 잃지 않는 작가의 지사적 의지가 투사되어 있는 까닭이다.

이와 더불어 여성은 계층상 전반기문학에 나타났던 지도적 인물 대신에 하층민 빈궁여성이 등장하게 된다. 이들은 조선의 빈궁화 현실로 말미암아 가사노동뿐 아니라 두레와 같은 대외적인 일에도 참여해야 했으며 육아까지 담당해야 하는 등 이중고 삼중고에 시달렸다. 그녀의 후기 문학에는 빈궁민여성의 이러한 현실이 사실적으로 묘사된다. 그러나 이들의 생활상의 고통이 가부장제의 억압으로 이해되지는 않는다. 그녀들은 무엇보다도 빈궁으로 인하여 고통을 받고 있으며 이의 자구책으로 이루어지는 가중한 노력이 남성들에게 의존도를 상대적으로 감소시켜 남녀간의 관계는 대등한 관계로 이루어지고 있기 때문이다. 따라서 빈궁여성이 삶의 질곡으로부터 해방되기 위해서는 무엇보다도 빈궁의 문제가 선결과제인 것으로 나타난다. 여성에 대한 인신매매도 이러한 논리에서 이해된다. 여기서 계급해방이 되면 빈부의 격차도 없어지고 따라서 여성의 인신매매도 사라지리라는 단순 도식이 성립된다. 이러한 단순도식이 앞에서 본 바와 같이 「중굿날」의 플롯을 완전히 해쳐 놓았다. 인신매매가 계급모순과 같은 구조에 놓인 사회적 산물이라면 이의 연관관계를 좀더 치밀하게 형상화했어야 했던 것이다. 그러나 박화성은 자신의 소설 내에서 인신매매와 계급모순의 상관관계를 적절하게 제시하지 못하고 있는 것이다. 이것은 박화성이 여성억압의 현실을 계급모순의 현실에 무리하게 적용하려고 한 데서 빚어진 오류였다. 즉, 박화성의 문학에서 형상화되는 여성의 현실들은 여성억압의 정도와 깊이를 심도 있게 형상화하지 못하였을 뿐 아니라 여성주체성 정립의 문제, 빈궁 여성의 노동력 착취, 인신매매의 문제 등을 가부장제에 대한 고려 없이 계급의 문제에 무매개적으로 대치시킨 수준에 불고하였던 것이다.

전반기의 소설이지만 「비탈」의 플롯이 해체되는 현상도 이러한 맥락에서 이해된다. 앞에서 살펴본 바와 같이 이 소설은 잘못된 교육을 받은 신여성들의 허위의식을 고발한 작품이었으나 그 결말은 수옥과 내연의 관계를 맺으려 했던 철주가 계급의식을 각성하는 것으로 내려진다. 수옥의 장례식이 끝난 후 철주가 보이는 행동이다.

"정군! 그것만은 나를 믿어주게. 아니 앞으로 나의 실천이 그것을 증명하여 주겠지. 나는 억만금의 재산보다도 한사람의 프로레타리아의 용사에게 머리를 굽혀 나의 양심을 맹세하네. 수옥씨가 굴러 떨어진 비탈

을 나는 한걸음에 뛰어 올라갈 용기와 힘을 기르고 있겠네. 자! 정군! 유
군! 나의 손을 잡아주게.

　철주는 정찬과 수진에게 그의 손을 힘있게 내밀었다. 정찬이 철주의
손을 잡아 흔들며

　"나는 군의 실천을 보려하네"

　하고 빙긋 웃어 보였다.[95]

　이제까지 소설이 신여성의 잘못된 허위의식을 비판하는 내용으로 진
행되어 왔던 것에 비해 결말은 계급의식을 각성하는 것으로 내려져 소
설은 완결된 의미를 생산하지 못한다. 이러한 작품상의 한계는 일차적
으로 박화성이 계급의식을 신념의 차원에서 받아들여 사회의 모든 문

---

95) 박화성, 「비탈」, 앞의 책, 309쪽

96) 엥겔스는 여성의 억압이 사유재산제의 시작과 더불어 장자 상속의 욕구로 말미암아 실
　　시된 일부일처제로부터 시작되었다고 주장하였다(프리드리히 엥겔스, 『가족, 사유재산,
　　국가의 기원』). 그러므로 사유재산이 인정되지 않는 사회주의 사회가 되면 이러한 모순
　　들이 해결될 토대가 마련된다고 하는 것이다. 이들은 여성의 소외와 노동의 소외를 일치
　　시켰으며 따라서 사회주의 사회에서는 육아와 가사노동의 사회화로 이러한 문제들을 해
　　결할 수 있을 것이라고 보았다. 그는 근래의 개인적 가족을 '공개적이든 비공개적이든
　　간에 아내의 가정적 노예화에 기초하고 있으며, 근대사회는 그것의 분자로서의 이 개인
　　적 가족들로 구성되는 하나의 집단'이라고 보았다. 따라서 이에 대한 해결책은 여성이
　　사적인 가사영역에 제한되지 않고 변화될 공적인 노동력 속으로 완전히 들어가는 것이
　　라고 주장한다. 이의 결과로서 엥겔스는 '사회의 경제적 단위로서의 일부일처제 가족을
　　폐지할 것'을 주장하였다. 이를 위해 가사노동과 육아는 철저히 사회화된다. 이러한 발
　　상은 그러나 여성중심적 시각에 의한 것이라기보다는 완전히 마르크스의 경제 이론들,
　　특히 『자본론』의 발전된 경제이론에서 이끌어낸 것이다. 게다가 이의 실천 과정에서 여
　　성은 가사노동과 사회적 생산을 동시에 함으로써 노동력이 이중으로 착취되는 결과를 가
　　져왔다. 여성해방보다는 남성의 해방이 보다 선결의 과제이므로 여성의 문제는 언제나
　　계급해방을 이룩한 이후에 고려되어야 하는 것이었던 것이다. 이렇지 않을 경우라도 마
　　르크스주의가 추구하는 이상적인 노동에의 가치를 생각해본다면 이것이 진정한 여성해
　　방을 위한 노선을 제시하고 있는 것인가라는 의문을 품게되는데 여성의 참여를 주장하
　　고 있는 산업생산의 영역이라고 하는 것은 그들의 사용가치와 교환가치의 컨텍스트에서
　　생각해보면 소외된 노동의 형태에 지나지 않기 때문이다. 따라서 마르크스주의의 기본적
　　인 운동전략은 여성의 억압적 상황을 구체적으로 이해하기에는 부족한 부분이 많다. 엘
　　리슨 재거, 『여성해방론과 인간본성』, 이론과 실천, 1991, 233~280쪽

제가 계급혁명으로 사라지리라는 믿음으로부터 비롯되어진 것이다. 뿐만 아니라 당대 우리나라에서 마르크스주의를 도입함에 있어 여성해방의 문제에 관해서는 지나치게 사소하게 다루고 있기도 하였다.[96]

우리는 여기서 계급의식을 교조적으로 받아들일 때 발생하는 여성해방운동의 한계에 직면하게 된다. 박화성이 여성해방의 문제를 다룬 소설들 그 중에서도 허위의식의 극복이라는 신여성의 문제나 여성의 인신매매라는 여성의 실상을 다룬 「비탈」, 「중굿날」의 경우 여성만이 경험하는 특수한 억압의 형태를 계급해방에 무리하게 적용함으로써 소설 플롯이 와해되는 것을 보았다. 이럴 경우 소설 플롯의 근거가 마르크스주의의 평등추구라는 근본적 취지와는 달리 '절대적 진리의 부활'이라는 목적론 하에 수행됨을 알 수 있다. 즉, 계급의식을 이처럼 교조적으로만 받아들일 경우 주인공의 행동을 정해진 각본으로 환원시키는 기본구도와 플롯을 사용해 체계라는 안정되고 질서 잡힌 격자를 만듦으로써 역사적 상황의 복잡성과 이질성을 흐려버린다.[97]

그러므로 이러한 세계관의 문제점은 사회적 역사적 현상의 다면성에 대처할 수 없다는 것으로 정리된다. 박화성의 여성해방사상은 이러한 점에서 계급의식(마르크스주의)의 배제주의, 위계질서, 목적론으로 귀결되고 있는 것이다.

그러나 일본제국주의의 폭압에 저항한다는 당대의 시대적 사명을 고려해 볼 때, 박화성의 동반자문학이 가진 문학사적 의의가 가벼운 것은 아니다. 무엇보다도 그는 식민지사회의 파행적 경제구조에 대항하여 계급문학을 그 창작의 원리로 삼았고 또한 능숙하게 그 주제를 형상화해내었다. 한편 여성의 해방에도 관심을 보여 조선시대 이후 이상적 여성으로 전형화 되어 왔던 수동적인 여성의 이미지를 탈피하여 계급해방의 이념에 동참하는 적극적인 여성을 창조함으로써 조선의 사회적 현

---

97) 마이클 라이언, 나병철, 이경훈 역, 『해체론과 변증법』, 1994

실과 만나는 주체적인 여성을 창조하였다. 그의 여성해방의식의 한계와 그로 인한 소설적 구성의 해체는 작가의 한계이기보다는 지극히 당대적인 한계라 할 수 있을 것이다. 또한 박화성이 다른 여성작가들과는 달리 여성의 문제에 관심이 없는 작가라는 평가와는 달리 그는 계급문제와 민족문제라는 보다 큰 사회구조 속에서 여성의 문제를 고민하였던 작가라고 할 수 있다.

4. 대중문학의 계몽성과 여성해방의식

1. 계몽적 이상의 반영
2. 세태비판과 체험의 문학
3. 소 결

4. 대중문학의 계몽성과 여성해방의식

1. 계몽적 이상의 반영

1938년 이후 한동안 글을 발표하지 않았던 박화성은 해방과 더불어 몇몇 단편들을 발표하기 시작한다. 그러나 해방직후 발표된 단편들은 소품에 불과하였다. 그녀의 문필생활이 다시 본격화되기 시작한 것은 1955년 『고개를 넘으면』이라는 장편을 쓰기 시작하면서부터이다. 이후 1960년대 중반까지 박화성은 10편의 장편을 집필한다.[1]

그러나 동경에서 유학하여 첨단적인 사상을 받아들이고 또한 사회주의자인 남편과 오빠로부터 영향을 받았던 식민지시대와는 그 사회의식과 여성의식에서 많은 변화를 보이게 된다. 2장 1절에서 고찰한 바와 같이 목포의 사업가와의 재혼, 민족의 해방, 전쟁의 체험 등이 그의 세계관에 영향을 주었던 것이다. 그리하여 식민지시대의 소설에서 서사적 통합의 원리로 기능하였던 계급의식은 더 이상 소설적 주제로 부각되지 않는다. 이것은 분단이 고착화된 이후 남한문단의 전반적인 분위기와 무관하지 않다.

6.25로부터 시작된 1950년대는 전쟁으로 인하여 분단이 고착화되고

---

1) 일반적으로 이 시기의 장편소설이 16편인 것으로 알려져 있으나 필자가 조사하기로는 모두 15편의 장편이 이 시기에 씌어졌으며 이중 자서전 1편(『눈보라의 운하』;1963)/미완 1편(『가시밭을 달리다』;1962)/여성 항일투사 전기 3편(『타오르는 별』;1960, 『새벽에외치다』;1964, 『열매맺힌 때까지』) 이 5편을 제외한 나머지 10편의 장편만이 소설이라 할 수 있다.

단일민족 국가의 희망은 상실되었다. 이러한 가운데 남한정부는 정권유지를 위해 억압적인 국가기구를 확대하고 관료정치가 확대되었으며 미국중심의 자본주의 체제가 성립되면서 반공이데올로기가 급속히 강화되어 갔다.[2] 그리하여 전후 한국문학은 사회주의 이데올로기를 문학의 소재로 취급할 수 없었고 오히려 이념으로부터 도피하는 보수적 분위기로 변모하였다. 이러한 사회적 분위기가 문학에도 반영되었다.[3] 당대의 작가들은 전쟁의 체험을 미처 객관화하지 못하여 대체적으로 혼란스런 정서를 보여준다.[4] 이러한 가운데 해방 전부터 작품활동을 하였던 구세대 작가들은 전쟁을 일종의 재앙으로 보고 이에 운명적인 관점으로 대처하는 양상을 보인다. 고은은 이러한 구세대 작가들의 전후문

---

[2] 이러한 사회적 분위기는 여성운동에도 일정한 영향을 미쳤다. 분단이 고착화됨과 더불어 진보적인 여성단체는 소멸되었고 정부의 허가를 얻은 우익의 여성운동만이 남아 그 활동이 강화되었다. 이후 여성단체들은 관변단체로 활동하게 됨으로써 저항적 요소가 사라지고 1950년 한국전쟁 이후부터 1960년대 말까지는 여성운동에 있어 최대의 침체기를 맞이하였다. 한국부인회총본부, 『한국여성운동약사 : 1945년~1963년까지 인물중심』, 1985, 26쪽

[3] 한편 당대의 보수적 분위기는 비평계에도 영향을 미쳤다. 해방전후를 통해 진보적 이론을 내세웠던 대부분의 문학이론가들이 월북하고 난 이후 남한의 문학은 문학자체의 존재론적 탐구에 관심을 기울였다. 그들은 인류사의 한 부분으로서 문학의 보편성을 추구하였으며 한국문학 혼란의 원인을 한국문학이 지나치게 개별성만을 강조한 데서 비롯된 것이라고 주장한다. 개별성의 강조란 문학의 외적 조건이나 그 문학을 배태시킨 사회, 역사에 대한 과도한 의미부어에서 오는 것이니 만큼 그것을 극복하기 위해서는 문학을 그 자체로 보는 일이 필요하다고 주장하였다.
이러한 가운데 새롭게 문학을 조망하는 방법으로 신비평이 소개되기에 이른다. 신비평의 유입은 '언어작용'을 통해 문학에 접근함으로써 문학의 내재적 가치만을 문제 삼는다는 문학중심적 태도와 이데올로기로부터의 해방을 원하는 전후 한국의 사회적 요구가 일치한데서 비롯된 것으로 보인다. 이후로 신비평은 강단비평의 양상을 띠게 됨으로써 문학비평은 사회의 현상과 괴리된 존재론적 탐구의 대상으로 승격하게 된다. 이로써 한동안 남한의 문학을 비평하는 척도로서 형식주의 비평이 중요한 비평적 담론의 역할을 수행한다. 김동환, "1950년대 문학의 방법적 대상으로서의 외국문학이론", 『한국 전후문학의 형성과 전개』, 태학사, 1985 이처럼 문학 텍스트를 완전한 하나의 구조물로 고정시키고 외적 현실과 관계를 맺지 않을 때 그 이론은 정태적이고 보수화되는 것은 어느 정도 예상되는 바이다. 이러한 비평계의 분위기에서 여성해방의 논리는 제기될 근거를 잃게 된다. 형식주의적 감정된 문학적 정전(cannon)이 실은 가부장적 이데올로기에 사로잡혀 있는 경우는 아주 흔했지만 이를 비판할 문제들이 형식주의적 방법으로 제기되기는 힘든 것이다.

학에 대하여 "기성작가들의 대부분이 전쟁을 흉년의 악역쯤으로 생각했기 때문에 그 전쟁으로부터 自同性을 얻지 못한 사실에 의해서 새로운 세대에게 전쟁의 의미를 박탈"[5] 당한 것으로 평가하였던 바 당시 구세대작가들이 보여준 장편 소설의 통속화 경향도 이러한 맥락에서 이해된다. 개인과 사회의 팽팽한 대결의식이나 긴장에 의하지 않고 돈과 성이 매개된 사회악이 개인을 지배할 수밖에 없다는 소극적인 논리에 지탱되는 통속소설은 전후의 피폐한 도시적 분위기 속에서 태동되었던 것이다.[6] 박화성이 전후의 현실을 바라보는 시각도 이에서 크게 벗어나지 않았다. 박화성도 우리민족에게 있어 전쟁의 의미가 무엇인지 그것이 앞으로 우리 민족의 장래 역사에 어떤 영향을 미칠 것인지에 대한 총체적인 시각을 얻지는 못하였다.[7]

『그리하여 전쟁의 경험은 여주인공의 안정된 삶을 박탈하는 사회적 사건이라는 모티브로 개별화되어 나타난다. 이때 소설은 보다 페미니스트적인 의의를 지닌다고 할 수 있는데 이러한 관점에서 그의 소설을 읽을 때 그의 소설이 전쟁을 올바르게 형상화하지 못하였다는 것이 문학작품의 결정적인 결함이 될 수는 없다. 반면 박화성의 경우 전쟁을 하나의 상황으로 받아들이면서 현실에 새로운 삶의 뿌리를 내리고자 하는 강한 생존의 의지를 보여준다는 데서 남다른 의의가 있다.

---

4) 이는 급변하는 대외적 정세로 말미암아 사회현실에 대한 전체의 파악이 차단되어 현실내 제반 관계망을 꼼꼼히 밝히려는 탐구정신을 위축시키고 있었기 때문이었다. 이처럼 현실의 변화는 급박한데도 불구하고 작가가 그것을 따라가지 못한 때 현실의 올바른 문학적 형상화는 불가능한 것이었다. 김윤식, 정호웅 공저, 『한국소설사』, 예하, 1993, 316쪽 그리하여 현실의 객관성에 바탕을 두고 다양한 인간관계를 사회적 관계속에서 추적하는 본격적인 전쟁문학이 대두되기 위해서는 이러한 체험을 객관화 시킬 만한 시간적인 여유가 필요했다.

5) 고은, 『1950년대』, 청하, 1989, 16쪽

6) 당시에 이루어졌던 장편 소설의 통속화 경향은 이 당시 우리 문단이 해결해야할 중요한 문제로 대두되고 있었다. 임긍재는 이러한 현실을 염려하여 "양아주머니의 교양적 역할을 면치 못한 정도의 통속 영역을 벗어나지 못한채 매음굴을 배회하고 있다"고 실날하게 비난하였다. "한국전시하의 문학자의 책무", 『전선문학』1952. 4, "회의와 모색의 계제", 『문화세계』, 1953. 7

이러한 면에서 박화성의 전후 소설은 표면적으로 동반자작가 시절에 보여주었던 세계관과는 상당히 달라진 모습을 보여준다. 해방 전 박화성은 계급해방의 이념을 바탕으로 하여 소재를 취택하고 인물과 사건의 전형성을 부여하는 경향 문학을 창작하였으나 전후 장편소설에서는 마르크스주의의 정론적인 사상적 경향은 사라지고 오히려 자연과학적 합리주의를 받아들여 국가의 발전을 이룩하고자 하는 근대주의를 모색한다. 이는 민족이 독립됨과 더불어 자본주의의 사회적 이념을 상당히 적극적으로 받아들이고 있는 것을 보여주는 것이다. 그러나 이러한 작가의 사회의 식은 대체로 여주인공의 자아성취의 과정을 통해 나타나는 까닭에 이 시기의 소설은 보다 페미니즘적인 의의를 지닌다 할 수 있다.

그러나 이러한 세계관의 변모는 박화성의 계급의식의 수용양상을 살펴보면 그리 기이한 현상은 아니다. 2장 2절에서 살펴본 바와 같이 그

---

7) 이 시기의 문학에서는 반공의 이념이 드러나기도 한다. 이는 그가 동반자작가였기 때문에 주목된다. 예문을 보자.
"이모부가 국회의원이었다며?" / "네" / "납치된 것도 알테지?" / "어느 수사기관 분인가가 말하시더군요." / "부산엔 처음이라구?" / …… (중략) …… / "아까 서약한대로 대한민국국민으로서 충성을 다할 것, 알았지? 소지품을 내 줘라." 윤주의 가슴이 새삼 설레기 시작했다. (『거리에는 바람이』, 1963)
자유를 찾아 월남한 주인공이 수사기관의 수사를 받고 드디어 석방되어 대한민국의 국민이 되는 장면인데 이 인용문에서 남한사회에 심정적으로 동조하고 있는 작가의 태도를 읽을 수 있다. 여기서 윤주의 이모부가 국회의원 출마자로서 북한에 납치되었음을 암시하는데 여기서 국회의원 출마자를 납치한 이북은 적대적 대상으로, 정치에 참여한 바 있는 이모부는 희생자로 보고 있음이 나타난다. 특히 국회의원 출마자가 그의 소설에 등장하는 것은 자유당시절 그의 남편이 참의원으로 출마하고자 하였고 그의 시아우들이 국회의원에 출마한 경력이 있으므로 이 때의 체험이 반영되어진 것이라 할 수 있다. 이러한 맥락에서 보면 박화성은 재혼과 더불어 그의 경험세계가 바뀌게 되었고 그의 의식도 이의 영향을 받아 어느 정도는 변모되었다고 할 수 있을 것이다. 또한 [해변소묘] (『신동아』, 1975. 9)와 같은 작품에서는 한 여성이 전쟁과 더불어 주인의 공장을 점거하였던 공우녀을 오랜 세월이 흐른 뒤 다시 만나는데 이 만남에서 그 공원은 과거의 잘못을 뉘우치고 사과한다. 이로써 그의 재혼과 전쟁의 체험이 계급의식으로부터 일정하게 멀어져가는 계기로 작용하였으리라는 추측이 가능하다. 그러나 본고의 연구목적은 박화성의 계급의식에 대한 변모를 연구하고자 하는 것이 아니라 그의 변모되어진 사회의식을 연구하고자 하는 것이므로 이에 대해서는 다음 기회에 연구하기로 한다.

의 생애에서 원초적으로 자리잡고 있는 체험은 주체적 여성으로써의 자기 위상정립이고 이것이 승화되어 지도자 의식으로 나타난 것이다. 박화성은 이러한 사고의 토대 위에 계급의식을 받아들였고 또한 근대주의를 주장한 것이다. 다시 말해서 지도자로서의 그는 항일의 한 방편으로 계급의식을 수용하고 이를 문학적으로 형상화하였는데 해방과 더불어 이러한 문제의식이 사라지자 자연과학적 합리주의를 적극적으로 받아들인 것이다. 박화성의 소박한 민족주의는 '외세의 부정'이라는 대응방식에서 '근대국가의 수립'이라는 현실인식으로 즉, 부정에서 긍정으로 근대화의 시대적 과제를 받아들이고 있었던 것이다. 계급해방의 이념을 다분히 신념적인 차원에서 받아들였으며 더구나 계몽적이고 지도자적인 입장에서 받아들인 입장-즉 체계화된 이론이나 논리로서 계급사상을 받아들이기보다는 항일의 한 방편으로 이해하고 있었던 박화성의 입장에서는 해방된 조국의 건설을 위해 과학적 합리주의를 주장하고 이로써 자신의 민족적 지향점을 찾는 것이 그리 부담스러운 것은 아니었다.

등단 초부터 지도자적 선민의식이 작품의 이면에 나타났던 박화성은

나는 불모지에서 방치된 작가였다고 자인하고 있었다. 풍요한 유산도 보장된 가치도 없었다. 과도기, 전란기, 격동기의 의식인으로써 하나하나 새로운 가치를 심고 가꾸어 나아가야 할 무서운 책임감이 전부였다.[8]

라고 자신의 문학인으로서의 생활을 회고하고 있거니와 이는 전후 이어령이 보여주는 계몽주의적 세계의식과 유사한 의미를 지니는 것이었다.[9] 이러한 근대의식은 무엇인가. 불모의 땅에서 새로운 가치를 심고 가꾸어야 할 개척자적인 의식은 전통부정과 근대주의를 주장하였던 이

---

8) 박화성, "작가노우트", 『한국여류문학전집』, 신세계사, 1977, 7쪽

광수의 선민의식과 동궤를 이루는 것이었고 해방 전 박화성의 문학은 이광수의 계몽주의의 추상성을 마르크스주의라는 이론으로 극복한 토대 위에 서 있는 것임을 보여준다. 즉 일제강점기의 계몽주의 문학과 카프문학은 우리 문학이 근대성을 반영하는 양상으로서 리얼리즘을 추구하였다는 점에서 세계관의 노정방식은 다르더라도 그 사상의 뿌리는 같은 것이었다.10)

따라서 전후 박화성의 장편은 그 소설의 구성과 세계인식 방법이 다소 대중소설적 경향을 지니고 있었다고 할지라도 이러한 개척자적인 의식 때문에 당대 무수히 양산되었던 통속적 대중소설과는 일정한 거리를 지니고 있다. 이것은 특히 작가의 여성의식이 보다 진보적이라는 점에서 그 차이점이 주목된다. 일반적으로 통속적 대중소설에 등장하는 여주인공들은 지극히 수동적이며 느닷없이 다가온 불운에 의해 시련을 겪지만 그 성격의 선량함으로 인하여 구원받는다. 그러나 박화성의 소설에서는 이러한 소설과는 달리 생활의 터전을 빼앗긴 여주인공이 온갖 역경에도 불구하고 자신의 목표를 성취하는 영웅주의적(heroinism) 이야기가 소설의 뼈대를 이룬다. 그러므로 박화성의 대중성은 오히려

---

9) 이어령은 전후 우리 문학이 나아갈 길을 화전민 의식에서 찾고 있는데 김윤식은 이를 전후 비평의 특성을 보여주는 한 양상으로 파악하고 이를 일종의 근대주의의 발현으로 정리하였다. 즉, 화전을 일구어 곡물을 생산한다는 것을 문명의 시작에 대한 알레고리로 받아들이면서 이어령의 이러한 주장을 근대주의에 의해 초토화된 현실을 근대주의로 건설하자는 주장으로 해석한다.
이의 근거가 된 이어령의 평문은 다음과 같다. "그러나 우리가 이대로 敗北하기엔 너무나 많은 내일이 남아 있다. 천치와 같은 침묵을 깨치고 퇴색한 獄衣를 벗어던지지 않고는 견딜 수 없는 誘惑이 있다. 그것은 이 황야위에 불을 지르고 기름지게 밭을 갈아야 하는 野生의 作業이다. 한 손으로 불어오는 바람을 막고 또 한 손으로는 모래의 沙汰를 멀게 하는 눈물의 투쟁이다. 그리하여 우리는 火田民이다. 우리들의 어린 穀物의 싹을 위하여 雜草와 不純物을 除去하는 그러한 불의 작업으로써 출발하는 火田民이다. 새세대 문학인이 항거해야 할 精神이 바로 여기에 있다. "이어령", "화전민 지역", 『경향신문』, 1957. 1. 11
이어령의 이러한 주장은 불모지에 방치된 작가로서 자인하는 박화성의 개척자적 문학의 태도와 일맥상통하는 것이다.

작가의 여성의식을 대중적으로 전파하기 위한 하나의 유용한 장치가 될 수도 있다.[11] 그는 "대중을 상대로 읽기 쉽게 알기 쉽게" 글을 쓰는 것이 중요하다고 이미 강조한 바도 있는 것이다.

그러나 이 시기의 대중소설이 단지 작가의 여성의식과 여성의식을 통해 유추할 수 있는 근대의식을 대중에게 전파하기 위한 의도에 의해서 대중적 경향의 소설을 쓴 것은 아니라는 사실을 다시 한번 유념해 둘 필요는 있다. 이 당시 박화성은 과중한 집안살림에서 어느 정도 해방되어 글을 쓸 수는 있었으나 창작의 조건이 결코 좋았었다고는 할 수 없다. 그는 이중적으로 문단에서 따돌림을 당했다. 하나는 동반자작가였던 그가 부르주아와 결혼했다는 사실 때문이고 다른 하나는 그와 대조

---

10) 최근 일제 강점기의 부르주아 문학과 프로문학의 이분법적 논의를 지양하려는 일련의 연구 동향이 이루어지고 있는데 이의 대표적인 논문으로 최원식교수의 "한국문학의 근대성을 다시 생각한다"를 들 수 있을 것이다. 이글에 의하면 그 동안 일부 진보적인 문학도들이 부르주아 문학과 프로문학의 차별성을 가리는데 지나치게 몰두해왔다고 지적하면서 "예컨데 이광수의 『흙』(1932)은 부르주아적 농촌계몽문학이고, 심훈의 『상록수』(1935)는 『흙』보다 한 걸음 나아간 그럼에도 기본적으로는 농촌계몽문학이요, 이기영의 『고향』(1933~1934)은 진전한 농민문학이라고 변별해 왔지만, 이것은 그 문학적 실상에 즉해서 이루어진 것이라기보다는 작가의 신원에서 연역한 상투성도 없지 않았던 것이다. 냉정히 다시 살피건대 세 작품은 그 차이에도 불구하고 모두 계몽 이성의 귀향이라는 『흙』의 모델에 기초하고 있다. 한국근대 문학사에서 부르주아 문학과 프로문학의 거리가 그다지 동뜬 것은 결코 아니다. "라고 하여 기존 평단의 지나친 정론적 비평 행위에 비판을 가하고 있다. 민족문학사 연구소 엮음. 『민족문학과 근대성』, 문학과 지성사, 1995

11) 통속문학으로 범주화되어 거의 연구되지 않았던 해방 후 장편소설은 페미니즘 시각에서 재검토해 볼 가치가 충분하다. 본격문학이 제도적으로 배제시켰으며 따라서 주변화된 통속문학은 그럼에도 불구하고 담론족 가차가 전혀 없다고 할 수 없다. 통속문학은 바로 그 통속적이라는 이유 때문에 독자와 훨씬 더 자연스럽게 만난다. 크리스 위튼(Chris Weedon)은 통속문학의 효과를 다음과 같이 정리하였다. "문학에서와 마찬가지로 통속적인 픽션의 힘과 그 효과는 주체를 위한 투쟁에서 그것이 행하는 역할에 놓여 있으며 보수적인, 민족주의적인, 또는 어떤 페미니스트 픽션의 경우에서처럼 과격한 방식으로 주체를 형성하는 것을 돕게 된다. 통속적인 픽션의 제도화된 주변화현상은 그것이 순수한 오락이라는 신화를 확장시켜 나가는데 즉, 통속적인 픽션의 이데올로기적인 작업에 부합되는 상황을 확장시켜 나가는데 도움이 된다" 는 것이다. 크리스위든, 『포스트구조주의와 페미니즘 비평』, 한신문화사, 1994, 209쪽

적인 입장에서 식민지시대에 씌어진 동반자 문학이 당시 남한의 보수적 문단 분위기에서 긍정적인 평가를 받을 수 없다는 점에서 그러하였다. 그리하여 그는 문단의 중심부에서 밀려나 있게 되었다. 그것은 그녀가 창작의 어려움으로 제1조건에 들었던 것이다.

또한 그가 창작을 가능하게 했던 생활상의 빈궁도 창작에 긍정적인 영향을 주는 것은 아니다. 그는 남편의 사업이 실패한 가운데 생활을 책임져야 했고 자식들의 대학교육을 시켜야 했다. 이러한 조건들이 그에게 정신적인 여유를 주기보다는 일종의 압박감을 느끼게 하였을 것이고 사회의식도 어느 정도는 둔감하게 하였을 가능성이 있다. 더불어 그의 관심은 이러한 생활의 현실 속에서 더욱 여성의 삶의 문제에 밀착해 들어갔던 것이다. 그녀는 남편과 자식들에게 헌신 봉사하는 것보다 더 큰 목적을 추구하는 여성상을 탐색했고 그 결과 주체적 여성의 삶에 더 깊은 관심을 보이는 것이다.

이러한 주체적 여성의 반복적인 창조는 전후 문단에서 독특한 의미를 지닌다. 전후문학에서는 강간이나 매춘으로 훼손된 여성들이 대거 등장하고 있었는데[12] 이러한 문단의 상황에서 가부장제 사회에서 부여한 난관을 극복하는 여성인물을 형상화[13] 한다는 것만으로도 그 자체로서 긍정적 의미를 가지고 있는 것이었다. 박화성의 전후 장편소설의 의미는 이러한 문단적 분위기와 대비할 때 그 의미를 지니는 것이다.

---

12) 전쟁의 상황에서 여성들은 성폭력을 비롯한 각종의 사회적 폭력에서 자유로울 수 없었다. 여성의 직접적인 피해를 증언해 주는 자료는 아니나 1953년 호적신고를 위해 보고된 혼인외 출생자의 비율을 보면 총 67만 8,884건 중 5,794건으로 0.85의 비율에 이르고 있는데, 이는 1959년 총 101만 5,084건 가운데 혼인외 출생자가 4,838건으로 그 비율이 0.48이었음에 비교해 볼 때, 그의 두 배에 이르는 비율이다. (『대한민국통계연감』 공보처통계국)

13) 이러한 여성들이 형상화된 것이 당시의 사회적 현실과 전혀 무관한 것은 아니다. 여성들은 전통적으로 남성의 약점과 부재를 메꾸고 보완해 왔는데 전후 혼란기를 통해서도 여성들은 자신의 역할을 자연스레 확대해 나갔다. 즉 여성들은 남성부재중에 가정을 지키

1) 자기발견의 서사와 근대의식

문단에 제기한 이후 처음으로 발표한 장편소설『고개를 넘으면』에서는 이제 새로운 사회를 건설해야한다는 사명감으로 뭉친 젊은이들을 통해 합리적 이성을 중심으로 한 근대주의의 수립을 주장한다. 이 소설에 등장하는 주인공들은 합리주의와 물질문명의 발달을 통하여 일제 식민지와 한국전쟁의 역사적 질곡에서 비롯된 사회적 혼란을 극복하고자 한다. 이로써 알 수 있듯이 박화성의 사회의식은 '부정'의 세계에서 '긍정'의 세계로 나아갔다. 이와 더불어 소설의 주인공들은 합리주의의 교육을 받은 중산층의 인물로 형상화된다.

이 계층을 대상으로 할 때 그의 문학은 자연히 남녀평등문제에 더 관심을 기울이게 된다. 계급적 입장에서 보면 성억압의 모순을 인지하기 쉬운 계층은 빈민층보다는 중산층이다. 빈민계급의 여성은 그들이 비록 계급모순과 성모순에 의해 이중적으로 억압받고 있다고 할지라도 경제적인 어려움이 가장 큰 억압요소로 인지될 가능성이 높다. 뿐만 아니라 대부분의 빈민계층 여성은 남성에게 경제적인 의존을 하지 않음으로 하여 남성과 어느 정도 대등한 관계를 형성한다. 그러나 중산층의 여성들은 경제적인 억압에서 상대적으로 자유로운 대신 남성에게 경제적으로 의존하고 있어 그에게 종속되고 그에게 부과되는 시간적 여유로 인하여 성억압의 현실을 더욱 잘 인지하게 된다.[14]

박화성의 소설에서는 중상류층 남녀의 애정갈등을 형상화하면서 이

기 위해서 생활의 전선에 뛰어든 것이다. 그러나 여성들이 생활전선에 뛰어들었다고 해서 성관계에 대한 이데올로기가 근본적으로 변화되는 것은 아니었다. 오히려 남성은 상징적 권위로써 가족구성운의 머릿속에 군림하였고 따라서 혼란기를 통하여 전통적인 이데올로기가 더욱 고수되었을 가능성이 높은 것이다. 조혜정, 앞의 책, 92~93쪽 박화성은 소설은 전후의 현실을 헤쳐나가는 적극적인 여성인물이 등장함과 더불어 이 여성들이 남성들의 성적 침탈을 단호하게 헤쳐나가는 모습으로 나타나는데 이것은 당시 여성의 사회적 역할의 변모를 민감하게 파악함과 더불어 이러한 가운데 강화되는 가부장제 이데올로기의 부당함에 대응하고자 하였던 것으로 보인다.

와 더불어 주체적 여성상을 제시하고자 한다. 그러나 그 형상화의 방식
에 있어서 식민지 시대의 문학에서 보여주었던 전형적 인물과 전형적
상황의 창조를 통한 사실성의 추구를 문학적 형상화의 원리로 삼지는
않는다.

그 대신 여주인공을 형상화하는데 있어 박화성이 이상적 여성으로 생
각하였던 합리적이고 주체적인 여성을 창조함으로서 여성들이 희구하
여 왔던 무의식적 욕망을 대변해 준다. 『벼랑에 피는 꽃』, 『내일의 태
양』, 『태양은 날로 새롭다』, 『거리에는 바람이』와 같은 작품에서 등장
하는 여성들은 타자가 아닌 주체로서 스스로의 삶을 합리적으로 개척
해 나가는 여성영웅의 모습으로 형상화된다. 이 여성들은 식민지 시대
동반자 문학에서 등장하였던 지식인 여성들이 해방된 조국을 맞이하여
근대주의를 새로운 대안으로 받아들인 것이라 할 수 있다. 그러나 식민
지 시대의 소설에서 등장한 여성들은 당대의 사회적 상황과 일정하게
관계를 맺고 있었던 반면 이 시기에 형상화된 여성들은 역사로부터 떨
어져 나와 비역사적이고 보편적인 여성억압의 상황에 직면하게 된다.
이 여성들은 강간, 남편의 외도, 이혼녀, 미혼모등 부권제 사회에서 구
성된 일탈된 여성으로써의 불안과 고통을 극복하고 자신이 목표하였던
바를 성취하고 있다는 잠에서 여성성장소설이라고 할 수 있다. 이러한
작품들은 남녀의 존재 양식의 차이에서 비롯된 다분히 초시대적, 보편
적 불평등에 대한 문제의식으로부터 출발하여 이를 해체하는 과정으로
페미니즘을 수립하고 있다.

『고개를 넘으면』은 동양적 아름다움을 지닌 설희라는 여성을 중심으
로 세 쌍의 남녀가 이합집산하는 애정갈등형의 소설이다. 삼각연애에
의한 애정갈등은 모든 시대 남녀간의 사랑의 모티브에 등장할 수 있는
애정갈등은 모든 시대 남녀 간의 사랑의 모티브에 등장할 수 있는 애정

---

14) 엘리슨 제거, 『여성해방론과 인간본성』, 이론과 실천사, 1994

갈등의 보편적 조건으로 통속 대중소설에 가장 많이 사용되는 구성이다. 그러나 이는 단순히 연애의 삼각관계를 그리고 있는 것이 아니다. 이 소설의 삼각관계는 돈이냐 사랑이냐 하는 전형적 통속멜로물의 공식성을 띠지는 않는다. 이 소설에서 애정 갈등의 요소가 되는 것은 주로 개성과 이지적인 측면에 의존한다. 그들의 애정의 교차관계를 보자

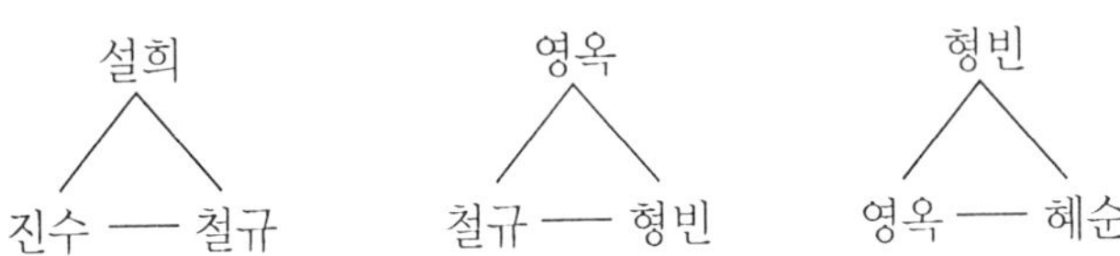

그들은 이와 같은 삼각관계를 이루다가 〈진수--설희〉, 〈철규--영옥〉, 〈형빈--혜순〉의 관계로 정착된다. 이러한 과정에서 설희는 사촌오빠로 알고 지냈던 진수의 사랑을 받아들이게 되고 그의 연인이었던 철규가 이복오빠임을 받아들인다. 이는 '운명의 반전'이라는 통속적 요소를 보여준다. 그러나 흥미진진한 연애담이 진행되면서 설희라는 여인이 출생의 비밀이 밝혀지고 이러한 사건으로 말미암아 자신의 정체성을 형성해 가는 자기발견의 서사의 한 양상을 보여준다.

설희는 친구의 생일초대에 갔다가 철규라는 청년을 만나 서로에게 관심을 가지게 되는데 이무렵 설희의 외할머니가 운명하면서 설희어머니는 설희의 생모는 아니라고 밝힌다. 설희는 이에 대단한 충격을 받지만 철규와의 사랑을 믿음으로써 평안한 생활을 다시 시작한다. 그러나 철규가 그의 이복오빠임이 밝혀져 그는 애인도 잃게 된다. 이러한 사건을 통해 설희는 어머니와 애인에 의존하지 않은 독자적인 여성으로 성장한다는 이야기다. 따라서 이 두 번의 정체성의 위기가 설희의 자아를 정립해 가는 통과제의(initiation)의 의미를 지닌다.

먼저 어머니와의 관계가 파괴되었을 때 이 여성이 이렇게 충격을 받는 것은 그녀가 어머니와 분리된 독립된 인격체로 성숙되지 못하였음

을 보여준다. 이 사건이 벌어지기 이전까지 설희는 어머니와 아주 친숙한 관계를 유지하고 있었다. 설희의 정체성 혼란은 이러한 모녀간의 일체감이 박탈된 데서부터 비롯된다. 여성의 정체성은 남성의 정체성에 비해 유약하게 형성되는데15) 다라서 여성의 정체성은 여성을 둘러싼 문화 사회적 가치와 심각한 갈등 속에서 선택되어야 한다. 그런데 정체성이란 자기의 영속성, 단일성 또는 독자적 불변성일 뿐 아니라 개인의 동일성에 대한 의식적 감각을 의미하므로 정체감의 위기는 이제까지 그 사람에게 통하고 있던 가치의 붕괴이며 그것에 수반되는 자기 이미지의 해체이다. 따라서 그것은 쉽사리 병적 세계로 옮겨갈지도 모르는 위기인 동시에 진정한 자기를 발견하고 보다 풍부한 자기 상을 키우는 출발점이기도 하다.16)

설희는 이제까지 어머니로 알았던 유금지 여사가 생모가 아니라는 사실에 정체성의 위기를 느낀다. 봉건적 사고를 가진 설희의 어머니는 설

---

15) 여성의 정체성은 남성에 비해 유동적이고 상대적이기 때문에 여성에게 있어 이러한 정체성의 혼란은 자아정립을 위한 중요한 계기가 된다. 남자아이가 아버지와의 동일시 과정에서 적극적인 오이디프스 콤플렉스를 거쳐 능동적이고 독립적인 개체로서 자기를 인식하게 되는 반면 여자의 경우 어머니와 동일한 성적 정체감을 가짐으로써 강한 정체성을 형성하기 어렵기 때문이다. Judith K. Gardiner, 'On Female Identity & Writing'. [Critical Inquiry], Winter, 1981, 354쪽 일반적으로 여성의 정체성(identity) 형성은 남성의 정체성 형성보다 유약하다. 이는 주체의 형성과정에서 발생하는 차이이다. 초도로우는 향육과정에서 아이가 어머니와 맺는 관계에서 남자아이는 어머니를 자신과 다른 타자로 차이짖고 그 어머니라는 타자에 대립하여 자신의 자아를 발전시키게 되는데, 이런 과정에서 남성은 자신의 자아를 확정시키기 위해 모든 타자를 주체가 아닌 대상으로 경험하게 한다. 반면 여아는 어머니와 하나임을 부정하지 않고 오히려 어머니와 동일시하면서 자아를 발전시킨다. 따라서 여성적 주체는 대상과 거리를 두고 지배하는 이상적 남성주체와는 달리 관계지향적인 성격을 지닌다. chordorow, the repreduction the mothering Psychoanalisis and the ociology of Gender, Berkeley Univ. of California, 1978

희를 과보호의 속에서 성장시켰다. 이는 사회가 여성일반에 대해 부여하는 성장방식이다. 따라서 설희의 정체성은 유약하다. 그녀는 외부의 현실을 정확하게 이해하고자 하는 적극성도 없고 자신의 의사를 분명하게 표현하지도 않는다.

> "너 비에 갇혀서 종일 있었잖았어? 그래 놓구 인제 가다가 비맞은 다 된 죽에 코빠는 격이지 뭐냐?"
> "그러기에 말야"
> "호호호 그러기에 말야라니 남의 일처럼. 호호호 넌 그런데가 매력 백 퍼센트야"[17]

> "애 설희야! 넌 닷새나 결석이다. 난 네 덕분에 이틀 결석이구. 내일부턴 등교 해야지 않어?"
> "그러게 말야"
> "또 그러게 말야야? 인젠 제발 그 미지근한 형용사 좀 쓰지 말어."[18]

예문에서와 같이 설희는 자신의 상황에 대한 이야기를 할 때도 '그러기에 말야'라고 남의 일처럼 이야기한다. 이처럼 스스로의 상황에 대해 타자의 언어를 사용한다는 것은 자유롭고 창조적인 주체로서 자신의 존재를 부정하고 타자 혹은 대상으로 자신의 존재를 받아들이는 것을 의미한다.[19] 이러한 어투로서 설희의 유약한 정체성은 암시된다. 이러한 가운데 모녀관계의 파탄은 설희에게 '행복을 가장하고 어머니의 딸이 되느냐? 불행을 계기루 적나라한 한 개의 재인간이 되느냐?' 하는 중요한 사건으로 받아들여진다. 이것에 대한 해답을 얻기 위해 설희는 가출을 시도한다. 그러나 이 여행은 적극적인 자기 탐색의 기회가 되지

---

16) 박아청, 『아이덴티티의 탐색』, 정민사, 1984, 54쪽
17) 박화성, 『고개를 넘으면』, 동인문화사, 1956, 4쪽
18) 박화성, 앞의 책, 229쪽

못한다. 그가 스스로 이 문제를 해결하기 전에 애인 철규가 그녀를 적극적으로 설득하는 것이다. 설희는 철규로 인하여 자신이 혈연을 초월하여 기른 어머니의 정을 무시하였다는 것을 깨닫는다. 그러나 설희가 안정을 되찾는데는 이러한 사건에도 불구하고 철규가 변함없이 자신을 사랑한다는 확신이 있었기 때문이기도 하다. 그녀는 어머니가 아니더라도 철규의 사랑을 통해 구원받을 수 있기 때문이다. 그녀는 철규와의 관계를 통해 안주하고자 한다.

그러나 설희는 철규와의 사랑도 이룰 수가 없었다. 우여곡절 끝에 알게 된 설희의 생부가 바로 철규의 아버지였기 때문이다. 설희는 이 사건으로 또 한번의 정체성 위기를 느낀다. 평생동안 단 한사람의 이성을 만나 사랑을 나누는 것으로 순결성을 보장받도록 교육받아온 여성으로서는 이렇게 방황하는 것이 당연하다. 이성으로 사랑하던 사람을 오빠로 대해야 하는 고통, 친오빠를 이성으로 사랑했다는 죄의식 그리고 자신이 아버지의 무책임한 행동에 의해 출생한 존재라는 생각도 그녀를 괴롭혔다. 그러나 철규는 이러한 현실에 직면하여서도 자신들의 무죄함에 당당할 수 있었고 이성애를 남매애로 치환시켜 오히려 영속적 관계로써 위안하는 어른스러움을 보여준다. 이러한 사건을 통해보면 설희의 존재양식은 즉자적인 반면 철규는 사건에 대하여 초월적이고 독립적인 입장을 취하는 것을 알 수 있다. 는 남성은 대자의 독립적이고 초월적인 입장을 취하는 반면 여성은 즉자적인 역할 속에 내던져진다는 실존의 존재양식의 차이와 상동적으로 읽혀진다. 이러한 여성의 즉자화는 '남성이 여성에게 타자의 지위를 취하라고 강요하는 세계 속에 살고 있

---

19) 부권제의 문화속에서는 남성이나 남성다움이 긍정적인 것 혹은 규범으로 세워지고 여성이나 여성다움은 부정적인 것, 비본질적인 것, 비규범적인 것, 즉 '타자'로 간주된다. 여성들 또한 이 타자성을 내면화하는데 이는 타자로서의 여성에 대한 남성차별주의자의 견해를 받아들이는 것이다. 조세핀 도노반, 『페미니즘 이론』, 문예출판사, 1994, 250~251 설희의 행동에서는 이러한 비주체적 성격이 도처에서 드러난다. 그와 동시에 그녀의무정형성, 수동성, 순결성 등 가부장제가 요구하는 이상적 여성미를 구현하고 있는 것이다.

는 까닭이다. 설희의 출생의 비밀이 밝혀지는 과정은 정체성의 위기로부터 주체로 형성되어 가는 과정이 된다.[20]

철규의 설득과 주변사람의 도움으로 이러한 갈등으로부터 벗어나게 된 설희는 비로소 '혼자 행동할 수 있는 어른이 되었다는 자부심'을 가지게 된다. 어머니로부터의 분리, 이성애의 박탈이 수동적이고 순결한 여인을 하나의 주체로 형성시키는데 기여한다. 이러한 과정을 통하여 설희를 통해 시도되었던 여성의 자아탐색 과정은 타자로서의 여성이 사회화를 거쳐 합리적인 주체로 형성되는 과정과 일치된다. 그러나 설희가 '자기발견'에 이르는 과정이 지나치게 인위적이고 특수한 사건들로 구성되어 있어 그것이 여성의 보편적인 문제로 환원되기 어렵다. 이러한 사건 전개의 특수성이 소설을 통속화시킨다.

반면 설희의 친구로 등장하는 두 여성은 박화성이 추구하는 이상적 여성상의 투사체이다. 그들은 기존의 여성 이미지에서 잘 발견할 수 없었던 적극성, 단호함, 쾌활함과 유머감각 등을 가지고 있으며 남성들과 대등한 위치에서 교제한다. 이러한 여성들은 자신의 생각을 정확히 표현하지 못하며 상황판단에서도 민첩하지 못하고 행동도 머뭇거리는 설희와는 대조적이다. 이러한 여성인물 창조의 근저에는 여성들이 가부장제에서 벗어나기 위해서는 여성들이 교육을 통해 '침묵'의 상태에서 벗어나 자신을 표현할 수 있는 '언어'를 가져야 한다는 계몽주의적 여성해방관이 내재해 있다. 이러한 계몽적 태도는 전후 황폐화된 한국 땅에 재기되어진 근대주의와 동일 맥락에 있는 것이다.

이 소설이 주장하는 신세대의 윤리라는 것은 이러한 근대적 계몽성의 연장선위에 있는 것이다. 그것은 첫째, 혈연애를 초월한 민족애, 둘째, 봉건적 가부장적 윤리의식 비판, 셋째, 과학적 합리주의에 입각한 계몽주의적 평등의식 등이다. 이러한 이념들은 설희를 비롯한 여섯명의

---

20) 조세핀 도노반, 앞의 책, 227쪽

엘리트 젊은이들의 생활상에 의해 형상화된다. 출생의 문제로 가출을 한 설희에게 철규는 다음과 같은 말은 한다.

"설희씨의 지금 절망적인 고민은 사실에 있어서 혈연과 애정의 분리에서 오는 것입니다. 현재 우리의 기초사회라는 것이 혈연과 지연으로 이루어졌기 때문에 애정도 이 혈연에 뿌리를 박고 있는 것입니다. 그러니까 이 혈연적 애정으로부터의 고립은 한 사회나 한 생활로부터의 절연이나 같기 때문에 절망적 상태에 빳는 것이 필연적입니다. 그러나 오늘의 우리의 현실은 이 혈연 사회나 지연사회로부터 새로운 민주사회로 옮겨가고 있는 것입니다.…"21)

"설희씨! 물론 설희씨의 입장은 충분히 이해해 드립니다. 그렇지만 설희씨가 고집하시던 혈연관계라는 것은 육이오 동란때 이미 한 번 허물어졌던 것입니다. 지금 우리의 좌우에는 제부모나 배우자나 자식들을 잃지 않은 사람들은 거의 없는 형편입니다. 그러나 그들은 절망하지 않고 다 각각 새로운 생활을 영위하려고 그야말로 혈안이 되어서 투쟁합니다…"22)

철규는 혈연의 문제로 고민하는 설희에게 이를 초월한 새로운 모녀 관계를 주장한다.23) 이것은 혈연중심의 정적인 사회관계를 벗어나고자 하는데 있다. 이러한 맥락에서 철규의 아버지 박장훈의 과거는 비판을 받는다. 일제 하에 민족주의자에서 사회주의자로 변신하여 소작쟁의와 노동쟁의의 선구자 역할을 한 민족의 양심, 혁암 선생의 아들 장훈은 광주학생운동 등 식민지 시대 항일운동에 적극적으로 참여했던 인물이었다. 장훈은 독립운동에 개입되어 곤혹을 치를 때마다 심변호사의 도

---

21) 박화성, 『고개를 넘으면』, 동인문화사, 1959, 196쪽
22) 박화성, 『고개를 넘으면』, 동인문화사. 1959, 198쪽
23) 그러나 출생의 문제 때문에 상처받은 설희를 설득하기 위한 이야기를 통해 작가는 한국
    전쟁으로 사별, 이산된 가족들에게 새 희망을 제시하고자 하는 의도도 나타낸다.

움을 받았고 그의 도움으로 학업도 마쳤다. 이런 이유로 심변호사의 딸과 혼인을 한다.

그러나 혼인을 한 후에 자신이 유금지라는 여인을 깊이 사랑하였다는 것을 깨닫고 방황한다. 그러던 중 이향실이라는 여인을 만나 그녀에게서 딸을 얻는다. 그 아이가 바로 설희였던 것이다. 장훈은 자신의 입신을 위해 유금지, 심정희, 이향실이라는 세 여인을 불행하게 했다. 이 여인들은 남성의 입신양면을 위해 희생된 '희생양'적 여성이었다. 하지만 불행했던 역사로 인해 빚어졌던 죄가는 이성과 합리주의에 대한 믿음을 지닌 젊은이들에 의해 극복된다.

이 젊은이들을 결속하고 있는 새로운 윤리의식은 과학적 합리주의에 입각한 근대의식이다. 이들은 민족의 발전은 '배움'을 통한 지성의 확장을 통해 이루어지리라고 생각한다. 이 세 명의 젊은이는 국가발전의 원동력으로서 과학기술의 발전, 자연발생적으로 생성되었던 혈연애를 초월한 합리적 사고의 정립, 학문적 연마를 통한 외교술의 발달 등을 주장한다. 특히 외교의 중요성은 『내일의 태양』에서 희숙이란 여성을 통해서도 계속 주장되고 있다. 정치학도인 희숙이 주장하는 외교관을 보자.

한국의 외교는 실로 이상과 같은 '파우어폴리틱스'에 희생된 지정학적 입지 속에서 엮어 나가야만 한다. 구태여 우리는 여기에서 한국의 정치사나 외교사를 더듬을 필요를 느끼지 않는다. 다만 봉건적 군주국가와 자본주의적 식민정책에서 바로 민주주의라는 마술 속에 뛰어든 역사적 필연의 결과로서 한국의 외교가 그 진로를 찾지 못한 채 실로 답보 일로를 계속하고 있다는 것이 뚜렷한 사실인 것을 인정하지 않을 수 없다.[24] 우리는 미국이라는 강력한 오솔리티와 강력한 유대를 가져야 한다.

---

24) 박화성, 『내일의 태양』, 삼중당, 1972, 45쪽

한국의 외교는 세계를 움직이고 있는 강력한 권위와 영합하지 않고는
독자적인 진전은 불가능하지만 너무 지나치게 의존한 나머지 마땅히 행
해야 할 일도 못해서는 않되니까 자주적 역량을 길러서 국제적 이해와
상호의존을 찾자.25)

　이는 실리주의 외교를 표방하고 있는 것으로써 작가는 희숙을 통해
국가발전을 위해서 인재를 육성해야 한다는 강한 믿음을 보여준다. 그
들은 국내법보다는 국제법의 우위를 주장한다거나 해양권을 설정하는
데 있어 강대국의 이익을 우선한다거나 유엔의 상임이사국이 의미하는
강대국 위주의 세계정세를 경계한다. 이러한 경계로써 인재 육성을 통
해 국제관계의 열세를 극복해야 한다는 작가의 믿음을 강고히 한다. 그
들이 현실에 대처할 수 있는 최선의 방안은 바로 강대국으로 가서 그
들의 학문과 기술을 배워오는 것으로 제시된다. 이러한 의식들은 젊은
이들이 애국심을 구체화할 형식적인 틀을 마련해 준다. 이 소설에서 그
구체적인 형식으로 제시되는 것은 윤리적, 정치적, 과학적 범주이다. 앞
에서 살펴 본 바와 같이 철규는 의학도지만 철학에도 관심이 많아 가
치관이 혼란스러운 이 사회에 혈연을 초월한 민족애를 수립할 것을 주
장한다. 이것이 이 소설이 제시하는 모랄이다. 진수는 전기공학도로써
국가발전의 동력으로 발전소 건설의 필요성을 주장하고 남한의 전기사
정이 곧 좋아지리라는 발전적 비전을 제시한다. 형빈은 우리나라가 외
국과 겨루어 나갈 힘을 기르기 위해 법률과 외교를 공부한다. 형빈은
학문을 연마하러 미국으로 출발한다. 그들에게 있어 미국은 가장 배울
점이 많은 나라이다. 「신록의 요람」, 「비취와 밀화」같은 작품에서는 우

---

25) 박화성, 『내일의 태양』, 삼중당, 1972, 46쪽
26) 이 당시 미국에 대해서 이러한 오해가 가능하였던 것은 미국이 자국의 궁국적인 이익(사
　　회주의 체제에 대항하는 방파제로서의 반공국가건설, 미국의 자본주의 시장으로서의 성
　　격 확보)을 위해 표면적으로는 경제적 원조국으로써의 역할을 수행했기 때문이다.

리의 우방으로 나타나기도 한다.[26] 미국은 합리주의와 인도주의가 발
달한 이상적인 국가로 인식되고 있는 것이다.

2) 가부장제의 경계넘기

이성적 합리주의에 의한 근대주의의 사회의식의 토대 위에 여성주체
의 확립이라는 페미니즘적 주제를 이면화하고 있었던 『고개를 넘으면』
에서는 설희라는 여인이 수동적 여성형을 탈피하는 과정과 더불어 매
사에 저극적이고 단호한 성격을 지닌 영옥이와 혜순이라는 인물을 창
조함으로써 새로운 유형의 여성상들을 창조하였다. 이러한 여성들은 기
존의 문학정전에서 형상화되었던 여성상과 일정한 거리를 두고 있다.
대부분의 소설에서 긍정적으로 그려지는 여성인물들은 강력한 남성
들의 주위에서 보조적인 인물로 등장하였고 본능적, 운명론적, 혹은 감
상주의적인 태도로 주어진 현실을 끝내 참아내는 것이 그들이 할 일이
었다.[27] 그러나 박화성의 소설에 등장하는 여성들은 운명론적이고 순
응적인 존재로서의 삶을 벗어난다. 작가는 이처럼 적극적 성격의 여성

---

27) 독자들의 대종적 인기를 얻은 우리 근대문학들–예를 들어 이광수의 『무정』, 김동인의
「감자」, 「배따라기」, 「광화사」, 채만식의 『탁류』의 여인들, 김유정의 「만무방」, 「소낙비」,
「안해」, 현진건의 「빈처」, 「타락자」의 아내들은 모두 이러한 유형에 속한다. 전후의 문학
에서는 이에 더하여 전쟁으로 인하여 성적으로나 도덕적으로 철저히 훼손되는 여인들로
형상화된다. 장용학의 「요한시집」「원형의 전설」, 『원형의 전설』, 이범선의 「오발탄」, 오상
원의 『백지의 기록』, 「황사지대」, 송병수의 「쑈리 킴」, 손창섭의 「유실몽」등 대부분의 소설
에서 여성들의 삶은 철저히 하강적 구조로 형상화된다. 이재선은 이러한 소설로 다수의 작
품을 들고 이러한 여성들의 삶과 이 여성들을 통해 조명되는 조명되는 사회를 다음과 같
이 정리하였다. "여인들은 거의가 미군부대의 기지 주변에 사는 이른바 〈양공주〉등이거나
군대가 이동하는 전선을 따라다니며 혹은 황선지대에서 몸을 팔며 살아가는 여인들, 그리
고 전쟁의 모티브와 유사한 남성적인 성 충동에 의해 폭력에 의해서 유린 겁탈되는 여인
들이다…… (중략) …… 여성들은 살아가기 위한 고통의 행로를 견디어 가거나 또는 생존
의 위협으로부터 벗어나기 위해서는 극단적으로는 윤리적인 삶보다는 탈선적이고 비정상
적인 생활방법으로서 양공주나 창녀로서의 매춘행위에 투신하는 전락한 삶을 영위하게 된
다." 이재선, 『현대한국 소설사』, 민음사, 1991, 113쪽

을 창조함으로써 여성의 수동적 삶의 태도를 변모시킬 것을 촉구한
다.28) 이러한 강한 주체성을 지닌 여성의 창조는 여성문학의 한 지향점
이 된다. 즉, 남성문학의 전통에 나타나는 타자로서의 여성이 아닌 주
체적 여성히로(heroine)의 등장이 추구된다.29)

　일반적으로 유약한 정체성을 가진 인물이 주체적 자아로 성숙되어 가
는 과정을 보여주기에 가장 적합한 양식으로 성장소설의 형식을 들 수
있다. 이 성장소설의 기본적 구도는 주인공이 정신적 위기를 통과함으
로써 성숙의 단계에 이르는데 있다. 그러므로 성장소설의 형식에서 나
타나는 '각성의 계기'가 무엇이며, 성인이 된 후 그가 어떤 삶의 태도
를 취하는가에 대한 관심은 문화사적 의의를 지닌다. 또한 개인의 세계
와 집단의 세계간의 가치관적 융합이 그 문화이념의 보편적 용량과 위
상을 설명해 주는 것이 된다.30)

　박화성의 장편소설은 일반적으로 이와 같은 성장소설의 패턴을 보여
준다. 다만 그 각성의 계기가 전쟁이라든가 성적 침탈 혹은 남편의 외
도 등 외부에서 주어지는 까닭에 자아와 사회와의 절충이라는 결말에
도달하는 교양소설적 면모보다 고난과 극복이라는 '생존의 서사'이면
서 자아 성취의 일대기 형식을 취한다. 『벼랑에 피는 꽃』, 『내일의 태
양』, 『거리에는 바람이』등의 소설은 여성의 자아성취를 주 모티브로 한

---

28) 일반적으로 여성은 사회화의 과정에서 의존성을 습득하고 성공하는 것을 두려워하는 소
　　극적 성격으로 형성된다. 따라서 문학텍스트 속의 여성은 무정형성, 수동성, 불안정(히
　　스테리), 제한성(편협함, 실용성), 순결성, 물질주의, 정신주의, 비합리성, 순종성, 반항성
　　(말괄량이, 마녀)등의 요소로 나타난다. 즉 여성의 자아는 불안정한 방식으로 성별화되는
　　데 이러한 의식을 개혁하는 것도 사회의 구조적 모순을 해결하는 것과 함께 여성의 지
　　위향상에 선결되어야 할 요건의 하나이다.
29) 문학은 상상력의 열매인 동시에, 상상력의 밑거름이기도 하다. 우리는 문학이 여성의 갈
　　망과 억압을 대변해 줄 것을 기대할 뿐 아니라, 삶의 가능성에 대해 선포해 줄것도 기대
　　한다. 우리는 여성작가들이 다면적이고, 전인적이고, 독립적인 여성인물들을 그려줄 것
　　을 요구한다'. 는 주장은 페미니즘 소설이 영웅적 여성의 출현을 기대한다는 것을 의미
　　한다. Caroline G. Heilbrun, "Reinventing Womanhood"(New York: W. W. Norton
　　& Co., 1979), 34쪽

여성성장소설들로 유형화 할 수 있다. 이 여성들은 1950년대의 연애소설에서 양산되었던 지고지순한 사랑과 강한 인내의 여인도 아니고 전후혼란기에 성적 유린으로 인해 타락한 여성도 아닌 주체적 여성으로 형상화되고 있다. 이것은 여성에 가해지던 사회적 통념을 역전시킴으로써 작가의 페미니즘적 의도를 보여주는 것이라 할 수 있다. 박화성은 적극적이고 활동적인 여자, 자신의 목적을 위해 뭔가를 계획하고 일을 꾸미는 여자(「현대적」의 안순애), 이혼녀, 미혼모, 강간당한 여자, 근본이 불분명한 여자 등 기존의 사회에서 거부되는 여성들을 그 여성들의 입장에서 긍정적으로 그려내고 있다. 그 여성들은 합리적인 주체의식으로 그들의 난관을 헤쳐 나간다.

한편 작가의 근대의식은 이러한 여성의 자아성취를 통해 제시된다. 이시기의 소설에는 식민지 시기의 소설과는 달리 여성의 자아성취의 이야기가 서사적 통합의 원리로 기능하고 작가의 사회의식은 이 여성들의 삶을 통해 제시되고 있다고 하겠다.

가) 결혼과 이혼의 역전

『벼랑에 피는 꽃』(1957)은 일제시대를 주 배경으로 하여 주인공 현석란의 사랑과 결혼, 이혼 등과 더불어 여성의 인생과 자아성취를 그리고

---

30) 김병익, "성장소설의 문화적 의미", 『세계의 문학』, 6권 2호, 77쪽

31) 이 소설은 로맨스형의 통속성을 지닌다고 할 수 있다. 원래 로맨스는 서구에서 기사무용담을 중심으로 한 속된 이야기를 지칭하는 개념이었으나 이 양식은 "중세기 군담"의 양식을 넘어서서 시대를 초월해 반복적으로 나타나는 문학양식이 되었다. 이는 "사랑과 기사도 정신의 분위기가 감도는 모험담"으로부터 출발하므로 "욕망충족의 꿈"을 드러내는데 가장 적합한 양식이기 때문이다. 이 "욕망충족의 꿈"을 충족시키고자 하는 도시 소시민으로서의 개인적 욕망이 문학 속에 그대로 반영된 것이 근대 통속소설의 한 형식을 이룬다. 따라서 로맨스 양식은 본질적으로 그것이 역사나 공동체 의식을 반영하기보다는 개인의식을 반영한다. 즉 이 양식은 작가가 역사와 대면하기를 회피하거나 나아가 역사 그 자체를 초월하는데 씌어진 개인 투영의 문학이라 할 수 있다. 오세영, 『문학연구방법론』, 시와 시학사, 1993, 79쪽

있는 작품이다. 이러한 점에서 이 소설의 구성은 주로 로맨스적인 구조
의 통속성을 보인다고 할 수 있다.[31] 또 한 이 소설은 애정의 삼각구도
의 통속적 요소도 병행하고 있다.

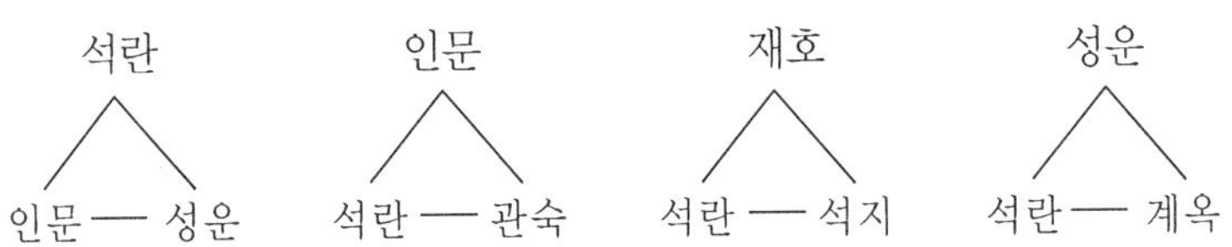

등의 애정의 삼각관계가 이루어지고 있는 것이다. 그러나 이들의 관
계 역시 개성과 지성의 요소에 의한 것이지 돈이냐 사랑이냐 하는 전
형적 통속 삼각구도는 아니라고 할 수 있다.

이러한 연애의 이야기가 배경이 되어 소설적 흥미를 이끌고 있다. 그
러나 서사를 통합하는 원리는 이러한 연애의 삼각구도가 아니다. 그것
은 석란의 자아성취의 이야기이다. 이 과정에서 석란은 결혼도 하고 이
혼도 하는데 여기서는 석란의 이론이 상당히 긍정적인 입장에서 그려
진다. 석란은 이혼 이후 더욱 알찬 생활을 영위하는데 이것으로 종래에
결혼과 이혼에 대해 독자들이 가지고 있던 고정관념은 역전된다.

현석란은 여성에 대해 아직도 보수적이었던 일제시대에 어린 나이로
선생이 된 야무진 여성으로 학생들은 물론 타성에 젖은 교사들에게도
귀감이 될 만큼 모범적이고 합리적인 지성을 지니고 있다. 그러나 그녀
가 부임한지 얼마 되지 않아 안선생의 난행에 휘말린다. 그러나 그녀는
나이답지 않은 침착함과 강직한 태도로 그를 내어쫓고 구설수에서 벗
어난다. 강하고 이성적이며 당돌한 성격의 소유자이기에 가능한 일이었

---

32) 페미니즘적 입장에서 "결혼"의 파괴는 중요한 의미를 지닌다. 과거에는 결혼과 가정이
서사체의 대단원일 수 있었지만 페미니즘 소설에서는 결혼과 가정이 문제의 시작일 수
있는 것이다. 문제의 해결이 문제의 단서로 역전된 것이다. 때로는 결혼의 포기가 결혼
의 성취를 대체하는 경우가 있는데 현석란의 인생이 바로 그러한 경우의 한 예라 할 수
있다. 김열규, "페미니즘;무엇을 하는가", 『페미니즘과 문학』, 문예출판사, 1988, 9쪽

다. 이러한 성격의 석란은 애정의 문제에도 단호한 여성으로 그려진다.

석란은 김인문이라는 수석훈도 선생과 의기가 맞아 일제에 대항하는 비밀결사를 함께 조직하기로 약속한다. 하지만 그는 오래 전부터 교육사업에 관심이 있었던 까닭에 동경으로 유학을 떠난다. 여기서 한방에 있던 오관숙은 석란을 만나러 왔던 인문을 보고 한 눈에 반한다. 이러한 고백을 들은 석란은 자신이 인문을 좋아하기는 하지만 그것이 곧 사랑의 감정은 아니라고 생각하여 둘의 관계를 맺어주고자 한다.

한편 오래 전부터 석란의 학비를 대주던 임성운도 석란의 지성적인 면모를 사랑하고 있었다. 석란은 유약한 성격의 임성운에게 애정을 느낄 수 없었으나 어머니의 유언에 따라 그와 결혼하기로 한다. 이때 김인문은 독립운동에 가담해 요시찰인으로 구속되어 있었다. 이러한 사건들을 겪으며 자신이 진정으로 사랑하는 사람은 임성운이 아니라 김인문이라는 것을 깨닫지만 그녀는 약속대로 성운과 결혼하였고 오랜 세월동안 석란만을 연모하였던 김인문은 구속중 수발을 들어주었던 오관숙과 결혼한다. 선남선녀들의 이합집산은 두쌍의 결혼으로 종결되고 석란은 의사의 아내로서 평범한 나날들을 보낸다. 석란은 민족의 독립과 여성의 해방이라는 문제를 두고 고심하던 젊은 시절의 꿈과는 달리 결혼과 더불어 의상의 아내로써 평범한 생활을 유지하는 것이다.

그러나 이 무렵에 새로운 사건이 발생한다. 남편이 외도한 사실이 발각 나는 것이다. 이것으로 그녀의 행복한 결혼생활은 허구에 불과하였다는 것이 밝혀진다.[33] 이 사건으로 석란은 결혼생활을 청산하기에 이른다. 이것은 질투심 때문이 아니라 남편의 위선적인 생활을 용서할 수 없었기 때문이다. 그리고 남편을 사랑하는 김계옥과 태어날 새 생명을 위해 집을 떠난다. 그녀는 이제부터 오랜 세월동안 계획해 왔던 교육사업에 몰두한다.

석란은 오관숙의 집에서 재정적 도움을 받고 또한 나라를 위해 만주에서 재산을 일군 최재호의 도움도 받아 효성문리학원이라는 사설강습

소를 건립한다. 그 교육의 기치는 "여성도 과학의 정신에 살아야 한다"
는 것이었다.

　이러한 석란의 행위양식은 작가의 여성해방적 의도와 그 방향성을 따
라 움직이고 있다. 이 여성은 '타자'로서의 여성이 아니라 강력한 '주
체'로서 형성되어 있다. 석란의 주체성을 더받치고 있는 힘은 동경유학
시절에 읽은 서적들로부터 얻어진 것이다.

> "오빠의 말마따나 우리 여성들은 지금 혈안이 되어 있어요. 첫째로는
> 식민지적인 일본의 통치에서 벗어나야 한다. 둘째로는 남성본위의 모든
> 제도를 타파해야 한다는 슬로간을 세우고. 우리 여성은 이중의 탄압에
> 항거해야 하거든요."
> "딴은 그렇지."
> 임성운이 담배연기를 풀썩풀썩 내면서 고개를 연방 끄덕였다.
> "반항은 일종의 힘이에요. 힘은 능력이에요. 능력은 몰라가지구는 솟
> 아날 수 없거던요. 그러나깐 밤을 세워서라도 각 방면에 걸친 지식을 구
> 해야조. 그러니 독서를 하지 않고 어쩌느냔 말씀이예요"[33]

　동경 유학 시 베벨의 「부인론」을 읽으며 석란이 피력한 자신의 의견
이다. 이러한 주장을 실현하기 위해 교육자가 된 석란은 황국신민의 서
사를 외우기 싫어 선생을 그만두었으나 남편의 외도를 계기로 여성들
을 위한 사학재단을 설립한다. 인용문에서도 보면 석란이 인식하고 있
는 두 가지 억압적 상황은 일제와 가부장제이다. 하지만 이 소설에서
석란의 삶에 더 큰 영향을 미친 것은 일제의 억압보다 부권제의 억압
이다. 물론 일본의 탄압에 저항하다가 인문은 불령선인으로 감시의 대
상이 되었을 뿐 아니라 옥고를 치러야 했고 석란도 그와 의기투합하여
비밀 결사를 조직하기도 하였다. 그러나 일본의 간섭을 거부하여 학교

---

33) 박화성, 『벼랑에 피는 꽃』, 삼중당, 1973, 80쪽

건립을 망설이던 석란이 남편의 외도를 계기로 학교를 건립하는 것은 그가 무엇보다도 여성의 문제에 관심을 기울이고 있음을 보여준다. 그리고 그 교육의 혜택을 여성에게 돌아가도록 하는 것이 현석란이 추구하는 여성해방의 길이었다. 그러므로 『벼랑에 피는 꽃』에서 현석란의 욕망은 여성들을 교육 계몽시키는데 있었고 "감히 알려고 하라"는 계몽주의적 태도 그리고 합리적이고 과학적인 사고의 중시라는 『고개를 넘으면』의 세계관이 여전히 지배하고 있었다.

그러나 『고개를 넘으면』의 '설희'가 자기를 발견함으로서 세계를 새롭게 이해하는데 그친다면 주인공 '석란'은 확고한 사회적 지위를 획득하는 방식으로 가부장제의 모순에 저항하고 있어 일층 적극적인 여성의 삶의 모습을 보여준다. 종래의 문학작품에서는 아내나 어머니인 여성만이 긍정적인 이미지가 부여되었다. 그러나 석란은 합리적 이성적 성격을 가진 여성이고 이혼을 감행하는 여성이지만 상당히 긍정적으로 그려진다. 남편의 외도에 대처하는 방식도 남달라서 자신이 아끼는 수간호사가 남편의 아이를 가졌다는 이야기를 듣자 그들 모자를 호적에 올려 주고 집을 나간다. 그녀는 사랑과 질투라는 감정에 지배받는 여성들의 일반적인 모습과 사뭇 다르게 나타나는 것이다.

이러한 여성은 당대의 시대적 분위기를 고려해 보았을 때 평균성을 벗어나 있는 것이지만 이로써 석란은 남성과의 에로틱한 사랑이 삶의 중심문제인 여성의 국한된 삶의 방식을 벗어나게 된다.[34] 이처럼 더 이

---

34) 파이어스턴(Shulamith Firestone)은 남성과 여성의 서로 다른 성심리의 구성이 여성의 억압에 기여한다고 하였다. 즉, 남성들은 그들의 리비도를 창조적인 작업 프로젝트로 승화시키는 것을 배우지만 여성들은 그렇지 못하다는 것이다. 그래서 남성은 사랑의 필요를 인식의 필요로 바꾸어 놓지만 여성은 그것이 용이하지 않은 것이다. 다라서 대부분의 여성은 솔직한 온정과 동의의 추구를 결코 멈추지 않는다. 그러므로 여성은 정서적인 유지를 위해 일방적인 방식으로 남성에게 계속 의존하게 된다. 남성의 자랍은 그들에게 명백한 정치적 우세를 부여하고 그 정치적인 우세가 여성억압에 기여하는 다양한 사회구조를 영속시키도록 한다는 것이다. 슐라미스 파아어스톤, 『성의 변증법』, 풀빛, 199쪽

상 사랑의 성취를 인생의 궁극적인 성취로 받아들이지 않는 여성은 박화성 소설에 자주 등장하는 여성인물 유형이다. 가부장제에서 구축된 사랑의 형태와 그 내면의 이데올로기는 여성을 수동적으로 만들고 남성에게 종속시킨다. 사랑이라는 것이 여성의 삶의 목표가 됨으로써 여성에게 불리한 것으로 구성되어 있다면 여성들 역시 이를 인생의 부차적인 사건으로 치부함으로써 삶의 주인이 되어야 한다 석란은 사랑에 초월적인 태도를 취함으로써 오히려 남성들의 존경과 사랑을 얻는다.

이러한 여성의 삶이 창조된 것은 여성의 일상적 생활을 전형적으로 형상화함으로써 리얼리티를 얻기 위한 것이 아니라 작가가 지향하는 여성해방의 이상적 구현체로써 존재하는 하나의 삶의 유형을 제시하기 위해서였다. 여성의 삶이 곤궁하기는 하되 이의 탈출구가 전혀 보이지 않는 상황에서 작가는 이상적 여인을 창조함으로서 이 사회와 주관적으로 화해하고 있는 것이다.

나) 순결/비순결의 경계 넘기

한국전쟁을 배경으로 한 소설 『거리에는 바람이』도 종래의 수동적인 여성상을 탈피한 적극적인 여성의 일생담으로 형상화되고 있다. 국토가 분단되자 자유를 찾아 월남한 서윤주의 인생은 전쟁과 가부장적 장애요소를 견디고 살아남는 '생존의 서사'의 한 유형이다. 이 주인공의 생애를 통하여 여성에게 순결은 절대적이라는 사회적 통념, 남성의 외도를 용인하는 사회적 통념, 종교적 진리는 절대적이라는 사회적 통념들이 거부된다.

윤주는 자유를 찾아 홀로 월남한 여성이다. 북에 남아있는 가족들을 기다리는 동안 부산의 이모 댁에서 지내기로 한 윤주는 고향 아주머니의 도움을 받아 양키물건 장사를 시작한다. 그녀는 스스로 돈을 벌어서

대학에 진학하고자 한다. 이러한 지식에의 욕구와 경제적 독립의 욕구
는 강한 의지와 실천력의 소유자로써 윤주의 면모를 보여준다. 이러한
면모는 '빳빳한 성미'. '빳빳하고 콧대가 센' 성격으로 표현되지만 소극
적이고 새침 떠는 여자들에게 흥미를 못 느꼈던 사촌동생 동수는 이제
까지의 여자들과는 다른 윤주의 매력에 사로잡히게 된다. 윤주는 남성
들의 사랑의 대상으로써 '아름다우나 비지성적인' 여성의 이미지를 벗
어난 모습으로 나타난다. 그러나 윤주는 부산에서 만난 송인달에게 관
심을 가지게 되고 이에 질투심을 느낀 동수는 그녀를 겁탈한다. 이 사
건으로 윤주는 자살을 결심하지만 자살을 결행하려는 순간 자신이 임
신이 아니라는 사실을 알고 새로운 삶을 결심한다. 그러나 이미 '더럽
혀진 몸'으로 사랑하는 인달에게 갈 수 없었던 윤주는 전시임에도 불
구하고 어렵게 도강증을 얻어 서울로 올라간다. 윤주는 전쟁으로 인하
여 삶의 터전을 빼앗겼을 뿐 아니라 어렵게 뿌리내리기 시작한 타지의
생활에서도 겁탈이라는 전형적으로 남성중심적인 사건으로 말미암아
또다시 삶의 터전을 빼앗겼다.

서울에서는 도강증을 얻는 과정에서 알게된 아주머니의 도움으로 장
사를 시작한다. 그녀에게는 윤주 만한 딸이 있었는데 전쟁이 터지자 애
인과 함께 산으로 올라가 버리고 말았다. 이 딸에 대한 그리움으로 아
주머니는 윤주에게 친절히 대해 주었다. 그러나 장사를 익혀갈 무렵 그
녀를 따라다니며 장사를 가르쳐주던 아주머니 댁의 정서방이 그녀를 겁
탈하려 하므로 그에게 부상을 입히고 그 집을 나와 숨어산다.

그녀는 생존을 위해 계속 새로운 일을 시도하지만 남성들의 성적 욕
망의 대상이 됨으로써 그 일들은 좌절되고 마는 것이다. 그러한 속에서
도 인달을 잊지 못하였던 윤주는 인달의 집에서 운영하였다던 명동의
운동구점을 배회하다가 결국 그를 다시 만나게 된다. 그동안의 사연에
도 불구하고 이제 서로 헤어질 수 없는 완벽한 사랑을 확인한 그들은

약혼을 하게 된다. 온갖 우여곡절을 겪은 그들에게 '순결'은 더 이상 문제되지 않는다. 이제 그녀는 스스로의 노력에 의해 근친상간의 죄의식에서 벗어났으며 사랑하는 남성과 결합함으로써 고난은 극복되는 듯하다.

그러나 결혼을 얼마 남겨두지 않고 한 여인이 인달의 아이를 낙태하였다는 사실을 알고 윤주가 일방적으로 파혼을 선언한다. 이는 질투의 감정에 의한 것이 아니고 인달이라는 인물의 인격에 대한 회의에서 비롯되는 결론이었으며 이로써 남성이게 일시적인 외도는 이유를 막론하고 용인되는 사회적 현실에 저항한다. 그는 이러한 사회적 묵인이나 개인적 행복을 위해서 인달의 잘못을 용서하지 않는다.

삶에 지친 윤주는 성직에 투신하여 삼년의 세월을 타인에 대한 봉사의 나날로 보낸다. 그러던 중 북에 있을 때 사랑하였던 태섭을 만나게 된다. 태섭은 오랜 세월 윤주만을 기다리며 성직에 몸담아 왔으므로 그녀를 만나자 결혼을 서두른다. 하지만 그녀는 자신의 일체 과거를 고백하고 그의 청혼을 거절한다. 이러한 고백을 들은 태섭은 그녀에게 인달이라는 남성을 사랑하고 있으면서도 종교에의 투신만을 고집하는 것은 되지 않는 편협이며 윤주의 오만과 허세이고 '혼자만 고고한 채 높은 곳에서 내려다보겠다는 거'이라며[35] 그녀가 표방하는 종교적 헌신의 태도를 비판한다. 이러한 식의 봉사활동이라면 종교적 진리는 한갓 허위에 불과하다는 것을 지적한 것이다. 그러므로 종교적 진리의 절대성보다는 인달의 진실한 애정을 받아들이는 것이 더욱 인간적인 결단이라는 것이다. 이는 진리는 태도로 절대의 위치에서 군림하려고 하는 종교적 행위에 대한 반성이 스며 있는 것으로 종교적 봉사의 정신은 절대의 차원이 아니라 인간의 삶 속에서 실현되었을 때 비로소 의미 있는 것임을 의미한다.[36] 이러한 사건들로 혼란스런 가운데 윤주는 4.19

---

35) 박화성, 『거리에는 바람이』, 1964, 284쪽

데모대를 만나고 그 가운데 부상당한 인달을 발견해 병원을 향해 달려
가는 것이다.

　윤주는 분단으로 인하여 삶의 터전을 잃고 새로운 생활을 개척하면
서 두 가지의 가부장제의 모순-여성에게 부과된 순결의 이데올로기와
남성의 외도를 용인하는 사회적 통념을 경험한다. 이러한 사건들을 가
부장제의 유지를 위해 창출된 제도로서 순결의 이데올로기가 남성들에
의해 침탈되면서도 여성이 그 죄가를 감수해야하는 모순된 사회구조를
보여준다. 윤주가 이러한 무순을 극복할 수 있었던 것은 자신의 삶의
목표를 스스로 수립하고 합리적으로 그에 대처해 나갈 수 있는 정신적
강인함에 있었다. 그리하여 그녀는 정의의 역사적 대열에서 부상당한
남성의 최후의 구원자가 될 수 있었던 것이다.

　그러나 그럼에도 불구하고 윤주도 하나의 오류를 범하는데 그것은 자
신이 겪은 인간적 고뇌의 흔적들을 종교에 투신함으로써 무화시키고자
하였던 것이다. 그러나 윤주는 태섭을 통하여 종교의 지고지선한 진리
의 태도는 사실은 지고지선-신성불가침이 아니라 편견과 오만에 불과
할 수도 있다는 새로운 깨달음을 얻는다. 윤주와 인달의 재회는 부권제
의 이데올로기와 종교적 진리의 절대성을 극복함으로써 이루어진 과정
이었고 그들의 만남의 장은 독재자의 절대적 지위를 거부하는 저항세
력의 무리들 속에서 였다. 박화성은 암시적으로나마 절대적 진리의 태
도를 취하는 가부장제, 종교적 진리, 정치의 독재를 동일맥락에서 비판
하고 있는 것이다.

　『내일의 태양』,『창공에 그리다』에서도 여성의 순결의식에 대한 문제
를 제기하고 있는데 작가는 이러한 문제를 해결하는데 무엇보다도 여성
의 적극적인 삶의 태도가 중요함을 강조하고 있다. 여기서 등장하는 여

---

36) 이러한 박화성의 종교관은 식민지 시대 그의 대표작「한귀」에서도 나온 바 있다. 박화성
　　이 유아세례를 받은 기독교인이라는 것을 고려한다면 이러한 종교관 역시 무엇보다 인간
　　의 삶 그 자체를 중시하는 작가의 인생관을 살필 수 있는 하나의 요소라 한 수 있다.

주인공들은 모두 결혼에 실패했고 새로운 사랑의 결실에 결혼의 실패가 방해의 요건이 되나, 여기서 보여주는 주요 갈등은 '헌여자'로 속칭되어지는 사회적 통념으로부터 비롯된다. 그러나 이러한 문제에 직면한 여성들은 강인한 성격으로 이러한 갈등을 극복한다. 이로써 그들은 한국적 가부장제의 불문율인 정절의 이데올로기를 극복하고 있는 것이다.

『내일의 태양』에 등장하는 남희라는 6.25 동란 중에 아버지에게 도움을 주었던 심중령과 결혼하였으나 그가 기혼남이라는 사실을 알고 단호히 이혼하다. 그녀는 돈을 벌기 위해 다방의 카운터를 보다가 윤형진이라는 남성을 알게 된다. 희라는 자신의 과거를 고백하고 그의 구애를 거절하였으나 형진은 오히려 희라에게 결혼해주기를 요청한다. 그러나 결혼식을 올리기로 한 날 형진의 집에서 이 사실을 알고 파혼을 선언한다.

형진은 이 사실에 분노하여 가족들과는 관계없이 그들만의 결혼식을 올리자고 주장하지만 희라는 집안이 반대하는 가운데 불안정한 사랑을 이루기보다는 자신이 아무리 큰 어려움을 겪더라도 승낙을 얻어내겠다고 결심하고 혼자 시댁으로 들어가 편찮으신 시아버지를 위해 시병살이를 한다. 거기서 희라는 아름다운과 겸손함, 병시중을 드는 섬세함으로 시댁 어른들은 감복하게 마침내 행복한 결혼식을 거행한다. 박화성은 이 소설을 통해 삶에 적극적인 여성을 그리고자 하였다고 한다. '비처녀'의 행복한 결혼을 그렸다는 점에서 전혀 그런 의의가 없는 것은 아니다.

그러나 불행한 여인의 행복한 결혼에도 불구하고 이 소설이 페미니즘적 입장에서의 성패여부는 면밀히 고려해 보아야한다. 희라는 자신의 치명적 결함—처녀가 아니라는 결함('헌여자' 혹은 '깨어진 바가지'에 비유되는)에도 불구하고 매력적이고 건장한 은행원(당시 은행원은 최고의 엘리트가 종사하는 직종이었다)과 결합한다는 점에서 일단 가부장제에서 금기시 되고 있는 비처녀와 총각의 결합이 이루어진다. 이 소설이 페미니즘적 의의라면 희라라는 여성이 자신의 과거를 '죄'라거나 '부끄러운 것'이라고 느끼지 않는다는데 있다. 당대의 사회적 분위기를 고려한다면 이러한 희라의 의식은 상당히 진보적인 부분이 있다,.

하지만 희라가 형진과 만나서 결혼하기까지의 과정은 철저히 가부장제의 이데올로기를 답습하고 있다는 데 문제가 있다. 희라라는 여성은 하얗고 매끄러우며 꽉 쥐면 으스러질 듯 호리호리한 여인으로 퍽 동양적인 아름다움을 지닌 여성이다.

성품의 면에서는 침착하고 인내력이 강하여 시댁 어른들의 부당한 요구에도 불구하고 잘 참는다. 이 인내력과 남을 도와주는 품성, 그리고 조신한 몸 자태 등이 윤씨 집안에서 결혼을 허락하게 하는데 중요한 여건이 되었던 바, 이러한 특성이야말로 가부장제 사회에서 양육된 가부장제에서 요구하는 여성의 전형적인 특성이었던 것이다. 질병에 대한 풍부하고도 과학적인 상식이 도움이 되었으나 이는 『거리에도 바람이』에서 현석란이 주장하던 "여성도 과학의 정신에 살아야한다"는 구호를 가부장제에 가장 완벽하게 편입하는 방식으로 유효 적절하게 사용하였던 것에 불과하다.

가부장제에서 부여한 성 역할의 범위를 벗어나지 않은 채 과학의 정신을 배우는 것은 애국계몽기의 여성교육관을 그대로 답습하고 있는 것이다. 그러나 이것이 시대적 퇴보만을 의미하지 않는 것은 우리의 여성적 지위가 애국계몽기에 주장하던 사회적 구호조차 충족시킬 수 없는 상황이었기 때문이었다. 여성은 여전히 문명보다는 자연에, 이성보다는 본능에 가까운 존재였으며 그러한 방식으로 과학적 담론에서 제외되어 있었던 것이다.

또한 희라의 행위를 긍정적으로 볼 수 있는 것은 그녀가 남성의 욕의 대상에 머문 것이 아니라 스스로 행위의 주체가 되어 사랑을 성취하고 있다는 점이다. 이는 우리문학에 등장하는 대부분의 여성들이 지닌 '희생양적 이미지'의 여성들은 우연성과 수동성에 의한 운명에의 지배를 받았다면[37] 희라의 경우는 가족을 위해 자기 희생적으로 심중령과 결혼하였으나 사랑하지도 않는 심중령의 첩노릇을 과감히 탈피하였고 고난을 극복한 끝에 사랑하는 형진과의 결혼을 이루었다. '희생양적 여성이미지'의 벗어남과 가부장제에의 완벽한 편입이라는 두 개의 범주 사이에서 불완전하게 자리잡은 것이 『내일의 태양』의 희라가 보여준 페미니즘적 성취였던 것이다.

(다) 달변의 여성들

부권제 사회를 중심으로 구성된 언어체계에서 여성들은 어눌하거나 침묵하게 된다.[38] 언어나 문자는 남성들이 통어하는 사회에서 발생한 것이므로 이러한 언어와 문자를 습득할 기회가 적은 여성들은 자신을 잘 표현할 수 있는 언어를 찾지 못한다. 문학적 정전에 등장하는 여성들의 언어도 이와 유사하여 자신의 진정한 욕망을 언어화하지 못하고 남성의 욕망을 거울처럼 비춘 수동적 언어를 구사한다.[39]

반면에 박화성의 소설에 등장하는 여성들은 '언어의 빈곤'이라는 여성적 장애를 극복한 '달변의 여성'으로 나타난다. 또한 이 여성들의 언

---

37) 이의 비근한 예를 고소설과 근대소설에서 하나씩 들어보면 「심청전」과 채만식의 『탁류』를 살필 수 있다. 심청이나 『탁류』의 초봉이는 모두 집안의 횡액으로 인해 희생양이 된 경우이다. 이 두 텍스트는 우리 사회에서는 가정을 위해 여성들이 매매되거나 원치 않는 혼사를 하는 것이 미덕이 되어온 사회라는 것을 보여준다.

따라서 심청이는 신작인 세계의식의 내부에서 권선징악적 차원의 구원을 받게 된다. 그러나 이것은 엄연히 현실의 논리에서 벗어나 있는 것이다. 이는 역설적으로 현실에서는 희생양적 여성에게 구원의 손길은 있을 수 없다는 것을 반증하는 예이기도 하다.

반면 '초봉'이는 희생적 결혼에의 운명에서 탈피하지 못하고 운명에 수동적으로 순응하다가 살인을 저지르는 파탄에 이르고 만다. 이것은 미약한 정체성을 지녔을 뿐 아니라 사회에 활용할 수 있는 지식을 획득하지 못한 대부분의 여성들이 밟아가는 과정이라고 한 수 있는 것이다.

하지만 희라는 자신의 현실을 직시하고 스스로의 판단과 선택으로 행복을 추구한다는 점에서 종래의 여성상을 탈피하고 있는 것이다.

어는 섬세하고 아름답지만 비논리적인 언어가 아니라 논리적이고 분석적인 언어를 구사하는 여성이다. 이의 대표적인 여성으로 희숙을 들 수 있다. 『내일의 태양』의 희숙은 정치과 학생으로 이론이 정연하고 성격 또한 활달한 근대적 여성이다. 그녀는 희라와 윤형진, 형진의 친구 선우억과 만나는 자리에서 남성과 여성에게 각기 분배된 성역할에 반감을 표시한다.

> "아까 말씀에 어패가 있어요. 수재이며 웅변가이며 정치가인 나를 부럽다구 하시구선 그게 남성적 소질이라니, 그래 여잔 수재가 못되구 웅변가나 정치가가 못된다는 말씀인가요? 이때까지 그런 인식착오를 가지고 계신다면 숙녀의 예의 상이라고 권고하신 선우선생님의 전례를 따라서 충고하겠어요."
> 윤형진이 입가에 미소를 보인 채로 희숙을 주시했다. 선우억도 그랬다.
> "인공위성이 나르는 이십세기의 후반에서 생활해야하는 청년의 자부를 가지시라구요. 소질에 남녀적인 구분을 붙인다는 건 수공업 시대의 유물인 걸 알으시라구요."[40]

희숙은 여성을 대표하여 사회일반이 지닌 여성에 대한 편견에 일침

---

38) 얼레인 쇼월터, "황무지에 있는 페미니스트 비평", 『페미니즘과 문학』, 문예출판사, 1988, 34~38쪽
39) 우리 문학사에서 흔히 언급되었던 현진건의 「빈처」, 「타락자」, 김유정의 「안해」, 「소낙비」, 「만무방」, 채만식의 『탁류』, 『태평천하』, 염상섭의 『삼대』에 등장하는 여성들의 언어가 그러하고 주요한의 「사랑방 손님과 어머니」, 계용묵의 「백치아다다」는 벙어리 혹은 벙어리와 유사한 여성이다. 여성들이 강한 자의식을 가진 경우라면 김동인의 「감자」, 나도향의 「물레방아」, 이상의 「날개」, 최명익의 「심문」등의 여성과 같이 정숙하지 못한 일탈된 여성이다. 이선희의 「여인숙명」, 「매소부」, 「연지」, 지하련의 「결별」, 「가을」, 「산길」의 경우와 같이 여성의 느낌과 정서를 언어화한 경우는 극히 적으며 이는 비평가들에 의해 폄하되고 무시된다. 황순원의 『카인의 후예』, 『나무들 비탈에 서다』, 오상원의 『백지의 기록』, 장용학의 『원형의 전설』, 손창섭의 「잉여인간」, 「유실몽」, 이범선의 「오발탄」등 전후소설에 등장하는 여성들도 이러한 방식으로 유형화 한 수 있다.
40) 박화성, 『내일의 태양』, 앞의 책, 108쪽

을 가한다. 그녀는 '남성'과 '여성'에게 부과된 사회적 통념-상식에 반
기를 들고 있는 것이다. 남/녀에 대한 사회적 담론의 형성은 이데올로
기로 구축되어 있고 이 이데올로기의 범주 내에서 남녀의 기질, 역할,
지위 등이 결정된다.41) 이때 수재, 웅변가, 정치가는 당연히 남성적인
자질이며 남성의 직업이다. 윤형진과 선우억은 이 사회적 통념에 준하
여 희라의 전공이 남성적이라고 이야기하였던 것인데 희라는 그들의 통
념이 잘못되어 있음을 지적한다.

남녀의 이원적 역할 구분에 언제나 민감한 반발을 보이는 희숙은 그
의 언니 희라가 곤경에 처했을 때 적극적으로 나서서 언니를 변호하는
과감함을 보인다. 희라의 과거를 알고 파혼을 선언한 형진의 집안에서
희라와 희라의 어머니를 비난하려들자 희숙은 언니가 그 결혼을 원했
던 것이 아니라는 사실을 들어 남성은 추궁하고 여성은 침묵하는 추궁
/침묵의 가부장적 관습을 깨뜨린다.

"정말 자과는 부지(自過不知)라더니 퍽 남을 할퀴기 좋아하는 성질이
시군요. 이젠 또 우리 어른들을 원망하시나요?"
희숙이의 과격한 말에 형옥의 입술이 쌜룩거렸으나 기어코 열리지는
못하였다.
"왜 못 해? 어른이 어른답으면야 몬말릴까바?"
"참 누가할 소린지요. 어른이 어른다우면야 내일 결혼식을 앞두고 이
렇게 평지풍파를 만들어서 온통 몇 집에 소동을 일으킬까요〉"
"그래 이게 우리 탓인가?"
"그럼 당신네가 일으킨 소동이지 누가 일으켰어요?"
"아니 머가 이리 건방지노? 아니 그래 누가 새 총각에 헌 메누리 얻을
사람 있노 말이다. 그래 멀 잘했다고 이리 큰 소리를 하는고?"
"그러니깐 말예요. 당시 말마따나 우리 언니가 헌여자이었던 건 결혼

---

41) 케이트 밀레트, 『성의 정치학』, 현대사상사, 1983, 상권, 54쪽

식 이전의 일이거든요. 그 헌 여자가 곱다랗게 있는 걸 왜 결혼식에까지
오게 하고, 이제는 이렇게 막다른 골목에서 곤경에 빠지게 했느냐, 이것
을 외려 이쪽에서 강경하게 항의해야 하거든요. 끄런데 됩데 고깔루 그
쪽에서 큰소릴 치니 말예요. 적반하장도 분수가 있지 그래 이런 법이 어
디 또 있기에 어른들을 오시라 가시라 하는거예요?"[42]

희숙의 언니 희라는 이혼녀로서 총각과 결혼하려했다는 이유로 형진
의 집안사람들에게 추궁을 당할 처지에 이르렀는데 희숙은 이의 대변
자로 나서 언니가 추궁을 당할 이유가 없다고 이야기한다. 희숙의 언어
는 논리적 절차를 밟아 자신의 주장을 관철시킨다. 그녀는 남성과 여성
의 사이에 주어진 추궁/침묵의 상식적 묵계를 깨뜨림으로써 여성이 당
하는 부당한 현실에 저항한다. 박화성의 장편소설에 등장하는 '달변의
여성들'은 이제껏 표현의 징세를 겪고 있던 '침묵하는 여성들'의 소극
적 삶의 태도를 벗어난다. 『고개를 넘으면』의 영옥과 혜순, 『거리에는
바람이』의 석란, 『내일의 태양』의 희라 등이 이러한 여성의 범주에 들
어간다. 박화성의 소설에 등장하는 최고의 엘리트 여성인 혜순과 희숙
은 정치학을 공부하러 미국으로 유학을 떠나는데 그들은 '정치학이란
곧 말공부'라고 선언한다.

이상에서 살펴본 바와 같이 박화성이 장편 소설에서는 자아실현을 위
한 여성들의 노력과 성취에 관심을 기울인다. 이것을 통하여 여성이 살
아가는 새로운 삶의 방식을 제시한다. 이 여성인물들 삶을 문명적으로
받아들이고 이를 수용하는 태도를 넘어서서 자아를 실현하며 이는 가
부장제의 여성억압적 기제를 넘어서는 것으로 형상화된다. 이것이 이
시기에 씌어진 장편소설의 페미니즘적 의의이다.

2. 세태비판과 체험의 문학

---

42) 박화성, 앞의 책, 204쪽

앞에서 살펴본 바와 같이 전후의 장편소설에서는 계몽주의적 여성해 방의식이 투사된 여성인물이 주인공이 되어 여성의 자아성취를 보여주 고 있다면 이와 비슷한 시기에 얻어진 단편소설에서는 계몽적 사고에 근거한 낙관주의 대신 구체적인 삶으로부터 출발한 사회비판의식이 나 타나고 있다.

이러한 소설은 주로 1960년대부터 씌어지기 시작하는데 이는 근대적 이상으로 받아들어졌던 자본주의 사회가 실은 모순에 가득 차 있다는 깨달음을 보여준다. 그러나 소설을 창작하는데 있어 종전의 방법과는 달리 선취된 이념으로부터 소재를 취택하지 않고 자신의 체험으로부터 사회의 모순을 그려내고 있기 때문에 이전의 소설에서 지배적으로 나 타나던 낙관주의는 사라진다. 이것은 계급의식이나 계몽의식 등으로 민 족의 미래에 확고한 전망을 제시하고자 하였던 이전의 작가적 태도와 많은 차이를 보여주는 것이다. 소설의 주인공도 지식인 전위나 지적 엘 리트가 아닌 평범한 소시민들이 등장한다. 이러한 인물들의 삶을 통하 여 물질적인 풍요에도 불구하고 점차로 각박해져 가는 인정세태를 묘 사하고 이를 보편적 휴머니즘의 차원에서 수용하려는 태도를 보여준다.

그러나 이 시기에 씌어진 단편 소설이 1960년대 이후 진행되던 산업 화시대의 다양한 문제점을 정확히 그려내고 있다고 볼 수는 없다. 작가 는 전후 남한의 문단에서 과학적 합리주의라는 구체적인 지향점을 가 지고 창작에 임하였으나 사회전반의 분위기가 기대에 어긋나게 되자 더 이상 계몽적 낙관주의에 머물 수는 없었다. 그러나 이러한 사회적 현상 에 대한 탐색은 다분히 피상적인 수준에 머물렀다고 할 수 있다. 그런 까닭에 소재의 폭이 다양화되기는 하였으나 그만큼 창작의 결실이 알 차게 되지는 못하였다.

그럼에도 불구하고 이 시기의 소설이 주목되는 것은 선취된 이념보

다는 자신의 생활 체험내에서 소재를 취택한 창작방법의 변모로 인하
여 인물과 사건이 다양화되고 구체화된다는 점이다. 이 시기에 씌어진
작품은 보편적 휴머니즘의 차원에서 수용하는 도시세태비판의 소설과
여성체험을 반영하고 있는 여성중심적 소설로 나누어 살펴볼 수 있다.

1) 보편적 휴머니즘과 도시세태 묘사

정치인들의 선거 비리를 다룬「원두막 풍경」이나 일제시대에 부귀와
권세를 누리던 세 노인들이 기원에 모여 지난날 자신들이 누리던 영화
를 부끄러워하기 보다 그 시절의 환상에 사로잡혀 있는 아이러니한 현
실을 보여준「딱한 사람들」, 부유하거나 권력과 쉽게 손잡을 수 있는
집안의 청년들은 낭만도 추구하고 해외유학도 떠나며 군 입대에서도 면
제되거나 쉬운 보직으로 떨어지지만 정말로 돈을 벌어 가계에 도움을
주어야 하는 가난한 청년들은 군에 입대해야만 하는 모순된 현실을 보
여주는「별의 오각은 제대로 탄다」와 같은 소설에서도 작가의 세태비
판의 태도는 눈에 띈다. 이러한 소설들은 해방은 되었으나 아직 식민지
잔재는 완전히 청산되지 못하였고 권력은 여전히 부패되 있는 남한의
사회현실을 고발하고 있는 것이다.

> 참 알 수 없는 일은 병역이었다. 홍권은 대학 일학년 때인가 학도병으
> 로 지원하더니 논산에서 훈련기를 마치고 전방에 잠깐 나갔다가 와서는
> 줄곧 서울에서 통학했다. 무슨 후생사업이라든가 하는 덕분으로 일년 반
> 을 적당히 끝낸 것이다.
> 그리고 봉환 역시 자원입대 했는데 훈련을 마치고 얼마쯤있다가 불란
> 서 유학생 자격시험을 치러 합격했다고 하더니 육군본부에 근무하게 되
> 었으나 행운아는 남달라서 사흘은 군대에서 사흘은 집에서 통근하는 특
> 전을 입었던 것이다.[43]
> 그런데 경식만은 중학때부터 오로지 가정교사로만 대학까지를 마친 가

난뱅이였다. 등록금을 마련하려면 눈에서 피가 빠지도록 동분서주로 발에서 불이 나게 돌아다녀서야 겨우 기일 최종 마감 시간에 도달하였던 것이다. 그러면서도 항상 명랑하고 씩씩하고 지칠 줄을 모르는 사나이! 의지적이요, 현실적이요, 노력한 것만큼 얻는다는 것이 그의 신념인 경식이, 분외의 것은 터럭 끝만치도 바라지 않는 경식이가 졸업후에 천신만고로 얻은 그 좋은 직장에서 물러나 입대하던 하루 전날 밤에

"용준아! 그런다고 원 이렇게 박절한 운명이 있을까? 겨우 동생들 학업이나 계속 시킬까 했던 것이…." 하면서 눈물을 보이던 경식!

절망을 모르던 한 인간이 어쩔 수 없는 각박한 찰라에서 부르짖던 그 말소리가 아직도 구슬프게 귓속에 남아 있는 것이다.

'아아, 너나 나나 같은 환경이 아니냐!' 44)

여기서 홍권이나 봉환은 부유한 집안에서 풍요로운 환경을 누리며 공부한 인물들이고 경식과 용준은 가난한 집안에서 어렵게 공부한 인물들이다. 경식과 용준은 집안의 일을 돕기 위해 군에서 면제되기를 바라나 그들의 삼 년 간의 군 입대 생활을 치러야만 한다. 반면에 홍권이나 봉관과 같은 여건 좋은 사람들은 손쉬운 병역생활을 하게 되고 해외유학의 길에 오르는 것이다.

용준이 입영하는 날 그의 절친한 친구인 문규는 불란서 유학의 길에 오른다. 용준은 '혼자만 버림받은 것 같은 서글픔이 전신에 소름처럼 퍼졌으나 다음 순간 제 인생에 부여된 의무를 당당히 치러 내리라는 흥분 같은 것이 혈관에 돌고 있음' 45)을 느낀다. 용준이는 이처럼 현실을 받아들이면서도 자신은 이러한 환경의 어려움을 극복하고 목적하는 바를 이루어 내리라는 의지를 암시적으로 보여준다.

「팔전구기」도 이와 비슷한 작품이다. 정윤철은 계속 기자시험을 치르

---

43) 박화성, "별의 오각은 제대로 탄다", 『잔영』, 1968, 휘문 출판사, 175쪽
44) 박화성, 앞의 책, 176쪽
45) 박화성, 앞의 책, 193쪽

지만 학연과 지연에 밀려 불합격된다. 아버지가 젊은 시절에 첩을 두어 가산을 탕진하였기 때문에 그는 학업을 온전히 마치지 못하였다. 그러므로 학연으로 뭉쳐진 우리 사회에서 취직하는 일이 용이하지 않다.

> "K고등학교나 S대학 졸업생은 아무래도 유리하다는 거야. 동점이라면 물론 그쪽이요, 이차에서는 동점은커녕 한 두 점수 모자란대도 그 편이 뽑는다거든, 그러니…."
> "오오라, 그래서 그 K고등학교 졸업생이요. S대 학사님인 김형식군은 합격이 되셨구나. 으음, 참 자앙하다. 장해!"[46]

작가는 이러한 윤철의 조건을 통해 남성의 외도가 가지고 오는 가족의 해체, 혈연과 지연으로 얽혀 있는 비합리적인 사회의 현실을 비판한다. 그러나 그가 취직이 되지 않는 더 중요한 이유는 그가 면접시험을 치를 때 "구악을 일소하고 참신을 바탕으로 하여 근대화를 위한 전 추진력을 부여하겠다"고 공약한 현정부에 대해 그들이 공약을 지키지 않은 점을 들어 비판적인 태도를 취하거나「한일 국교 정상화와 우리의 입장」이라는 논문 시험에서 자신의 소신을 밝히거나「한일 국교 정상화와 우리의 입장」이라는 논문 시험에서 자신의 소신을 밝히는 등 바른 말 하기를 주저하지 않은 까닭이다. 이러한 갖가지의 이유들로 윤철은 여덟 번이나 언론사 시험에서 떨어진다. '바른 말이 통하지 않는' 사회인 것이다. 그러나 그는 아홉 번째 시험에 합격한다. 바른말만을 고집하는 윤칠이의 소극적 저항이 승리를 거둔다. 윤칠이 신념을 굽히지 않고도 신문기자가 될 수 있었다는 것은 작가가 여전히 낙관적 신념을 가지고 있음을 보여주는 것이다. 따라서 이 작품은 현실의 모순된 국면을 취택해 그것을 형상화하려 했다는 점에서 단순한 세태묘사의 수준을 넘

---

46) 박화성, [팔전구기],『잔영』, 휘문출판사, 1968, 237쪽

어서고 있다고 할 수 있다.

그러나 교통정책의 변화에 따라 실직하게된 전직 택시 조수 영남의 하루를 그린 「비 오는 저녁」, 백정의 딸이었으나 좋은 가문에 시집을 가서 다복한 생활을 하는 인천학생과 양반의 자손이지만 일찍 남편을 잃고 바느질을 하며 살아가는 딸의 인생을 대비하며 그 현실을 받아들이는 「샌님마님」, 폭력적인 장난을 일삼는 어린이들의 정서를 우려하는 국민학교 교사의 내면을 그린 「어둠 속에서」, 강도와 잡범이 많은 서울 밤거리에서 택시 기사를 하는 민수의 아슬아슬한 생활을 그린 「성자와 큐피트」, 34년 전 집에 들었던 도둑과 최근에 들었던 도둑의 행동의 차이를 비교하며 오늘날 인간성이 각박해졌음을 깨달아 가는 「34년 전후」와 같은 작품은 현실의 본질적 국면을 파악하려는 노력보다는 변화한 세태를 관찰자적인 입장에서 비판적으로 묘사하면서 한편으로는 이러한 사회의 현실을 보편적인 휴머니즘으로 감싸안으려는 태도를 보여준다. 이로써 동반자작가 시절 이후 박화성의 소설에서는 사회에서 일어나는 대립과 갈등의 관계가 모순의 본질적 관계를 해명하는데 들어서지 못한다고 할 수 있다.

1973년에 발표하여 문단의 관심을 끌었던 「휴화산」은 이러한 문제점을 어느 정도 내포하고 있으나 그의 해방 후 작품 중에서는 가장 무게 있는 소재를 다룬 소설이라는 점에서 주목해 볼 만하다. 이 소설은 당시 문학작품에서 별로 다루지 않았었던 제주도 4. 3 사건을 소재로 하였다. 앞에서도 밝혔듯이 박화성은 1948년 제주도의 4. 3 사건을 소재로 한 「활화산」을 지은바 있으나 이것은 남편에 의해 불살라져 버렸다.[47] 그로 인하여 작가가 4. 3사건을 어떠한 역사적인 맥락에서 형상

---

47) 이 [활화산]은 당시의 사건을 본격적으로 다룬 소설로 이 작품이 없는 상태에서 박화성이 이 사건을 어떤 각도에서 해석하고 있는가를 명백히 알 수는 없으나 그의 소설에서 근대화의 한 방편으로 미국에 대한 선망이 나타나고 있는 것으로 보아 이 사건이 해방 직후의 미군정체제의 모순에 저항한 민중의 항쟁이라는 역사적 해석이 이루어지지는 못하였을 것으로 보인다.

화하고 있는지는 분명히 제시되지 않는다.

「휴화산」은 4.3사건의 후일담이다. '나'는 4. 3사건에서 목숨을 잃은 신재식과 혼령결혼식을 올린 고정애의 아들로 이러한 연유로 해서 '귀신의 아들'이라는 별명을 얻는다. 어머니는 나를 임신한 상태에서 여순 사건에 관련된 인물을 숨겨주었다는 혐의를 받고 여수 형무소에게 수감되었다가 그곳에서 '나'를 분만하였다. 이러한 출생의 경력은 사람들이 '나'를 귀신의 아들로 치부하며 놀리기에 좋은 빌미가 되었다.

> 고정애가 이곳으로 끌려온 것은 크리스마스의 열기가 돌기 시작하는 12월 22일, 이해들어 제일 혹한이던 동짓날이었다. 동지팥죽을 한 솥 가득히 쒀놓고 붙들려온 것이다.
> 여수순천 사건이 발생된 본거지 인데다가 그로부터 두 달밖에 경과되지 않은 시가의 분위기는 역시 제주사건 이후의 제주성내의 그것과 흡사하였다. 다만 경찰보다도 군인들의 활약이 주도적인 것만이 달라 보였다.[48]

인용문을 보면 작가는 제주 4. 3 사건과 여순 반란 사건이 동일한 정치사적인 상황에서 발생한 것이며 제주의 사건에서는 경찰이 민간탄압의 주도 세력이었다면 여순 반란 사건에서는 군인이 주도하여 반란군을 토벌하였던 역사적 상황을 비교적 분명하게 제시하였다고 할 수 있다. 하지만 이 소설은 4. 3 사건이 일어난 지 오랜 세월이 지난 시대를 배경으로 씌어진 후일담문학으로써 명문가인 고씨 집안의 사람들과 '나'와의 마찰에 초점이 주어져 있다. '나'는 4. 3 사건의 피해자로 사회에서 여러 가지 부당한 대우를 받고 있으나 오늘날까지 가문의 영예를 누리는 고씨 집안의 사람들보다 도덕적으로 우월하다는 것을 알고 오히려 자부심을 느껴야 할 것을 작가는 주장한다.

---

48) 박화성, [휴화산], 『휴화산』, 창작사, 1973, 112쪽

그도 그럴 것이 '나'의 외가댁인 고씨 댁은 제주도의 오랜 명문가일 뿐 아니라 군과 관에 많은 인재를 내었던 집안이다. 그들은 군경과 투쟁하다 전사한 신재식이나 그와 혼령결혼식을 올린 딸을 모두 무시하였고 그들의 아들인 '나' 역시 철저히 무시당하여 왔다. '나'는 어머니가 구멍가게를 하여 번 돈으로 무사히 명문학교에서 학업을 마칠 수 있었으나 마음 속으로는 이민을 결심한다. 그는 아버지에 대해서 아무것도 모르는 채 아버지로 인해 피해만을 입으니 차라리 이 나라를 떠나고자 한다. 어머니는 이러한 아들의 결정을 만류한다.

> "인간이 생존하는 가치도 조국이 있으므로이요 외국에서나 국내에서 열심히 배워 학위를 따고 성공하려는 것도 나라에 봉사함으로써 보람과 영광이 있는 것이지 외국에 이민으로 나가서 제 일신의 호구에만 일생을 바친다면 그건 국민으로서 긍지를 잃는 것이 아니냐? 난 차라리 내 나라에서 거지가 될 지언정 딴 나라에 가서 부자가 되기를 원치 않는 주의다. 어미의 뜻이 이런데 자식인 네가 어떻게?"
> "그럼 나는 어쩌란 말입니까?"
> 이번에는 내가 어머니께 아프게 반문했습니다.
> "귀신의 자식으로 살아가란 말인가요?"
> "네가 왜 귀신의 자식이란 말이냐? 엄연히 훌륭한 아버지가 계신데…"
> "어머니! 툭 털어놓고 말씀해 주십시오. 내가 알고 싶어하는 모든 사실을요, 네? 어머니"
> "그래"[49]

이제부터 고정애가 털어놓을 이야기가 아버지를 죽음으로 몰아넣은 4. 3 사건의 진상이다. 작품 속에서 이러한 내용이 구체적으로 다루어지지는 않는다. 그러나 유신이후 경직된 1970년대의 분위기에서 군관

---

49) 박화성, [휴화산], 『휴화산』, 창작과 비평사, 1977, 125~125쪽

의 부당한 횡포에 저항하였던 인물의 이세가 진정한 애국자의 후예임을 보여준 이 작품의 시대적 의의는 크다. 그러나 이 작품이 후일담 문학이니 만큼 해방 직후 우리 민족의 혼란스러움을 총체적으로 제시하지는 못하였다.

이상에서 살펴본 바와 같이 이 시기의 소설들은 현실에 존재하는 복잡다기한 모순들을 각각 독립시켜 형상화한 다원적 세계관을 보여주었다는데 그 의의가 있다. 이 경우 초기의 소설에서 보여준 바 계급의식이나 계몽주의의 담론의 원칙에 의해 배제된 또 다른 피억압의 요소가 발생하지는 않는다. 이와 더불어 소설 속 인물들은 좀 더 현실적인 모습으로 구체화되고 있는 모습을 보여준다.

이 시기의 작품이 현실모순의 문제를 다루었으나 그것이 충분한 사실성을 획득하지 못한 것은 형상적으로 보이는 모순들을 더 집요하게 해명하고자 하지 않고 인정주의와 보편적 휴머니즘에 의해 화해시키거나 비판하려고 하였기 때문에 발생한 것이지 작가가 일원론적 세계인식을 포기하고 관심의 영역이 다원화되었기 때문에 빚어진 결과는 아니었다고 할 수 있다.

2) 모성과 부덕의 좌절된 경험

이 시기에 씌어진 단편소설 중 특히 가부장제하에서 살아가는 여성의 경험을 여성의 입장에서 형상화하고 있는 소설들이 있는데 이 소설들은 여성의 삶을 지배해 왔던 부덕과 모성의 문제에 새롭게 관심을 보여주고 있다는 점에서 이전의 소설에서 보이던 여성의식과는 다른 모습을 보인다. 이 단편소설들에서는 박화성이 당대의 모순적 현실을 극복하려는 모색으로써 계급의식을 창작 원리로 삼았던 동반자문학에서부터 성격과 환경의 분열을 주관적으로 극복하고자 하였던 통속 장편

소설에 이르기까지 외면되었던 여성들만의 구체적 생활체험이 나타나고 있는 것이다.

이러한 단편소설에서 박화성은 모성, 부덕, 순결, 남성의 외도 등 가부장제에서 여성에게 부여하여 왔던 다양한 억압기제 자체가 비로소 소설화되고 있다는데 주목할 가치가 있다. 이것은 남성과 계급혁명에 동참하거나 혹은 남성과 동일한 교육을 받아 논리적 담론체계의 내부에 들어가는 것만으로는 남녀의 진정한 평등을 이룰 수 없다는 새로운 자각을 보여준다. 그것은 여성이 일정한 사회적 담론을 획득한다고 해서 남녀 평등에 도달할 수 없다는 여성의 이중적 존재 양식에 대한 자각이다.

이러한 자각은 여성인물들이 어떤 계기에 의해서 자신의 삶을 혹은 다른 여성의 삶은 다시 한 번 관찰해 보는 것으로부터 비롯된다. 이로써 이제까지 여성의 경험은 단지 '타자' 로서의 경험에 불과하였다는 '자기발전'의 이야기가 중심을 이룬다. 이러한 단편소설에서는 특히 모성과 부덕의 이데올로기가 여성자신의 체험을 얼마나 소외시켜 왔고 또한 기만적인 것이었는가를 보여주기 위해 여성으로써 칭송 받고 살아온 삶이 지니는 텅빈 의미를 집요하게 추적하는 특징을 보여준다.

「부덕」은 조교주의 부인 명희 어머니가 딸을 시집보내고 남편의 장례를 치르면서 비로소 부덕의 여인으로 살아온 자신의 인생을 되돌아본다. 그러나 부덕의 여인으로 칭송을 받았고 그것으로 자부심을 삼았던 자신의 인생이 실은 자신의 선택한 삶이 아니라 타자성을 내면화한데 불과함이 드러난다.

조교주는 신간회 간부이기도 하였던 대지주로 소작인의 이익을 위한 사업에 앞장서고 찬조금 내기도 주저하지 않아 마을 사람들이 섬 어구에 송덕비까지 세워준 사람이다. 이러한 일로 인하여 그가 명희 어머니 외에 네 명의 첩을 더 두었으나 그것도 허물이 되지 않았다. 마을 사람들은 오히려 "열 여자 마다는 남자는 없다"며 그가 많은 여자를 거느린 것이 그의 인격에 버금가는 능력이나 되는 듯이 이야기한다. 그들은 모두 가부장제의 이데올로기와 부루주아의 이데올로기를 내면화하고 있는 인물들인 것이다. 그러나 그 누구보다는 부권제의 이데올로기를 내면화한 여성은 조교주의 아내와 첩들이다. 아래로 네 명의 시앗을 본 명희어머니는 그 네 명을 고르게 잘 거두었다. 또한 첩들도 법도에 어긋나지 않게 행동해 그들의 부덕이 원근 촌에 유명하였고 혹은 '세상의 축첩 하는 사내들의 보감이 되었다.'[50]

　명희어머니는 자신이 그렇게 인생을 살아온 데 대해서 회의하기보다는 자부심을 가지고 있었다. 그것은 회의되어서는 안될 절대의 진실이었고 그의 인생을 설명할 수 있는 유일한 기준이다. 명희어머니는 철저히 가부장제의 이데올로기를 내면화하고 있는 것이다. 따라서 그녀는 부덕을 가볍게 여기는 딸을 나무란다.

　"언니, 부디 행복스럽게 잘 살아요. 그리고 언니도 모쪼록 부덕이 높은 여인이 되어 주세요."
　하고 고개까지 살짝 숙여 보였다.
　"애두, 쑥스럽게스리…나꺼정 부덕이 높아서 어쩌란 말이야?"
　"명희야 그 무슨 소리냐? 여자란 부덕이 있어야 하는 건데, 명옥이 말이 옳지 않느냐. 나꺼정이라니…"[51]

　상객으로 전주에 따라 갔던 숙부님과 사촌, 동서 내외가 돌아와서 명희 시댁의 칭송을 침이 마르게 했다. 가문이 좋고 재산이 넉넉하고 우애들이 있고 사람을 아끼고 그저 좋은 점은 다 들어서 늘어놓건만 장성댁의 귀에는 솔깃한 말이 하나도 없었다. 판에 박아 놓은 듯 좋다는

---

50) 박화성, [부덕], 『잔영』, 휘문출판사, 1968, 109쪽
51) 박화성, [부덕], 앞의 책, 117쪽

말뿐이기 때문이다.

> "참 형님, 그 집에는 작은집 법이 영 없대라우."
> "응?그래?"
> "오 대째 내려오면서 한번도 그런 일은 없었다고들 자랑합니다."
> "자랑할만하고 말고, 그런 장한 일들이 그리 흔할 것인가?"[52]

앞의 예문에서는 명희어머니가 부덕으로 살아가기를 거부하는 딸에게 여자가 부덕으로 살아가는 것은 당연한 것이라 주장한다. 그러나 이것은 여자로서 당연히 받아들여야하는 당위라고 생각할 뿐이지 그것이 딸을 행복하게 하리라는 믿음 때문에 그런 것은 아니다. 아래의 예문은 그러한 장성댁의 솔직한 심정이 우회적으로 나타나는 있다. 그녀는 남편이 들인 첩들의 치다꺼리로 살아왔지만 딸에게는 그러한 삶을 물려주고 싶지 않은 것을 깨달으면서 내면의 소리를 듣기 시작한다.

게다가 장성댁은 남편의 급작스런 죽음과 더불어 자신의 헛된 부덕의 길에 새삼스레 회의를 느낀다. 작은 집들은 미리 떼어준 재산으로 농사를 짓고 있지만 큰집의 체모로 남은 재산을 이리저리 떼어주고 유산이라고는 거의 없는 형편인데 둘째 첩의 아들이 그에게 돈을 요구한다.

> 하루는 영호가 무슨 문서를 들고 왔다. 내용인즉 장례비용이 초과되어 부의금에서 지불하지 못한 것이 있으니 혹 아버지의 저금이 있으면 내어 달라는 말이었다.
> 장성댁은 화를 벌컥 내었다.
> "아니 그걸 왜 내게다 말하느냐?"
> "돈은 너희 집에 가 있지 왜 내게 가 있다는 말이냐?"
> 영호는 빤히 장성댁을 노려보다가 울컥 내뱉었다.

---

52) 박화성, 앞의 책, 123쪽

"그렇게 말씀하시면 어떡합니까? 아, 그만 두서요. 알아들었습니다"

영호는 벌떡 일어나 나가 버렸다.

장성댁은 그만 방바닥에 엎드렸다. 남편의 눈자위에 물도 돌기 전에 벌써 이런 일이 생기다니…

남편이라는 기둥 위에 고요히 화려하게 쌓아 올렸던 「부덕」이라는 사층탑은 남편이 죽어 기둥 위에 고요히 화려하게 쌓아 올렸던 「부덕」이라는 사층탑은 남편이 죽어 기둥이 부러져 버리매 하루아침에 흔적도 없이 허물어져 버린 것이다.

"흥 부덕!"

장성 댁은 혼자서 중얼거려 본다.

"낡아빠진 소극적인 부덕이라고?"

장성 댁은 다시금 뇌어 보는 것이다.[53]

남편의 죽음은 이처럼 보다 현실적인 차원에서 부덕을 지키며 사는 삶의 덧없음을 드러내 보여준다. 장성 댁이 이제까지 살아온 삶은 자신의 감정과 물질적 생활을 모두 역류하여 살아온 삶이었음이 드러났는데 이로서 부덕이 여성에게 부과하는 본질적인 속성은 밝혀진다.

한편 「잔영」, 「현대적」과 작품은 여성이 부덕을 지키지 못함으로 해서 한 가족으로 인정받지 못하고 소외되어 버리는 사건들을 보여줌으로써 관념적 이데올로기에 불과한 부덕이 얼마나 여성에게 억압적으로 존재하는가를 보여준다.

「현대적」이라는 작품은 여성에게 강요되는 부덕 중 순결의 요구가 부당하다는 것을 보여주고자 한 것이다. 작가는 이러한 목적을 위해 칠순이 넘은 안순애여사의 과거문제를 제기한다. 안순애여사는 관운과 재운을 탄 남편의 덕분에 평안하고 행복한 여생을 보냈다. 뿐만 아니라 이 나이에 이르기까지 화장에 신경을 쓰는 등 남편에게 만족을 주고자 하

---

53) 박화성, 앞의 책, 129쪽

며 가정의 화목에 각별히 신경을 써 그의 남편도 이날까지 아내에게 충
실하였다. 그러나 안순애가 이동진과 결혼하기 이전에 다른 남성과 결
혼했던 사실이 밝혀지자 남편이 이에 분노하여 안순애 여사를 외면한
다. 70이 넘어서 이런 일이 터질줄 몰랐던 안순애 여사는 이러한 남편
에게 죄스러운 마음이 들기보다는 분노를 느끼며 자살을 선택한다. 이
는 40여 년 간 다복하게 살아온 부부지간에 벌어진 이야기라는 점에서
여성에게 요구하는 정절의 이데올로기의 허구성이 풍자되고 있다. 이런
점에서 이 소설은 부권제의 이데올로기를 해체하고자 하였음을 알 수
있다.

안순애의 첫 결혼과 재혼의 과정은 이제까지 긍정적 여인으로 전형
화 되었던 순결하고 정숙한 여인의 행위와 상당히 거리가 있다는 점에
서도 그러하다. 그는 자신의 목적을 달성하기 위해 사실을 은폐하며 새
로운 일을 모색하고 자신이 목적하는 바를 추구하는 악녀형의 여성이
다. 그러나 작가는 안순애의 시점에서 이야기를 전개해 나가 그녀의 행
위에 공감력을 높이고 있다. 역시 부권제 이데올로기를 역전시키고 있
는 것이다.

안순애는 원래 초녀라는 이름으로 우씨 과부의 딸이었다. 우씨부인은
가난하여 돈 많은 조씨에게 초녀를 시집보냈다. 그러나 그의 열 세 살
짜리 아들이 "너 때문에 우리 엄마가 병나서 쫓겨갔다"고 포악을 부리
자 그는 조씨에게 첫째, 그와 영원히 남이 되었다는 것, 둘째, 어린 처
녀의 앞길을 꺾었으니 적당한 금액을 지불하라는 것, 셋째, 다시 두 번
초녀를 찾을 때 자기는 초녀를 죽이고 저도 죽겠다는 조건을 들어 그
와 헤어졌다. 이것이 18세 때의 일이다.

그녀는 조씨에게 받은 돈을 들고 노력하여 E 전문학교의 추천생이 되
었다. 이때 이름을 안순애로 개명하였다. 그리고 이동진을 만나 정열과
전략과 기교로 그와 결혼하였다. 그녀보다 학식과 집안과 인물이 뛰어

나고 나이도 어린 윤정화를 물리친 결혼이었다.

이러한 안순애의 삶의 역정은 비밀과 거짓과 은폐로 일관되어 있지만 자신의 신분적 한계를 뛰어넘은 지략의 여인이라는 입장에서 긍정적으로 묘사된다. 그리고 남편은 이러한 여인이 이끄는 안정된 가정에서 건강과 행복을 누리면서 살아왔다. 그러므로 남편이 느끼는 배반감은 비합리적이고 고착적인 태도라 할 수 있다.

> 입으로는 현대적이나 뭐니 열심히 뇌이고, 또 사실 결혼식만은 그의 현대적인 사고에서 성공하였지만 이동진의 부부관이란 극히 단조롭고 봉건적이어서 여자의 개가를 적극 반대하는 사람이었다.
> "여자란 한 번 몸을 망치면 그게 끝이지 두 남자를 갖는다는 것은 엄격한 의미의 매춘이 되는거야."[54]

남성이 여성에게 부여하는 이중적 기준이다. 이로써 남편이 아내에게 요구하는 순결의 비합리성은 비판된다. 남편의 비서를 사랑하여 집안에서 쫓겨난 여인의 이야기인 「잔영」과 같은 소설도 여성에게 불륜이란 조금도 용납될 수 없는 사회를 보여주고 있다는 점에서 같은 맥락에서 이해할 수 있다.

이와 대비하여 살펴볼 수 있는 작품이 「평행선」이다. 이 작품은 서로 동서지간인 정여사와 영선이의 부부관계에 촛점을 맞추어 진행된다. 그들의 남편은 모두 아내를 속이고 외도를 하였지만 정여사나 영선은 모두 그러한 사실을 모른 채 남편에 대한 신뢰와 자부심으로 가득 차 있다. 반면 상대방 남편의 외도를 알고 있은 이 두 여성은 서로에 대해 동정심을 가진다. 이 소설은 「평행선」이라는 소설의 제목에서도 알 수 있듯이 여성과 남성이 영원히 합치될 수 없는 속고 속이는 관계에 있음을 암시하고 있다. 남녀가 화해할 수 있는 낙관적 공간은 제시되지

---

54) 박화성, [현대적], 『휴화산』, 창작과 비평사, 1977, 50쪽

않는 것이다. 이 두 작품을 대비해 보면 남성의 거짓은 일상화되고 여성의 거짓은 절대로 용서되지 않는 서로 다른 생활세계, 경험의 세계가 공존하고 있음을 알 수 있다.

여성의 삶에 있어 결혼이 중요한 만큼 어머니로서의 역할도 중요하다. 박화성의 소설에 나타는 모성은 상당히 포용적이다. 그르이 소설에는 아버지가 부재하고 어머니가 아이들을 기르며 물질적 정신적 지주의 역할을 한다. 어머니들은 자신의 아이들을 위해서는 무슨 일이라도 한다. 이러한 모성의 적극성은 식민지 시대나 전후 단편소설이나 모두 동일하게 나타난다. 그로나 식민지 시대의 어머니들은 너무도 가난하여 어머니의 역할을 다 할 수 없었다면 이 시기의 소설에서는 그 자식들이 어머니의 모성을 이용하고 심지어는 기만하는 모습으로 나타난다.

어머니들은 이러한 실상을 알면서도 자발적으로 이러한 굴레를 참고 수용한다. 이러한 어머니의 희생에 의해 아들이 개과천선을 하는가 아닌가는 그리 중요한 문제가 아니다. 소설은 모성의 위대성과 감화력에 촛점을 두고 있는 것이 아니기 때문이다. 여기서 나타나는 모성은 모성이 가져다 주는 기쁨을 간과하거나 혹은 여성의 대안적 이상으로 격상시키는 데 목적을 두지 않았다. 반면 어머니 역할이 단지 행복한 것이 아니라 어머니 노릇의 이면-즉 힘들고 부담스러운 책임을 동반한다는 사실에 관심을 기울인다.

「원죄인」은 남편이 전쟁으로 납치된 후 서른 아홉의 젊은 나이에 오남매를 혼자 키운 여인이 아들을 장가들였는데 그 며느리와 아들이 허영심에 들떠 집안의 분쟁이 끊이지 않는 이야기이다. 게다가 아들까지 어머니에게 금전적인 요구를 해오고 어머니에 대해 나쁜 소문까지 내고 다니는 것이다. 나는 아내로부터 이러한 사실을 전해 듣는다.

"한번 강군이 와서 집을 팔자구 하니깐 어머니가 강경하게 자르더래요. 한 번 나갔으니 다신 들어올 생각말구 자립하라구요. 그러니깐 온통

세간을 들부수고 몸부림을 치더래요.

"허어! 이거 정말 큰일났군!"

"사실은 해산 때 입원비랑 다 줬대요. 김장이야 저도 돈 버니깐 안 줘도 되지만 힘껏은 도왔다거든요. 전도사인들 대학생이 둘이나 되구 어떻게 여우가 있겠어요. 그런데 정말 모성이란 거룩한가봐. 전도사 말씀이 자긴 악한 어머니가 되어도 좋으니 제발 아들이 나쁜 사람 되지 않게 하라구요. 자긴 죽어버릴 인간이니깐 괜찮지만 아들은 장래가 있지 않느냐구. 어쨌건 힘 닿는대로 갚아 보겠대요"55)

강군의 어머니는 아들의 잘못에도 불구하고 끝내 어머니로써의 역할을 포기하지 않으려 한다. 그러므로 어머니의 역할은 '원죄'로 표현되는 것이다.

「어떤 모자」도 이와 같은 유형의 작품이다. 원주마님은 막내아들의 학비를 벌기 위해 남의 집 살이를 하며 힘겨운 인생을 살아간다. 형들은 이미 안정된 생활을 시작하였지만 막내아들이 아직 자리를 잡지 못한 것이 안타깝고 형들의 눈치를 받을까 염려되어 원주마님이 자발적으로 남의집살이를 시작한 것이다. 그러나 아들은 이러한 어머니에게 시도 때도 없이 돈을 요구할 뿐 아니라 어머니에게 다정하지도 못하다. 방학이 되어 아들과 함께 살아보려고 집을 옮기자 아들은 아예 집으로 들어와 보지도 않는다. 방학동안 돈을 벌기 위해 직장을 잡았다는 핑계인 것이다.

"대체 석달 동안이나 뭘하고 있었기에 한번도 안왔었니?"

"돈이 필요 없으니까 안오거니만 생각하심 되시지 않아요?"

그럼 어미는 돈이 없을 때만 찾는가 싶어 서운하고 야속한 마음도 들었다. 어쩌다가 점심을 먹으로 오는때가 있었다. 예고도 없이 불쑥 들어

---

55) 박화성, [원죄인], 『잔영』, 휘문출판사, 1968, 212쪽

와서 찬밥을 먹기 일쑤여서 원주마님은 조반보다도 점심에 더 정성을 들었다.

"참 사람이 살기가 이렇게 어려울까? 지금은 방학이나 되니깐 괜찮지만 학교에 다닐땐 취직을 해선 안되겠군 그래."

원주마님의 날마다의 일이란 헛상차리기와 식인 밥 혼자 먹기와 영준의 의복과 양말을 빠는 것이었다.[56]

아들은 끊임없이 어머니를 기만하고 어머니는 그럼에도 불구하고 아들을 믿는다. 그러나 아들은 아편을 구입하기 위해 어머니의 돈이 필요했던 것임이 밝혀진다. 아들은 이를 반성하고 아편을 끊기로 결심하고 원주마님은 이러한 아들의 결심에 만족하지만 역시 원주마님의 모성은 아들에 의해 이용당하였던 것이다. 이것은 아들에 대한 사랑이 본능적이고 감정적인 차원에서 흘러 넘쳤기 때문에 이루어질 수 있었다. 아들의 행동은 의심할 수 있는 요소들이 너무나 많이 있었지만 원주마님은 아들을 단 한 번도 의심해 보지 않는다. 자식에 대한 한없는 사랑이 그 아들을 타락으로부터 구원할 수 있었다는 점에서 그 모성에 가치를 부여하기에는 너무도 힘겹고 고달픈 삶의 역정인 것이다.

3. 소 결

이상에서 살펴본 바와 같이 전후의 박화성 소설은 식민지시대의 소설과 비교해 볼 때 사회의식이나 여성의식에서 많은 변모를 보여준다. 그리고 장편이냐 단편이냐에 따라서도 그의 세계관을 드러내는 방식에서 일정한 차이를 보여준다. 장편 소설에서는 자아실현을 위한 여성들의 노력과 좌절 그리고 그 성취에 남다른 관심을 보이고 있다. 그리하여 소설의 주인공을 통하여 여성으로 살아가는 새로운 가능성을 탐색

---

56) 박화성, [어떤 모자], 앞의 책, 296쪽

한다. 이 여성들은 여성의 운명에 대한 사회적 통념을 넘어서 여성의 자아실현을 억압하는 가부장적 이데올로기를 극복하는 여성들로 형상화된다. 이러한 여성인물들은 결혼이나 연애의 문제에 집착하지 않고 자신의 인생을 개척하기 위해 최선의 노력을 기울이는 여성으로 주로 남성의 아내나 애인으로써 등장하던 종래의 전형적인 여성상을 벗어나 있다. 작가의 사회의식은 주로 이러한 여성들의 삶의 방식을 통해 나타난다.

작가가 이상적으로 생각하는 여성인물들의 공통적인 특성은 첫째, 교육의 혜택을 충분히 받은 여성으로써 그들의 의견을 말하는데 거침없고 그들의 생각을 행동으로 옮기는데도 사회적 이념적 제약을 받지 않는다는 점이고 둘째, 경제적 자립능력이 있어 남성에게 의존하지 않을 수 있다는 점이다. 결국 이 여성들은 자신의 지적 능력과 경제적 자립을 통해 자신의 취향과 성격에 맞는 인생을 설계한다. 『고개를 넘으면』의 영옥과 혜순, 『벼랑에 피는 꽃』의 석란과 관숙, 『거리에는 바람이』의 윤주, 『내일의 태양』의 희숙 등이 이러한 유형의 여성으로써 이러한 여성들은 문학적 정전에서 나타나는 일반적인 여성의 모습에서 벗어나 있다. 그런데 이러한 인물들은 주로 부차적인 인물로 설정된다. 반면 수동적이고 소극적인 성격을 지닌 『고개를 넘으면』의 설희, 『내일의 태양』의 희라는 정체성의 위기나 첫 결혼의 실패라는 현실적인 문제에 직면하여 자아를 발견하고 자신이 목표하는 바를 이루게 된다. 여주인공들의 행위는 주로 가부장제의 이데올로기에 의해 구성된 여성억압적인 상황을 극복해나가는 과정에 초점이 주어진다. 그러나 이 역시 합리적이고 이성적인 주체로써의 이상적 여성상을 벗어나는 것은 아니다. 오히려 『고개를 넘으면』이나 『내일의 태양』이라는 작품에서는 주인공 격에 속하는 여성인물들이 수동적이고 봉건적인 성격으로부터 점차 적극적이고 합리적인 성격으로 성장해 나가는 모습을 보여줌으로써 여성인물들이 타자적 위치에서 벗어나 주체적 여성으로 성장하는 과정을 통해 전형적인 여성과 이상적인 여성간의 간극을 좁힌다.

이처럼 박화성의 장편소설은 여서의 전형저인 삶을 구체화함으로써 얻을 수 있는 사실성 포기한 대신 가부장제의 사회에서 주변부 집단으로 형성되어 있는 여성들이 사회의 중심부로 진입하는 방식으로써 이상화된 여성상을 형상화하고 있다고 할 수 있다. 이러한 인식을 기반으로 할 때 남성과는 다른 여서의 독특한 문화적 생물학적 체험은 깊이 있게 고려되지 못한다. 텍스트에 나타난 여성인물들의 삶을 다시 한번 주목하여 보면 이러한 문제점들은 금방 발견된다.

박화성의 장편소설에서 여성들이 가부장제의 억압을 극복하기 위해서는 남녀가 동일한 교육을 받고 평등하게 경제활동에 참여한다는 기회균등의 원칙이 실현되어야 한다. 그러나 이러한 원칙은 첫째, 이 사회에서 기회균등이라는 것이야말로 관념적인 이상에 불과하며 둘째, 이러한 산술적 평등성이 인간의 삶에 그대로 실현되리라는 이성중심적 사고에 의해서 그 여성의식과 사회의식은 구체성을 잃게된다.

『고개를 넘으면』의 금옥은 설희의 유모의 딸로 총명하고 싹싹한 성격으로 형상화된다. 그러나 금옥은 "소나무는 솔잎을 먹고살아야 한다"는 봉건적인 사고를 가진 부모에 의해 교육기회가 박탈되어 버린다. 그리하여 금옥은 한동안 공적 교육을 받지 못하고 설희의 잔심부름이나 하면서 살아간다. 이 금옥에게 은전을 베푸는 것은 설희의 어머니이다. 그녀는 금옥의 총명함을 아껴 그녀를 중학교에 진학시킨다. 이로서 인간평등에 있어 교육의 중요성을 강조하는 작가의 윤리의식은 어느 정도 균형을 획득하는 것 같다. 그러나 그것은 유금지라는 여인의 개인적 은전에서 비롯된 것에 불과하다. 게다가 금옥이는 중학교육에 만족해야하고 혜순이는 외교관이 되기를 꿈꾸며 유학의 길에 오르는 현실을 볼 때 교육기회의 균등은 관념적 이상에 불과하다든 것이 증명되는 것이다.

　이러한 이성중심적인 사고는 여성의 생물학적 문화적 조건의 차이도 깊이 있게 고려하지 못한다. 『벼랑에 피는 꽃』의 석란이 교육사업에 투신할 수 있었던 것은 그녀와 임성운 사이에 후사가 없었던 까닭에 용이하였던 것이다. 작가는 석란을 불임의 여성으로 만듦으로써 여성의 생물학적 특성에 의해 간과되어서는 안될 임신과 육아의 문제를 의도적으로 외면하고 있다. 이에 대한 깊이 있는 탐색이 외면되고 있음으로 해서 『고개를 넘으면』에서 가장 현명하고 결단력 있으며 활기에 차있어 사회와의 융화에 폭넓은 가능성을 보이는 영옥이가 주어진 학문적 성취의 기회를 포기하고 철규의 아내로써 위치를 선택하는 공허한 결말을 내리게 된다. 이처럼 소설의 여주인공의 행위구조를 볼 때 이 시기의 소설은 여성의 진정한 체험을 바탕으로 한 여성의 전반적인 문제를 포괄하였다고는 할 수 없다.

　하지만 단편소설에서는 이러한 문제점들이 어느 정도는 극복된다. 이 소설들은 주변 세태를 묘사함으로써 사회문제나 여성문제가 자연스럽게 드러난다. 그리하여 권력 지향적인 사람들의 부정과 비리가 폭로되고 혹은 권력의 불공정하고 부패한 모습이 그려지기도 한다. 이러한 세태비판의 소설이 사회의 다양한 모순 점들을 심도 있게 형상화하지는 못하였지만 동반자작가시절부터 가지고 있었던 현실비판의 태도를 여전히 보여주고 있다는 점에서 의의가 있다.

　이 시기의 소설에서 주목되는 것은 비로소 구체화된 여성의 내면적 체험이 형상화되고 있다는 점이다 동반자시절의 문학은 여성이 조선의 빈궁화 현상에 저항하는 운동에 동참함으로써 봉건적인 여성의 수동성을 벗어나고 계몽주의적 문학에서는 여성이 교육을 통해 주체화됨으로써 가부장제의 억압을 벗어나게 되지만 이 여성인물의 삶이 다분히 이상적이고 그런 만큼 관념적인 것이었다면 단편소설에서는 좀 더 구체적이고 현실적인 여성의 삶이 반영되어 있다. 그것은 여성에게 부여된 어머니로서의 역할이 힘겨운 책임으로 느껴질 수도 있다는 여성중심적인 관점이 부여된 의식이다. 이러한 여성인물의 형상화로 인해 여성의 해방은 여성과 남성을 동일시하는 방식으로만 이루어 질 수 없음을 보여준다.

또한 전후의 장편 소설은 삼각관계의 연애구조나 자아를 성취하는 로맨스 구조를 차용하여 소설의 흥미를 끌고 있으며 이와 더불어 소설의 주인공들이 영웅화됨으로써 사회문제나 여성문제가 상당히 가볍게 처리되었다는 것을 인정할 지라도 여성인물들을 통해 결혼, 이혼, 순결, 여성의 수동성과 적극성에 대한 사회의 고정관념을 해체하고 있으며 이로써 여성의 가부장적 이데올로기에 저항하고 있다는데 의의를 찾을 수 있다. 대중소설에서 사실성을 벗어난 대신 적극적이고 활달하며 의지를 가지고 자신의 욕망을 끝내 성취하는 여성들이 형상화된다는 점도 중요한 것이다.

5. 결론

5. 결 론

박화성은 1930년대에 강경애와 더불어 중요한 동반자작가의 한사람으로 꼽히는 여성작가였다. 뿐만 아니라 해방이전과 이후를 통해 봉건적이고 수동적인 이미지를 벗어난 강한 주체적 여성을 주인공으로 설정하여 그의 여성해방의지를 문학작품에 수용하고 있었다. 따라서 그이 문학은 사회의식과 여성의식이라는 두 개의 관점에서 고찰할 때 그 의미가 더욱 풍부하게 읽혀질 수 있다.

그의 생애를 살펴보면 그는 유년 시절 아버지의 외도로 인하여 남성에게 비의존적인 주체적인 여성을 이상저인 여성으로 생각하였던 것을 알 수 있는데 이것이 지도자의식으로 승화되었다. 그의 문학에 주제가 되었던 계급의식이나 근대주의는 이러한 지도자 의식을 토대로 하여 수용된 것이다.

1. 사회주의적 여성해방사상과 계급의식(1925~1940)

박화성의 식민지시대 문학은 경향적 이였다. 그는 일본의 식민지 수탈로 빈궁화되어가는 조선의 현실에 대응하여 계급의식을 가지고 창작에 임하였다. 그런데 그의 소설에 주인공은 대부분이 여성으로 설정된다. 따라서 이 시기의 소설에 등장하는 여주인공의 의식은 작품 속에 실현되었던 경향적 태도와 밀접한 연관관계를 가진다.

박화성은 본격적으로 작가활동을 시작하기 전에 씌어졌던 「추석전야」와 『백화』와 같은 소설에서는 어느 정도 지식이 있는 여성이 사회적 모순에 의해 신분이 전락한 상태에서 사회의 모순된 현실을 깨닫고 이에 저항하는 모습이 형상화된다. 이 여성들은 그 신분의 특성상 계급모순과 성모순의 담지자로 등장한다. 특히, 『백화』와 같은 작품은 계급의식이 서사적 통합의 원리로 가능하지만 기생의 시점에서 성모순을 비판하는 목소리가 상대적으로 강한 것에 주목된다. 이것은 이 시절에 작가의 무의식적 지향점이 어디 있었는가를 보여주는 것이다. 그러나 일본 유학 후 작가의 사회주의적 사상이 견고해지자 프로문학의 창작방법에 일정한 영향을 받으면서 동반자작가로써 활동하기 시작하였고 계급해방이 있기 전에는 여성해방이 있을 수 없다는 생각과 더불어 여성인물들의 형상화도 작품의 경향성과 일정한 관계를 맺었다.

식민지 현실을 형상화하는데 있어 낙관적인 현실인식의 태도로 임한 전반기의 문학에서는 사회주의사상을 가진 지식인이 등장하여 현실의 변혁에 참여하거나 아니면 무자각한 인물의 의식을 각성시킨다. 이 중 「하수도공사」와 같은 작품은 당시 목포의 하수도공사장에서 직접 소재를 취하여 현장성을 높인 작품으로 인물이나 사건의 전형성이 획득된 탁월한 작품이다. 이 작품이 당대에 씌어진 다른 경향소설과 다른 점은 지식인 전위인 동권의 의식변화가 가족과 연애문제가 함께 형상화되어 사회운동과 인간의 구체적인 삶과의 관계를 더욱 풍부하게 보여준다는데 있다. 이는 사회운동이 개인의 구체적인 생활과 매개되어 소설이 생경한 이념의 전달체로 전락하는 것을 막는다. 또한 이 소설을 통해 실현된 이념적 동지애는 1920년대 초기에 제기되었던 자유연애사상의 대안으로 제시되어지는 것인데 이로써 그가 당시에 생각하였던 여성해방의식의 지향점을 알 수 있다. 자유연애사상은 개인의식을 자각하는 여성들의 저항의 한 형태로서 봉건적 가족제도에서 벗어나기 위해서는 필연적인 문제제기였다고 할 수는 있으나 사회와의 연관성이 사장되어 있다면 동지애의 추구는 이러한 한계를 극복하고 사회적 주체로서의 여성을 형상화하고자 한 것이다.

「하수도공사」의 용히, 「두 승객과 가방」의 정채, 「논갈때」의 해선, 「헐어진 청년회관」의 효주 등은 모두 이념적 동지애의 의해 지식인 전위와 결합된 여성이다. 이 여성들의 남편이나 애인은 식민지 모순에 대응하여 사회운동을 하는 사람으로 감옥에 가있거나 이국으로 피신해 있는 상황이다. 이러한 소설들은 사회운동의 현장에 초점이 주어지기보다는 지식인 전위의 활동과 동지애적 여성의 연대를 동시에 읽을 때 그 의미가 더 풍부해진다. 또한 지식인 여성들은 계급의식에 이념적으로 동조하거나 참여함으로써 봉건사회에서 주변화된 위치에서 벗어나 사회적 자아로 성장한다. 이러한 여성인물의 창조는 아직까지 봉건적 이데올로기가 강하였던 당대의 분위기를 고려해볼 때 선진적인 여성의식을 반영하고 있는 것이다.

일제의 제국주의 정책이 강화되었던 식민지후기의 소설은 빈궁화된 조선의 현실에 밀착해 들어감으로써 초기소설이 보여주었던 형상화의 관념성을 극복하고자 한다. 「홍수전후」나 「한귀」와 같은 작품은 특히 조선의 빈궁한 조선의 여성이 겪고 있는 생활의 다중고가 객관적인 묘사에 의해 사실성을 얻는다. 특히 하층민 여성들의 훼손된 모성체험은 조선 빈궁화의 처참한 현실을 더욱 실감나게 체험시킨다. 어머니들은 빈궁에 대항하여 적극적이고 현실적으로 대체하지만 현실은 그들의 저항의지보다 더 큰 압력으로 작용한다. 이렇게 모성이 훼손되거나 가족이 해체되는 것은 더 이상 전망 없는 어두운 조선의 현실이 반영되어 있는 것이다. 박화성이 특히 빈궁을 형상화하는데 있어 남성작가를 능가하는 탁월성을 보여주는 것은 살림살이와 육아를 담당하는 어머니로서의 체험에 의해 그 생활상이 구체화되기 때문이다.

이러한 소설에 묘사되고 있는 여성의 삶도 주목할만한 가치가 있다.

여성인물들은 가사노동과 육아를 전담하고 두레와 같은 대외적인 일에도 참여하는 등 이중삼중으로 노동력이 착취되는 모습으로 형상화된다. 하층민 여성의 구체적인 삶이 탁월한 묘사에 의해 형체를 얻는 것이다. 그러나 이러한 여성의 삶이 단지 빈궁의 문제로만 형상화되고 있음으로 해서 박화성의 여성해방의식이 여성의 억압에 대응하는데 일정한 한계가 있음이 드러난다. 즉, 빈궁으로 인하여 여성의 노동력이 현장에 내몰리고 있음에도 육아와 가사노동은 여전히 여성의 일로만 국한 시켜 놓은 가부장제의 모순은 빈궁에 의한 억압구조와 구별되어 체험되지 않는 것이다. 또한 계급해방이 곧 여성해방의 길이라는 신념적 차원의 믿음에서 씌어진 「비탈」과 「중굿날」과 같은 작품은 여성의 허위 의식을 고발하거나 여성인신매매의 실상을 고발하고 있었음에도 불구하고 급작스런 계급의식의 각성으로 결말이 내려지는데 이것은 여성의 문제를 가부장제에 대한 고려 없이 무매개적으로 계급의식에 대치시킨 결과라 할 수 있다. 이럴 경우 소설의 플롯은 마르크스주의의 평등추구라는 근본적 취지와는 달리 배제주의, 위계질서, 목적론에 귀결되고 있는 것을 보여준다.

그러나 일본 제국주의의 폭압에 저항한다는 당대의 시대적 사명을 고려한다면 박화성의 동반자 문학이 가진 문학사적 의의가 가벼운 것일 수 없다. 또한 여성의 문제에 있어서도 조선시대 이후 강화되어왔던 봉건적 여성의 위상을 벗어나 계급해방의 이념에 동참하는 여성을 창조하여 계급문제라는 보다 큰 사회구조 속에서 이 문제를 아우르고자 하였다고 할 수 있다. 식민지 조선의 모순 극복에 대응하는 양식으로 민족문제에 천착하기보다 계급문제에 관심을 기울였다던가 계급모순과 여성모순의 상관관계를 명백히 설정하지 못하여 소설의 플롯이 파괴되는 것은 당대의 인식적 한계에 그 책임을 돌릴 수 밖에 없다.

2. 대중문학의 계몽성과 계몽적 여성해방의식 (1950~1980)

　재혼이후 한동안 문단생활을 그만 두었다가 해방 후 다시 창작을 시작한 박화성은 전쟁의 체험과 더불어 세계관의 일정한 변모를 보여준다. 그는 황폐한 민족의 정신에 합리주의를 정립하고자하는 의욕으로 대중적인 계몽소설을 쓴다. 이는 그의 지도자적 의식이 '외세의 부정' 이라는 대응방식에서 "근대국가의 수립' 이라는 방식으로 나아간 것이며 이와 더불어 사회의의 영향을 벗어나 여성문제에 더 깊은 관심을 보이기 시작한다. 그의 소설에 등장하는 인물들도 하층민에서 중산층으로 바뀐다.

　『고개를 넘으면』이 그 대표적인 소설이다. 이 소설은 설희라는 여성이 출생의 비밀이 밝혀짐과 더불어 타인과의 관계에서 벗어나 자기를 발견해 가는 자기발견의 서사이다. 이와 더불어 엘리뜨 계급에 속하는 남녀가 등장하여 조국근대화의 기치 하에 과학, 철학, 외교의 학문적 연마를 통해 조국의 근대화에 기여하는 모습이 형상화된다. 설희가 타자로부터 합리적 주체로 변모되어 가는 것은 근대화를 이룩할 젊은이들이 학문적 업적을 쌓아 가는 것과 동일한 맥락에 놓여 있는 것이다. 이후『벼랑에 피는 꽃』,『내일의 태양』,『거리에는 바람이』에 등장하는 여성은 일제나 한국전쟁에 의해 가정이라는 보금자리를 박탈당하였으나 황폐한 현실에도 불구하고 자아성취를 이루는 '성장소설'의 서사 양식을 보여준다. 이러한 여성의 창조는 진보적 이념이 폐쇄됨과 더불어 여성해방에 대한 사회적 관심이 차단된 당대의 문단적 분위기를 고려해 볼 때 확고한 여성해방 의지를 가지고 씌어진 소설이라 할 수 있다. 박화성의 소설에 등장하는 여성인물은 전후소설에서 양산되었던 창녀나 희생양적인 여성의 이미지를 벗어나 경제력과 합리적 지성을 무기로 하여 남편의 외도나 남성의 강간이라는 여성의 고통스런 체험을 극복하는 모습으로 형상화된다.

이러한 여성상은 당대 여성 일반이 지닌 전형성에서 벗어나 있으며 그 행동에 있어서도 주관적으로 가부장제의 현실을 극복하고 있어 통속적 양상을 드러내었다. 그러나 페미니즘의 입장에서는 이러한 통속성이 대중성을 확보할 수 있는 계몽의 한 방편으로 읽힐 수 있다. 그리하여 이 시기의 장편소설은 리얼리티를 상실한 대신 다면적이고 전인적이며 독립적인 여성을 창조하기에 이른다. 이러한 여성은 남성문학의 전통에서 나타나는 타자로서의 여성이 아닌 주체적 여성영웅이라고 할 수 있다. 이 여성들은 식민지 조선이나 한국전쟁의 황폐한 현실로부터 가부장제의 구조적 모순을 각성의 계기로 삼아 자아성취를 이루고 있는 것이다.

이 여성들이 가부장제의 억압구조를 벗어날 수 있는 최대의 무기는 합리적이고 논리적 언어이다. 이러한 언어를 사용하는 여성의 창조는 자신의 경험을 언어화하지 못하는 타자화된 여성의 위치에서 여성을 구제하고 있는 것이라 할 수 있다. 그러나 이러한 여성들은 주변부집단으로 형성되어 있는 여성들이 사회의 중심부로 진입하는 방식으로 이루어진 여성해방관에 의해 창조되어진 까닭에 생물학적 문화적 차이에서 발생하는 여성의 구체적인 삶을 외면하고 있다. 따라서 이러한 소설에 등장하는 주인공들은 미혼이나 불임의 여성이 될 수 밖에 없고『고개를 넘으면』의 영옥이와 같이 지성과 결단력을 가진 여대생이 결혼과 더불어 모성을 강조하여 가정에 안주하고 마는 것이다.

그러나 사회비판의 태도를 버리지 않았던 단편소설에서는 여성의 삶이 선취된 이론이 아니라 체험으로부터 구체화된다. 이러한 단편소설에서 작가가 바라보는 사회상은 물질문명은 발달했어도 사람의 인심은 더욱 메말라 가는 현실에 대한 세태비판에 기울어 있다. 「원두막 풍경」, 「딱한 사람들」, 「별의 오각은 제대로 탄다」, 「팔전구기」, 「휴화산」등의 작품에서는 현 사회의 모순을 비판하는데 있어 계급의식이나 합리주의

라는 일원론적 세계인식을 포기하고 경험의 세계로부터 현실을 묘사하
면서 이러한 세계를 보편적인 휴머니즘으로 감싸안으려고 한다.

여성의 체험도 마찬가지이다. 「부덕」, 「어떤모자」, 「원죄인」, 「평행선」
등의 작품에서는 부덕과 모성의 문제가 중요한 여성의 체험양식으로 제
기된다. 특히 이 시기의 모성체험은 식민지시대의 모성체험과 같이 빈
궁에 의해 훼손되는 것이 아니라 '거대한 어머니'라는 모성의 이데올
로기에 의해 희생되는 어머니 상으로 제시된다. 이제까지 여성의 삶의
지표가 되어 왔던 부덕이나 모성이 실은 여성을 억압하는 굴레가 될 수
있다는 인식이 나타나는 것이다. 그러므로 이 시기의 단편소설은 남성
과의 평등성만을 주장하는 단선적 사고방식만으로는 여성의 진정한 체
험을 올바로 형상화할 수 없다는 여성의 이중적 존재 양식을 환기시켜
주고 있다.

이상에서 살펴본 바와 같이 박화성은 시기에 따라 사회주의적인 세
계관이나 근대주의적인 세계관을 가지고 창작에 임하였고 그에 따라 여
성의식도 동일한 변모를 가져왔다. 만일 작품에 형상화된 사회의식의
수준을 척도로 하여 작품을 평가한다면 동반자작가 시절의 문학이 단
연 탁월한 작품이라 할 수 있을 것이다. 그러나 작가가 여성인물들을
통해 보여주고자 했던 새로운 유형의 여성상에 유념한다면 전후 장편
소설에 대한 가치도 일방적으로 폄하할 수만은 없다. 그이 오랜 문학
역정은 역사의 격동기를 살아온 여성의 끈질긴 고투로 읽혀질 수 있으
며 이러한 이해가 수반된다면 박화성 연구의 의의가 더 커질 수 있을
것이다.

참고문헌

1. 텍스트

「조선문단」, 「동관」, 「동아일보」, 「신가정」, 「문학창조」, 「청년문학」,
「신동안」, 「조선일보」, 「조선중앙일보」, 「조광」, 「오남평론」, 「중앙」,
「여성」, 「민성」등

〈 단 평 〉

이광수, 「소설선후언」   조선문단 1924. 12
이태준, 「박화성 저〈백화〉」   조선중앙일보 1934. 3. 25
홍 구, 「1933년 여류작가군상」   삼천리 1933. 1
양주동, 「여류문인 편감촌평」   신가정 1935. 1
이무영, 「여류작가개평」   신가정 1935. 1
김팔봉, 「구각에서의 탈출」   신가정 1935. 1
현동염, 「문예시평수제」   조선문단 1935. 1
김동민, 「박화성의 눈오는 밤」   매일신보 1935. 4. 2
이 청, 「여류작품총관」   신가정 1935. 12
한 효, 「박화성여사에게」   신동아 1936. 3
김문집, 「여루작가의 성적 귀환론-박화정 씨를 논평하면서」
                                                사해공론 1937. 3

안회남, 「박화성론」   여성 1938. 2]
김문집, 「박화성여사에게 드리는 연서-여루작가에 대한 공개장」
                                        조광 1939. 3
김병걸,「역사의 그늘-박화성〈휴화산〉」   창작과 비평 1977. 12
김연홍, 「박화성의 생애와 문학」   현대문학 1988
서정자, 「박화성의 작품세계」   현대문학 1988. 3
       「〈백화〉의 작품구조와 역사인식」,   청파문집 15집, 1985

〈 연구논문 〉

강인숙, 「1930년대 여류작가작품연구」, 이화여대 석사 논문, 1982
최일수, "피와 땀으로 일군 창직의 운하",『한국문학』, 1988. 3
채   훈, "1930년대 한국 여류소설에 있어서의 빈궁의 문제",
        아세아 여성연구 23집
이영숙, 「1930년대 여성작가의 여성문제 인식에 관한 연구」,
        이화여대 석사논문 1987
이명주, 「박화성의 초기작품연구」, 경남대 석사 논문, 1988
원종인, 「1930년대 여류소설연구」, 숙명여대 석사 논문, 1988
강인숙, 「1930년대 여류작가의 경향연구」, 이화여대 석사 논문, 1976
김부미, 「박화성의 문학정신」, 연대 국어교육논총, 1981
서정자, 「박화성론」, 숙명여대 석사 논문, 1982
       「일제강점기 한국여류소설연구」, 숙명여대 박사 논문, 1987
정영자, 「한국여류소설연구」, 동아대 박사 논문, 1987
정헌숙, 「박화성의 초기소설의 경향성 연구」,
        부산대 석사 논문, 1990. 2

임성희, 「박화성 단편소설연구:해방이전의 작품을 대상으로」
        연세대 석사 논문, 1991. 2
허정란, 「박화성연구」, 숙명여대 석사 논문, 1993. 8
박혜원, 「박화성의 초기소설연구」, 계명대 석사 논문, 1993. 8

2. 참고자료

〈 국내논저 〉

강만길, 『일제시대 빈민생활사 연구』, 창작사, 1987
        『한국근대사』, 창작과 비평, 1985
        『한국현대사』, 창작과 비평, 1985
권영민, 『한국현대문학사』, 민음사, 1994
고 은, 『1950년대』, 청하, 1988
김경수, 『문학의 편견』, 세계사, 1994
김경수 외, 『페미니즘과 문학비평』, 고려원, 1995
김상태, 박덕근 공저, 『문체의 이론과 한국현대소설』
        한실출판사, 1990
김성곤 편, 『탈구조주의의 이해』, 민음사, 1990
김성원, 『혁명기의 여성들』, 한울림, 1985
김윤식, 『한국현대현실주의소설연구』
김윤식, 정호웅 공저, 『한국소설사』, 예하, 1994
김윤식, 정호웅 편, 『한국리얼리즘소설』, 태출판사, 1987
        『한국근대리얼리즘작가연구』, 문학과 지성사, 1988
        『한국문학의 리얼리즘과 모더니즘』, 민음사, 1988

나영균 외, 『영미 여성소설의 이해』, 민음사, 1994

나병철, 「1930년대 후반 도시소설연구」 연대 박사학위 논문 , 1990

대중문학연구소, 『대중문학이란 무엇인가』, 평민사, 1994

문학사와 피평연구회 『1950년대 문학비평』, 예하, 1991

　　　　　　　　　　『1960년대 문학비평』, 예하, 1993

민족문학사연구소, 『민족문학과 근대성』, 문학과 지성사, 1995

박영혜, 서정자, "근대여성의 문학활동", 『한국근대여성연구』,

　　　　　　　숙대 아세아 여성문제 연구소

박용옥, 『한국근대여성사』, 민음사, 1988

박현채, 『일제 식민지 시대의 민족운동』, 한길사, 1990

서정자, 『일제강점기 한국 여류소설연구』, 숙대 박사학위논문, 1987

정영자, 『한국여류소설연구』, 동아대 박사학위논문, 1987

이선영, 『상황의 문학』, 민음사, 1976

　　　　『 문학비평의 방법과 실제』, 동천사, 1983

　　　　『 한국문학의 사회학』, 태학사, 1993

이재선, 『한국현대소설사』, 홍성사, 1984

　　　　『현대한국소설사』, 민음사, 1991

이현희, 『한국근대여성개화사』, 이우출판사, 1982

이효재, 『한국의 여성운동』, 정우사, 1989

이효재 편, 『가족연구의 관점과 쟁점』, 까치, 1988

임성희, 『박화상 단편소설연구』, 연세대 석사학위논문, 1990

임　화, 『문학의 논리』, 학예사, 1940

조혜정, 『학국의 여성과 남성』, 문학과 지성사, 1988

정순진, 『한국문학과 여성주의 비평』, 국학자료원, 1993

정호웅, 『우리소설이 걸어온 길』, 솔, 1994

정희모, 『한국 전후 장편소설 연구』, 연대 박사학위논문, 1994

최원식, 『민족문학의 논리』, 창작과 비평, 1982

한상진, 『계급이론과 계층이론』, 문지, 1984

한상진, 오생근 외, 『미셸푸코론』, 한울, 1993

한국 여성연구회, 『가족은 반사회적인가』, 여성사

〈 국외논저 〉

김열규 외 역, 『페미니즘과 문학』, 문예출판사, 1988

Caroline Ramazanoglu, "Up Against Foucault",

   T. J. Press Ltd, Padstow, Cornwall, 1993

G. 루카치, 『변혁기의 러시아 리얼리즘문학』, 조정환 역, 동녘, 1986

   『현대리얼리즘론』, 1986

   『역사와 계급의식』, 박정호, 조만영 역, 거름, 1986

   『미와 변증법』, 여균동 역, 이론과 실천, 1987

마이클 라이언, 『해체론과 변즈업』, 나병철, 이경훈 역, 태학가, 1994

Marry Ellman, "Thingking about Woman",

   Hartcourt Brace Jovanovich. Publishers, 1968

미셸 푸코, 『성의 역사』1권, 나남, 1995

   "담화의 질서", 『세계의 문학』, 1982, 봄/여름

   『지식의 고고학』, 이정우 역, 민음사, 1995

B케럴리활비, 『루카치 미학비평』, 김태경 역, 한밭출판사,

슐라미스 파이어스톤, 『성의 변증법』, 풀빛, 1993

스테판 코올, 『이얼리즘의 역사와 이론』, 여균동 편역, 미래사, 1986

앨리슨 재거, 『여성해방론과 인간본성』, 이론과 실천, 1983

E. 카시러, 『계몽주의철학』, 박완규 역, 민음사, 1991

이춘길 편역, 『리얼리즘 미학의 기초이론』, 한길사, 1988
F. 제임슨, 『변증법적 문학이론의 전개』, 여홍상, 김영희 역,
            창작과 비평사, 1984
조세핀 도노반, 『페미니즘이론』, 김익두, 이월영 역,
            문예출판사, 1994
쥴리엣 미첼, 『여성의 지위』, 동녘, 1984
K. K 루트반, 『페미니스트문학비평』, 김경수 역,
            문학과 비평사, 1988
콜레트 다울링, 『신데렐라 컴플렉스』, 나라원, 1990
크리스 위든, 『포스트구조주의와 페미니즘 비평』,
            이화영미문학회 역, 한신문화사, 1994
크리스토퍼 노리스, 『디컨스트럭션』, 이기우 역, 인동, 1986
테리 이글턴, 『문학이론입문』, 김명환, 정남영, 장남수역, 창작, 1983
홍승용 외 역, 『문제는 리얼리즘이다』, 실천문학사, 1985

부록 (素影 朴花城 문학기념관 소개)

■ 박화성 문학기념관 건립동기

1988년 박화성선생의 영결식에 참석하기 위하여 열차편으로 상경하던 김암기 전 예총지부장과 박종길 전 사무국장이 차내에서 박화성선생의 유품을 목포에 보존했으면 좋겠다는 의견을 나눈후 차범석, 최봉인씨가 유족과 협의하여 목포시에 문학기념관 건립을 추진

■ 문학기념관 현황

- 위 치 : 목포시 대의동 2가 1-5번지 (국가사적 제289호)
- 개 관 : 1995. 3. 5 향토문화관 → 현 문화원 건물로 옮겨옴
- 면 적 : 70평
- 전시품 현황

품 목	수 량	비 고
서 적	1,385	
서 화 류	14	
문우친필	36	
가 구 류	26	
친 필 류	23	
풍 물 류	67	
시 화	35	
기 타	251	
총 계	1,837	

■ 전시관 구분
- 작품실 : 서재 및 문학작품활동 관련 소장품 전시
- 추모실 : 추모시화 전시 및 휴게실
- 생활실 : 생활유품(의·식·주)
- 관리현황 : 여직원 1명 배치
- 보안관리 : (주)한국안전시스템(SECOM) 무인경비 체결

■ 박화성선생 소개

  개화기에 목포의 딸로 태어난 소영 박화성선생은 고독과 고난속에서도 끊임없는 도전과 정진으로 우리문학의 큰자리에 우뚝선 선구자로 우리문단에 등장한 최초의 여성작가로 활동하셨고, 장편소설을 집필한 최초의 여류작가로 줄곧 선구적 길을 걸었으며, 일제의 식민지 치하에서 핍박받는 가난한 농민과 노동자들의 삶을 작품의 주제로 삼아 우리나라 리얼리즘 문학을 살찌게 했던 선생은 일문창작이 강요되자 단호히 절필할 만큼 민족의식과 항일정신이 투철했으며, 해방후에는 새로운 시대가 필요로 하는 새 모랄의 창출을 위해 신윤리주의를 바탕으로 수많은 역작과 대작을 남겼다. 또한 우리고장을 예향의 도시로 이름을 높이는데도 크게 공헌하셨으며, 한국문단의 대모로 칭송되던 선생의 족적은 우리가 지키고 기려야 할 소중한 문화유산입니다.

■ 주요경력
- 출생 : 1904년 4월 16일, 목포시 죽동
        본명 - 朴景順, 호 - 素影, 아호 - 花城
- 사망 : 서울, 84세
- 학력 : 1915년 (11세) - 목포정명여학교 고등과 졸업
        1918년 (14세) - 서울 숙명여고보 졸업
        1929년 (25세) - 일본여자대학 영문과 졸업

• 경력 : 1918년 ~ 1922년 (5년간) : 충남 천안공립보통학교 교사

　　　　　　　　　　　　　　　　　충남 아산공립보통학교 교사

　　　　　　　　　　　　　　　　　전남 영광중학교 교사

• 서훈 : 1966년 – 한국예술원 회원 피선, 한국문화상 수상

　　　　1974년 – 문화훈장(금관) 수상

　　　　1985년 – 3·1 문화상 수상

• 문학활동 : 1925년 – 이광수 추천으로 「조선문단」에 데뷔
　　　　　　　　　　　(63년간 작품활동)

　　　　주요작품 – 25편 (장편15, 단편5, 수필3, 자서전 2편 등)

• 가족관계 (3남 1녀) – 천승준(남) : 문학평론가, 부인 이규희씨는
　　　　　　　　　　　　　　　　소설가

　　　　　　　　　　　천승세(남) : 소설가, 민족문학작가회 상임고문

　　　　　　　　　　　천승걸(남) : 서울대 영문학 교수

　　　　　　　　　　　천승해(여)

박화성 소설 연구

인쇄일 초판 1쇄 2001년 11월 20일
　　　　 2쇄 2015년 10월 30일
발행일 초판 1쇄 2001년 11월 30일
　　　　 2쇄 2015년 11월 10일

지은이 변 신 원
발행인 정 찬 용
발행처 국학자료원
등록일 1987.12.21, 제17-270호

서울시 강동구 성내동 447-11 현영빌딩 2층
Tel : 442-4623~4 Fax : 442-4625
www. kookhak.co.kr
E- mail : kookhak2001@hanmail.net
ISBN 978-89-8206-644-3, 93810
가 격 12,000원

★저자와의 협의 하에 인지는 생략합니다.